主编　凌翔

当代著名作家美文自选集

U0654632

鱼跃于渊，有鸟高飞

——生活在《诗经》里的动物

池墨　著

天津出版传媒集团

天津人民出版社

图书在版编目 (CIP) 数据

鱼跃于渊，有鸟高飞：生活在《诗经》里的动物 /
池墨著 . -- 天津：天津人民出版社，2020.12
（当代著名作家美文自选集 / 凌翔主编）
ISBN 978-7-201-16846-3

Ⅰ . ①鱼… Ⅱ . ①池… Ⅲ . ①《诗经》—诗歌研究
Ⅳ . ① I207.222

中国版本图书馆 CIP 数据核字（2020）第 242218 号

鱼跃于渊，有鸟高飞——生活在《诗经》里的动物
YU YUE YU YUAN, YOU NIAO GAO FEI——SHEGNHUO ZAI《SHIJING》LI DE DONGWU

出　　版	天津人民出版社	
出版人	刘　庆	
地　　址	天津市和平区西康路 35 号康岳大厦	
邮政编码	300051	
邮购电话	（022）23332469	
电子信箱	reader@tjrmcbs.com	

责任编辑	岳　勇
封面插画	陈　姝
装帧设计	陈　姝
主编邮箱	jfjb-lx2007@163.com

印　　刷	唐山楠萍印务有限公司
经　　销	新华书店
开　　本	710 毫米 × 1000 毫米　1/16
印　　张	21.5
字　　数	280 千字
版次印次	2020 年 12 月第 1 版　2020 年 12 月第 1 次印刷
定　　价	78.00 元

代序:《诗经》,中华文明的璀璨明珠

  《诗经》是中国古代诗歌的开端,也是我国最早的一部诗歌总集。在中华文明中,《诗经》无疑是一颗璀璨的明珠,数千年来,它一直熠熠生辉,像灯塔一样,指引着后世的我们,让我们了解先人的生产与生活。而《诗经》的文学艺术成就,也是无可替代的。因此,它也成为我们精神的高地。

  《诗经》总共有305篇诗歌,又被称为"诗三百"。收集了西周初年至春秋中叶(前11世纪至前6世纪)的诗歌,共305篇。另有6篇为笙诗,即只有标题,没有内容,称为笙诗六篇(《南陔》《白华》《华黍》《由庚》《崇伍》《由仪》),反映了周初至周晚期约五百年间的社会面貌。

  按照类别,《诗经》又分《风》《雅》《颂》。《风》包括了15个地方的民歌,包括今天山西、陕西、河南、河北、山东一些地方(齐、韩、赵、魏、秦)。《雅》又分为《小雅》和《大雅》,是宫廷乐歌。《颂》是宗庙祭祀的乐歌和史诗,内容多是歌颂祖先的功业的。

  《诗经》的文学地位,是后来的诗歌集无法取代的。《诗经》中的作品，反映了先人的生产、生活、爱情，以及古人的信仰追求。在《诗经》中，提到了很多植物和动物，它们的存在，为《诗经》增光添彩，也让《诗经》构成了一幅美丽的画卷。

此前，我对《诗经》里的植物进行了研究，对《诗经》里提到的每一种植物进行解读，撰写了140多篇有关植物的文章，并结集出版，书名叫《野有蔓草，千年不老——生长在诗经里的植物》，这本书也是我第一本研究《诗经》的文集，有兴趣的读者可以到网上购买阅读。当然，我创作的140多篇与植物有关的文章，出版社最终并没有全部收入，让我难免有遗珠之憾。

《诗经》里提到了100多种植物，同样，《诗经》里也提到了100多种动物，植物和动物构成了这个世界，也让我们的世界变得五彩斑斓，无比美妙。世界是美好的！

我对《诗经》里提到的植物进行了解读，就不能不对《诗经》里提到的动物进行解读。所以我用了将近一年的时间，对《诗经》里提到的每一种动物，也进行研究，撰写了120多篇与动物有关的文章，也就是这本《鱼跃于渊，有鸟高飞——生活在〈诗经〉里的动物》。

与《野有蔓草，千年不老——生长在〈诗经〉里的植物》一样，《鱼跃于渊，有鸟高飞——生活在〈诗经〉里的动物》这本书既可以看作是一部随笔集，也可以看作是一本科普书。我同样希望，这本书能对读者阅读、理解《诗经》有所帮助。读者看完这本书，看完《野有蔓草，千年不老——生长在〈诗经〉里的植物》，再去读《诗经》，对《诗经》的理解，可能会变得更容易一些。不过，由于水平有限，以及理解方面的局限，对一些动物的认识与解读未必正确，还请方家予以批评指正！

　　《诗经》作为中华文明的璀璨明珠，熠熠生辉。一些动物，能够进入《诗经》，这是它们之幸。毕竟，那么多的动物，但《诗经》只提到100多种，与庞大的动物种类相比，这些能够进入《诗经》的动物，无疑是佼佼者，是动物界的翘楚。而不管它们以什么形象在《诗经》中出现，对于它们来说，都是一件幸事。因为它们从载入《诗经》的那一刻起，就注定了会与《诗经》一起流芳百世……

目 录

第一辑　鹤鸣九皋，声闻于野——鸟类

鸟　002

雎鸠　005

黄鸟　008

鹊　011

鸠　014

鸤鸠　016

雀　019

燕　022

雉　025

雁　027

鸿　030

鹑　032

鸡　034

凫　037

鸮　039

晨风　042

鹭　045

鸥鸦　047

鹈　049

仓庚 051

鹒 054

鹳 057

雏 059

脊令 061

隼 063

鹤 065

桑扈 067

鷽 069

鷫 071

鸢 074

鹰 076

鸳鸯 078

鸾 081

鸷 084

凤凰 087

鸶 090

飞虫 093

枭 095

桃虫 097

玄鸟 100

乌 102

鹬 105

莺 108

鹬　110

翚　112

流离　114

第二辑　匪兕匪虎，率彼旷野——兽类

兽　118

貔　121

马　124

兔　128

麟　131

鼠　133

羊　136

麕　139

鹿　142

豕　145

虎　148

狐　151

鸿　154

牛　157

豹　160

狼　163

犬　166

特　169

貆　171

貉 173

兕 175

罴 177

熊 179

虺 181

蛇 183

蝎 185

猱 187

龙 190

象 192

狸 195

猫 198

豺 200

第三辑　喓喓草虫，趯趯阜螽——昆虫

虫 204

草虫 207

阜螽 210

毒 212

蜻蛚 214

苍蝇 217

蟋蟀 220

蜉蝣 222

蜩 225

螽斯 228

莎鸡　231

蜀　234

伊威　237

蟏蛸　239

宵行　241

螟蛉　244

蜾蠃　246

螽　249

臘　252

蟊　254

贼　257

青蝇　259

蛊　262

螗　264

蚕　267

蛾　270

蠹　273

众　276

第四辑　猗与漆沮，潜有多鱼——鱼类

鱼　280

鲂　283

鳏　286

鲔　289

鳢　292

鲔　295

鲤　297

鳟　300

鳢鲶　302

鳉　304

鲦　307

鳃　310

蛾　313

鼋　316

龟　318

台　321

贝　323

嘉鱼　326

鳖　328

鲨　330

第一辑　鹤鸣九皋，声闻于野——鸟类

鸟

鸟是鸟类动物的统称。

"天上飞的，地上走的，水里游的"是动物的三种生存模式。作为伟大的诗歌总集，《诗经》里不但写到了很多植物，也写到了很多动物，作为"天上飞的"鸟类，自然也受到了《诗经》的关注。

> "有鸟高飞，亦傅于天。彼人之心，于何其臻。曷予靖之，居以凶矜？"——《小雅·菀柳》

这里的"有鸟高飞，亦傅于天"的意思是说会飞的鸟类在天空里飞翔，但是也要受到天空的制约。

你看，会飞的鸟儿也要受到天空的制约，更何况我们人类呢？然而人类虽然也会受到自然环境的制约，但是人心却非常叵测，是不可捉摸的，也是无法约束的。人要是狠起来，可是什么事都干得出来的!《小雅·菀柳》写的就是人心无法估量，作为一国之君，先是重用诗人，让诗人参与治理国家朝政，但是后来诗人却又获罪，被国君流放。诗人因此悲愤地质问"曷予靖之，居以凶矜"？既然让我帮你治理国政，为何又莫须有地治我的罪呢？

"有鸟高飞，亦傅于天"形象地说明了不管是人还是会飞的鸟类，都要依附于自然才能生存，同时也会受到自然的束缚。

《诗经》写到了很多动物，也写到了很多鸟类，经笔者粗略统计，《诗经》写到的鸟类有四十多种。而"有鸟高飞，亦傅于天"写的也是对于飞行的动物鸟的总称，并不具体指某一种鸟。

《诗经》的另一首诗《大雅·生民》里也提到了鸟："诞寘之寒冰，鸟覆翼之。鸟乃去矣，后稷呱矣。"

《木兰诗》里曾说："雄兔脚扑朔，雌兔眼迷离；双兔傍地走，安能辨我是雄雌？"意思是雄兔和雌兔一起奔跑的时候，很难分辨出它们哪只是雄兔，哪只是雌兔。对于鸟的雌雄，人们也很难分清。对此，大医士陶弘景说："凡鸟之雌雄难别者，其翼左覆右者是雄，右覆左者是雌。又烧毛作屑纳水中，沉者是雌，浮者是雄。今云投石，恐只是鹊，余鸟未必尔。"陶弘景教给我们的方法很简单，辨别鸟的雌雄，就看它们的翅膀，"其翼左覆右者是雄，右覆左者是雌"，多简单？

鸟的种类有很多，在脊椎动物中仅次于鱼类。查阅资料得知，到 21 世纪，全世界为我们所知的鸟类一共有 9000 多种。关于鸟的起源，1868 年，英国著名生物学家赫胥黎提出了鸟类起源于恐龙的假说。到了 1927 年，丹麦古生物学家海尔曼在他的著作《鸟类的起源》一书中提出，鸟和恐龙虽然十分相似，但恐龙因为已经十分特化，所以鸟类可能不会从恐龙直接起源，而是和恐龙有一种共同的祖先，这就是槽齿类群。而所谓槽齿类群，是比恐龙更加原始的一种化石类群，这个类群被认为是产生了恐龙、鸟类、鳄鱼等现代一些主要的脊椎动物大的类群。

以上是现代人对鸟的起源的探索，当然，《诗经》里的古人可能早就对鸟的起源进行了探索，只是限于科学技术以及自身条件的限制，他们可能无法发现这么多的鸟类。不过，古人却总结出了"有鸟高飞，亦傅于天"的道理，即使你有再硬的翅膀，有再远的志向，却飞不出天空。不过，随着科学技术的发达，人类可以驾驶航天器，飞到外太空。然而即便如此，人类也还是要受到宇宙的束缚，飞出外太空，但是却挣脱不了宇宙的束缚，这何尝又不是另一种"有鸟高飞，亦傅于天"呢？

雎鸠

提起雎鸠，那可是大名鼎鼎，虽然它只是一只小鸟，但是它的名头可是响得很。但凡读过《诗经》的人，都知道雎鸠，因为在《诗经》中，雎鸠是最先亮相的动物。雎鸠的这种待遇，可比那些龙啊、虎啊、豹啊之类的凶猛野兽要幸运、荣耀得多，也非同类凤凰、鸢、鹰、鹤等高贵大鸟所能比得了的。雎鸠在《诗经》动物排行榜中，可是稳坐第一把交椅，雎鸠代表动物们率先在《诗经》里亮相，这可是雎鸠的荣耀！

"关关雎鸠，在河之洲。窈窕淑女，君子好逑。"——《周南·关雎》

这是《诗经》开篇《关雎》里的诗句，雎鸠就这样在窈窕淑女的陪伴下隆重登场。

说实话，雎鸠也没有什么特别之处，"关关雎鸠，在河之洲"说的不就是几只雎鸠鸣叫着栖息停留在河中小洲上吗？这种场景，在湿地、河流等有水有鸟的地方，应该很常见。不过，随后的一句"窈窕淑女，君子好逑"却让雎鸠名声大噪。你可别看小小的雎鸠不起眼，但它随后牵扯出来的可是俊男靓女哩！"窈窕淑女，君子好逑"，豆蔻一样的年华，花一样的爱情，曼妙无比的美女，怎么不让那些俊美少年心动？怎么不让人热血沸腾？

"关关雎鸠，在河之洲。窈窕淑女，君子好逑。"这是多么美好，多么让人向往，多么让人憧憬的场景？难怪雎鸠会声名远扬，大概也是沾了俊男靓女的光吧？！

不过，既然能在《诗经》里"打头阵"，雎鸠想必也有它的非凡之处，所以雎鸠绝非平庸之辈。

雎鸠是一种水鸟，亦叫王雎，《尔雅·释鸟》曰："鶌鸠，王鶌。"雎鸠常在江河溪水边捕食鱼类。

原来，雎鸠不过是一只鸟，而且是一只水鸟，也许你会觉得没什么大不了。但是你可要注意了，雎鸠可不是普通的水鸟，雎鸠属于雕类，它头顶冠羽，让雎鸠看起来雍容华贵，具有王者的气度与风范，所以古人称其为王雎。你看，人家可是封王的鸟，具有王者风范，所以它在《诗经》里第一个出场，是有道理的！

雎鸠的另一个特别之处是，如果有一只鸟儿叫了一声"关"，另一只鸟儿会马上应和一声"关"，一呼一应紧密相连且短促响亮，虽然是两只鸟发出的声音，但是听起来就像一只鸟发出的一样。"关""关"，叫起来是那么自然，听起来是那么和谐！所以《诗经》里才会有"关关雎鸠，在河之洲"的诗句。

正是雎鸠的心有灵犀，也让雎鸠成为爱情之鸟！雎鸠在古人的眼里，可是夫妻恩爱、相敬如宾的典范和象征。在生活中，人们常用鸳鸯来比喻夫妻恩爱，比喻对爱情的忠贞，但是古人在《诗经》结集时，却并没有把鸳鸯放在第一位，可见，雎鸠在古人的眼里更能代表忠贞，更能代表恩爱，更能代表爱情。

据说，雎鸠用情专一，找了一个伴侣后就终生不换，不离不弃，就像我们所说的"一夫一妻"制，夫妻恩爱，白头偕老。也许，正是因为雎鸠这种对配偶忠诚、守节，对爱情坚守的宝贵情操，让人们深为感动，所以，《诗经》的开篇之作才选定《关雎》。

"关关雎鸠，在河之洲"，雎鸠结伴成双，在江河湖泊中的沙洲上嬉戏，它们是多么和谐，多么快乐?《关雎》作为诗经的开篇之作，雎鸠作为诗经里第一个出场的动物，可见古人对雎鸠是多么钟爱。到了今天，雎鸠更是成为珍稀鸟类，是国家保护动物，我们就是想不珍爱都不行!

黄鸟

　　黄鸟,别名金雀、芦花黄雀、黄雀,属于雀形目金翅科金翅属鸟类。成年雄鸟的顶冠及颏呈黑色,头侧、腰及尾基部呈亮黄色。而雌鸟则色暗且多纵纹,顶冠和颏不像雄鸟呈黑色。黄鸟体形较小。然而,就是这样小巧玲珑的鸟,却是在《诗经》中第二个出场的动物,由此看来,黄鸟也应该有其特殊之处。

　　黄鸟之所以被称为是黄鸟,是因为其翅膀上长着醒目的黑色及黄色条纹,且黄色条纹占据大多数,看起来身上是黄色的,所以叫黄鸟,也算是名副其实吧。

　　与雎鸠"窈窕淑女,君子好逑"不同,黄鸟在《诗经》中,是以两种形象出现的,一种是让人喜爱的美丽的黄鸟,另一种则是让人讨厌让人气愤的黄鸟。

　　"绵蛮黄鸟,止于丘阿。……绵蛮黄鸟,止于丘隅。……绵蛮黄鸟,止于丘侧。"——《小雅·绵蛮》

绵蛮是指黄鸟的叫声，绵蛮黄鸟的意思就是形容黄鸟的叫声动听悦耳。《邶风·凯风》里也说："睍睆黄鸟，载好其音。"意思是说黄雀婉转的鸣唱，声音嘹亮悦耳动听。而《周南·葛覃》里也说："黄鸟于飞，集于灌木，其鸣喈喈。"意思是说黄鸟在天空飞翔，然后停落在灌木上，开始了悦耳动听的鸣叫。

　　这三首诗，黄鸟都是以美丽的正面形象出现的。但是到了《小雅·黄鸟》里，黄鸟可就调皮多了："黄鸟黄鸟，无集于谷，无啄我粟""黄鸟黄鸟，无集于桑，无啄我粱""黄鸟黄鸟，无集于栩，无啄我黍"。这三句诗的意思分别是：黄鸟黄鸟你听着，不要落在楮树上，不要啄我粟米粮；黄鸟黄鸟你听着，不要落在桑树上，不要啄我红高粱；黄鸟黄鸟你听着，不要落在柞树上，不要啄食我黍粱。

　　你看，调皮的黄鸟，盯着农人的粟、粱和黍，趁农人不备，就飞下来啄食。粟、粱、黍可是农人的粮食，是他们的血汗，也是他们的生存之本。但是调皮的黄鸟，却专门跟农人作对，专门啄食农人的粟、粱、黍，这让农人好不心疼。而对于狡猾的黄鸟，农人也是一点办法也没有，只能双手叉腰，远远地指着停落在树上的黄鸟进行数落责骂。黄鸟可是一点也不为所动。时不时地趁农人不备，啄食他们的粮食，让农人无可奈何。

　　你看，黄鸟多调皮、多可恶，多么让人气愤！

　　虽然黄鸟在《诗经》中惹农人讨厌，让农人生气，但它并不是恶鸟，它啄食农人的粮食作物，也是被生活所迫。黄鸟也要生存啊，没有虫子，没有其他的食物可食，当然就要去打农人的粮食的主意，它可不管农人的甘苦和辛酸。

　　在《诗经》中，有两首诗是以黄鸟作为标题的，一首是《秦风·黄鸟》，一首是《小雅·黄鸟》。《诗经》经常出现"同题诗"现象，《诗经》里收录的诗歌，很多都是劳动人民创作的，他们写的都是身边的事和物，加上《诗经》中的诗篇产生的地域不同，作者不同，所以出现题材"撞车"也很正常，出现"同题诗"当然也不奇怪。

除了《黄鸟》以外，《诗经》里还有很多"同题诗"，比如：《王风·扬之水》《郑风·扬之水》《唐风·扬之水》,《唐风·杕杜》《小雅·杕杜》,《郑风·羔裘》《唐风·羔裘》《桧风·羔裘》),《秦风·无衣》《唐风·无衣》《邶风·柏舟》《鄘风·柏舟》,《齐风·甫田》《小雅·甫田》,《邶风·谷风》《小雅·谷风》,它们有的是两篇同题，有的则是三篇同题，这些同题诗，也构成了《诗经》中独特的风景。

回到黄鸟的身上来，黄鸟能够仅次于雎鸠在《诗经》里第二个出场，在《诗经》里生活了千年，自然不一般。黄鸟十分喜爱唱歌，其歌声婉转，悦耳动听，且音调多变。最重要的是，黄鸟的模仿能力非常强，它虽然不及鹦鹉能模仿人的声音，但是它能够学会山雀、喜鹊和蟋蟀等鸣叫声。你看，黄鸟多么可爱！而且经过人们的驯化，黄鸟还能学会表演各种杂技，它会"戴面具、提吊桶、叼钱、叼牌、叼卡片、拉抽屉"等技艺，可谓是孺"鸟"可教也！

在一些游艺场所，我们会见到它的身影。当你看到一只小鸟，聪明刁钻地叼走你手中的百元大钞时，它很可能就是《诗经》里所说的那只黄鸟！

鹊

《诗经》里说的鹊就是我们常见的喜鹊，一种非常喜庆的鸟，深受人们喜爱。

> "维鹊有巢，维鸠居之。之子于归，百两御之。维鹊有巢，维鸠方之。之子于归，百两将之。维鹊有巢，维鸠盈之。之子于归，百两成之。"——《召南·鹊巢》

这是一首描写婚礼的诗，诗歌以喜鹊搭好了窝，却是鸠来居住，以此来比喻新郎准备好了房子，迎娶新娘来居住的现实。当然，对于这首诗，也有不同的解读，也有人认为，这是一首弃妇诗，描写了一位女子被丈夫抛弃，丈夫另娶他人，丈夫后娶的妻子占了本该属于女子的家。不过，从诗的后半部分"之子于归，百两御之""之子于归，百两将之""之子于归，百两成之"来看，不大可能是弃妇诗，即使是新郎再娶，也应该是丧偶后另娶，因为喜新厌旧不大可能得到双方亲属的祝福。

但是从后来衍生的成语"鸠占鹊巢"的释义来看，鸠是强势的恶鸟，喜鹊则是无辜的受害者。按照"鸠占鹊巢"这个成语来解释，这首诗倒是符合"弃妇诗"的解释。

《诗经》里的时代距离现在已经非常久远，这首诗描写的真相我们不得而知。不过，我更愿意相信这是一首新婚祝福诗，而不是弃妇诗，因为从诗歌描述的内容来看，这对新人是得到双方亲属的支持和祝福的。

回到诗歌里提到的鹊身上来，鹊，就是今天我们所说的喜鹊，属于鸦科喜鹊属鸟类。李时珍说："鹊，乌属也。大如鸦而长尾，尖嘴黑爪，绿背白腹，尾翮黑白驳杂。"

喜鹊善于鸣叫，加上它的名字非常喜庆，因此，人们把它看成是吉祥物。每当听到喜鹊"喳喳"的鸣叫，特别是早晨，遇到喜鹊上下飞舞，跳跃鸣叫不停，人们就会心情舒畅，精神焕发，认为将会有喜事来临。有一句成语叫"喜鹊登枝"，就是说喜鹊登上枝头，将会喜事临门。

因为喜鹊喜欢鸣叫，喜鹊鸣叫的声音是"喳喳"声，所以人们常常将那些特别喜欢说话的人比喻为"喜鹊"，但一般指女人，因为喜鹊是美丽的代名词。

关于喜鹊，最著名的是每年七夕晚上牛郎织女在"鹊桥相会"的传说。传说织女下凡和人世间的牛郎相爱结成夫妻并生下一双儿女，王母娘娘知道后，认为织女破坏了天规，损害了仙界的声誉，于是不顾牛郎织女夫妻恩爱，派出天兵天将将织女抓回天宫。牛郎得知后紧追不舍，眼看着就要追上天兵，王母娘娘拔下头上的银簪，用银簪在牛郎和织女之间划了一道银河，将牛郎织女强行分开。滔天的银河水隔开了牛郎和织女，二人再也无法见面，夫妻俩苦苦思念。喜鹊知道后，于是就从人间衔来文锦，为牛郎和织女搭建鹊桥。而喜鹊的行动，也感动了王母娘娘，恩准牛郎织女二人每年农历七月初七夜晚，两人可在鹊桥上相会。

人们为了帮助喜鹊搭建鹊桥，帮助牛郎织女相会，每年端午节的时候，就会购买文锦，我们那地方叫"花绒"，戴在小孩的脖子、手腕和脚腕上。到了六月初六那天，人们就将孩子身上的花绒剪断，然后扔在屋顶上，让喜鹊衔去为牛郎织女搭建鹊桥。喜鹊从六月初六开始，一直不停地在天上和人间之间来回穿梭，衔文锦搭建鹊桥，一直搭建到七月初七，终于将鹊桥搭好。在七夕那天夜里，牛郎和织女踏上喜鹊为他们搭建的鹊桥，在鹊桥上相会。这个故事，一直流传了千年，到今天，七夕节也被人们誉为是中国的"情人节"，是表达爱情的日子。

牛郎织女的传说，寄托了人们对爱情的憧憬，也寄托了人们对天上神仙的想象与向往。所以现在天上还有牛郎星和织女星，二人隔着银河遥遥相望。牛郎星前后各有一颗小星，那是牛郎挑着的一双儿女。

你看，多么美好的传说！

除了《召南·鹊巢》提到喜鹊，《鄘风·鹑之奔奔》也提到了喜鹊："鹊之彊彊，鹑之奔奔。人之无良，我以为君。"诗人用喜鹊和鹑鹑这两种喜庆、勤劳的鸟来反衬人的丑恶，一些人，竟然连禽兽都不如！诗经中这种写作手法叫作比兴，通过比兴，使人和事物的特征更加鲜明突出。

在诗经中，喜鹊代表喜庆、美好。是的，千百年来，喜鹊一直都是美丽的鸟，从来没有改变过！

鸠

《诗经》里的鸠，有时指杜鹃，有时指斑鸠。如《召南·鹊巢》里说："维鹊有巢，维鸠居之。"这里的鸠指的是杜鹃科鸟类。而《卫风·氓》里则说："于嗟鸠兮，无食桑葚！于嗟女兮，无与士耽！士之耽兮，犹可说也。女之耽兮，不可说也。"这里的鸠指的则是斑鸠。

斑鸠在《诗经》里又叫鸣鸠，如《小雅·小宛》里说："宛彼鸣鸠，翰飞戾天。"这里的鸣鸠指的就是斑鸠。那么，斑鸠为什么又叫鸣鸠呢？《章龟经》里说："仲春之时，林木茂盛，又嗉尚柔，不能捕鸟，瞪目忍饥，如痴而化，故曰鸣鸠。"原来，斑鸠之所以叫鸣鸠是因为在仲春时节林木茂盛，斑鸠不易发现食物，加上小斑鸠的喙还不够坚硬，不能捕食，所以只能躲在树林中瞪着眼睛，忍着饥饿，不断鸣叫，就像布谷鸟不停地鸣叫一样，所以叫鸣鸠。

想想斑鸠也真够可怜的，它就像我们人类一样，也会忍饥挨饿。而因为饥饿，斑鸠就不停地鸣叫，甚至因此而得了一个"鸣鸠"的名字。如果说斑鸠会唱歌，叫它鸣鸠也算是褒奖。但是它可是饿得直叫唤，如此一来，鸣鸠可算是贬义呢！这可真是让斑鸠无地自容啊！

斑鸠，又叫斑鸡、鹘锥，属于鸽形目鸠鸽科斑鸠属鸟类。对于斑鸠、鹘锥名字的来由，李时珍是这样说的："鸠也，鹁也，其声也。斑也，锦也，其色也。"李时珍的解释非常好理解，鸠是这种鸟的声音，斑是这种鸟的颜色。

有人以为鸠是《诗经》里所说的雎鸠，也有人说鸠是《诗经》里所说的鸤鸠。其实，雎鸠是雎鸠，鸤鸠是鸤鸠，不能混为一谈。雎鸠又叫王雎，是一种水鸟。鸤鸠是大杜鹃也就是我们所说的布谷鸟，而鸠是斑鸠。它们虽然都是鸟类，但并非同一种鸟，斑鸠和布谷鸟均不是水鸟，与雎鸠的习性明显不同。

斑鸠是一种美丽的鸟，也比较常见。小时候，在村庄的树林里，在田野里，经常能看到斑鸠的身影，能听到它们欢快的叫声，它们是乡村的精灵，也是田野的主人。对于斑鸠，历代诗人都进行了吟哦。三国时期诗人阮籍在《咏怀》诗里说："鸣鸠嬉庭树，焦明游浮云。"明朝诗人刘基在《春日杂兴》里则说："鸣鸠语燕声相应，又是人间一度春。"在刘基的诗里，斑鸠与燕子的鸣叫相呼应，它们变成了春天的象征。

斑鸠可以入药，李时珍曰："今鸠小而灰色，及大而斑如梨花点者，并不善鸣。惟项下斑如真珠者，声大能鸣，可以作媒引鸠，入药尤良。"斑鸠入药可以明目益气，令人不噎，用于久病虚损，少气乏力；眼目昏花，视力减退；肝肾不足，筋骨不健等。

在《诗经》的另一首《卫风·氓》里也提到了斑鸠："于嗟鸠兮，无食桑葚！于嗟女兮，无与士耽！士之耽兮，犹可说也。女之耽兮，不可说也。"诗的意思是说斑鸠吃多了桑葚，就像人酒喝多了一样也会醉。

斑鸠吃多了桑葚就会昏醉，你看，斑鸠多么可爱，它也喜欢吃酒呢，只是酒量不佳啊，倘若是喝了人类酿造的美酒，估计不知道要醉到何时呢！

鸤鸠

"鸤鸠在桑，其子七兮。""鸤鸠在桑，其子在梅。""鸤鸠在桑，其子在棘。""鸤鸠在桑，其子在榛。"这是诗经《曹风·鸤鸠》里的诗句，意思是：布谷鸟筑巢在桑树上，它养育了七个子女；布谷鸟筑巢在桑树上，它的子女嬉闹在梅枝上；布谷鸟筑巢在桑树上，它的子女欢叫在酸枣间；布谷鸟筑巢在桑树上，它的子女欢叫在榛树间。

《诗经》里所说的鸤鸠，就是今天的布谷鸟，又叫大杜鹃、郭公、鸠、喀咕。布谷鸟为杜鹃科杜鹃属鸟类。布谷鸟是夏候鸟，每当麦子即将成熟的时候，布谷鸟就来催收了。在白天和夜晚，我们都能听到布谷鸟"快割，快割，快快快割"的叫声。特别是在夜晚，万籁俱寂，村庄一片宁静，人们都沉浸在梦乡里，这时候布谷鸟却不知道为什么睡不着觉，在夜色中飞翔、盘旋，并扯起嗓子大喊："快割，快割，快快快割，"仿佛是在催促人们快点起来割麦子。因为布谷鸟来的时候麦子也快要熟了，如果不早点收割，遇到阴雨天，麻烦可就大了。布谷鸟，可真是为人们操碎了心啊！

布谷鸟的叫声"快割，快割，快快快割"，听起来又像"刮锅，刮锅，刮刮刮锅"，所以在我的老家苏北，人们习惯叫布谷鸟为"刮锅鸟"，因为它的叫声听起来就像"刮锅"声。对于布谷鸟的叫声，还有解释为"布谷，布谷，快快布谷"。这些叫声，怎么解释都像，所以布谷鸟被人们称为郭公、喀咕、刮锅鸟，都是根据它的鸣叫声来给它命名的。你看，劳动人民为布谷鸟起的名字多么实在，多么形象！

布谷鸟是一种候鸟，因为它总是在麦子即将成熟的时候出现，所以，它的出现，对于农事很有帮助。只要出现它的身影和声音，也就意味着麦子即将成熟了，人们要开始农忙了。

在《诗经》另一首《召南·鹊巢》里也提到了布谷鸟："维鹊有巢，维鸠居之。之子于归，百两御之。维鹊有巢，维鸠方之。之子于归，百两将之。维鹊有巢，维鸠盈之。之子于归，百两成之。"这里的鸠，指的也是杜鹃鸟。

这是一首爱情诗，尽管后人对这首诗的解释见仁见智，有人说是正常的男娶女嫁，也有人说是男人的再婚再娶，但对这首诗描述的是男娶女嫁的场景却没有异议。

《诗经》里提到"维鹊有巢，维鸠居之""维鹊有巢，维鸠方之""维鹊有巢，维鸠盈之"，是针对布谷鸟"不自营巢"的特性所说的。

布谷鸟属于杜鹃科杜鹃属鸟类，杜鹃属鸟类的特点是自己不筑巢，而把卵置于其他鸟类的巢里，如麻雀、喜鹊、伯劳、云雀、鹈鸰等鸟类的巢内。杜鹃在抢占其他鸟类巢穴的时候，会把其他鸟类的卵叼走，以免其他鸟类产生怀疑。而因为杜鹃属鸟类所产的卵与这些鸟类的卵非常相似，所以，这些鸟也分辨不出来，就误以为是自己的卵而进行孵化。等到幼鸟出生，因为雏鸟太小，这些鸟类仍然无法区分其是否是自己的亲生儿女。而小杜鹃出生后，依靠自己的强壮体形，会把同巢中的其他幼雏挤出巢外，独占巢穴，直到杜鹃长大。可那时候为时已晚，木已成舟，长大的小杜鹃就会被在附近的母亲领走。杜鹃的这种习性，被人们称为"鸠占鹊巢"。

对于杜鹃，李时珍是这样说的："杜鹃出蜀中，今南方亦有之。状如雀、鹞而色惨黑，赤口有小冠。春暮即鸣，夜啼达旦，鸣必向北，至夏尤甚，昼夜不止，其声哀切。田家候之，以兴农事。惟食虫蠹，不能为巢，居他巢生子。冬月则藏蛰。"李时珍将杜鹃的体形、外貌、生活习性说得清清楚楚，让我们对杜鹃这种鸟类有了一个基本的了解。

杜鹃虽然强势，常常鸠占鹊巢，但是它又是悲情鸟。杜鹃又叫杜宇、子规、催归，因为它们总是朝着北方鸣叫，六七月鸣叫声更甚，昼夜不止，发出的声音极其哀切，所以人们称它叫杜鹃啼归。对于杜鹃这种鸟，历代诗人都进行了吟诵。唐朝诗人王维有诗："万壑树参天，千山响杜鹃。山中一夜雨，树杪百重泉。"同时代的李商隐有《锦瑟》诗："庄生晓梦迷蝴蝶，望帝春心托杜鹃。"宋朝诗人陆游则写有《鹊桥仙·夜闻杜鹃》："茅檐人静，蓬窗灯暗，春晚连江风雨；林莺巢燕总无声，但月夜、常啼杜宇。催成清泪，惊残孤梦，又拣深枝飞去。故山犹自不堪听，况半世、飘然羁旅。"

看了上述大诗人的作品，虽然杜鹃有"鸠占鹊巢"的罪行，但是对于它的悲情，人们还是多了一份同情。而布谷鸟，因为对于农事有帮助，更是得到了人们的好感和欢迎。

雀

　　"谁谓雀无角？何以穿我屋？谁谓女无家？何以速我狱？虽速我
狱，室家不足！"——《召南·行露》

　　这句诗是什么意思呢？就是说：谁说雀鸟没有嘴？它怎么啄破了我
的屋呢？谁说你没有下聘礼？为何却抓我进官府呢？纵然抓我进官府，
逼婚理由不充足。

　　从诗歌的意思来看，这是一首记录一个贞节女子反抗逼婚的诗歌，
赞颂了这个女子不畏强暴、坚贞不屈的性格。诗歌"谁谓雀无角"里的
角，指的是鸟的喙。一般身形较大的鸟的喙也比较大，麻雀由于身形较
小，喙并不突出，因此，会被人们误以为没有喙。所以诗里才说"谁谓
雀无角"？意思是谁说麻雀没有喙？诗人显然是用这句诗来质问一些人罔
顾事实，诗人用"谁谓雀无角"来有力地反击对方。

　　《诗经》里的雀，就是麻雀，一种平常得不能再平常、普通得不能再
普通的小鸟，它在乡村随处可见。在鸟类中，麻雀可以真正称得上是乡

村的精灵，说只要有村庄的地方就有麻雀，只要有田野的地方就有麻雀，只要有草木的地方就有麻雀一点也不为过。麻雀，是乡村的真正主宰者。

麻雀是文鸟科麻雀属鸟类，它喜欢与人类相伴，常常将巢筑于人类的住处，比如屋檐下、墙洞，以及草垛里。在春夏季，麻雀还会将巢筑在麦田里。

早些时候，麻雀在乡村到处都是。特别是秋季，大豆、玉米等庄稼收割后，田野里就变成了麻雀的天堂，因为那时候的庄稼地里的虫子无处躲藏，麻雀容易找到食物。田野里常常聚集成群的麻雀，麻雀成群起飞，就像一阵狂风卷起田野里的豆叶，黑压压的螺旋而起。等到它们一只只落到横穿在田野上空的电线上，电线也就变成了一根粗粗的"鸟绳"。

秋天的田野是寂静的，但是因为麻雀又变得喧嚣起来，黑压压的麻雀在田野里飞舞，它们叽叽喳喳的叫声，让本来寂静的田野变得热闹起来。广阔的农村田野，有数不清的庄稼，有数不清的虫子，还有数不清的麻雀们！

一段时期，麻雀还被人们当作"四害"之一，受到人们的迫害。因为那个时代的庄稼歉收，粮食满足不了人们的需求，于是就将麻雀视为糟蹋庄稼的罪魁祸首，被打入老鼠、苍蝇、蚊子一类，合称为"四害"。这"四害"中，老鼠、苍蝇、蚊子传播疾病、污染环境，老鼠还糟蹋粮食，是名副其实的"害人虫"。但是将麻雀与它们相提并论，列为害人虫，实在冤枉了麻雀。因为麻雀也是吃害虫的益鸟，其实有助于庄稼生长。

后来，人们开始意识到麻雀是害虫的天敌，没有麻雀的制约，害虫变得猖獗。于是，人们开始为麻雀"平反"，麻雀不再被列为"害人虫"之列，新的"四害"已经变成了老鼠、苍蝇、蚊子和蟑螂。看到新"四害"名单，我总算松了一口气。可是仍有不少人捕捉麻雀，加上近年来农药的大量使用，毒杀了很多麻雀，让麻雀变得日益稀少。及至今天，昔日成群结队被定为"四害"之一的麻雀，已经成为稀有保护鸟类。现在的农村田野里，再也看不到过去那种麻雀铺天盖地飞翔的场景了。《诗经》里的麻雀，就这样被人类围歼，变成了稀有鸟类，这是麻雀的悲哀，更是人类的悲哀！也许，再过若干年后，我们只有到《诗经》里去看麻雀了。

燕

"燕燕于飞，差池其羽。之子于归，远送于野。瞻望弗及，泣涕如雨。燕燕于飞，颉之颃之。之子于归，远于将之。瞻望弗及，伫立以泣。燕燕于飞，下上其音。之子于归，远送于南。瞻望弗及，实劳我心。"——《邶风·燕燕》

这是一首送嫁诗，描写的是一个女子出嫁，亲人送别的情景，诗歌抒发了对亲人的留恋与不舍。据资料记载，《邶风·燕燕》是中国诗史上最早的送别之作，清代诗人王士禛在《带经堂诗话》里称《邶风·燕燕》为"万古送别之祖"，可见这首诗在文学史上的地位。《邶风·燕燕》这首诗情深意长，读后令人怅然欲涕，宋代诗人许顗在《彦周诗话》里赞叹《邶风·燕燕》是"真可以泣鬼神！"

《诗经》里所说的燕就是燕子。燕子是雀形目燕科鸟类，燕子的翅膀尖而长，尾巴分开像剪刀，主要以蚊、蝇等昆虫为主食，是众所周知的益鸟。燕子是候鸟，春天从南方飞往北方，冬天则从北方飞到南方过冬。

燕子喜欢在树洞或墙缝中营巢，在城市和乡村，燕子则把泥黏在楼道、房顶、屋檐等处筑巢。乡村田野里有大量的昆虫，是吸引燕子的好去处，燕子特别喜欢在村庄人家的房梁上筑巢。燕子筑巢的时候，不停地飞来飞去，衔来湿泥和杂草，一点点地累积筑巢。筑巢时，燕子夫妇夫唱妇随，谁也不偷懒，谁也不耍滑，它们不停地翻飞忙碌着，巢就这样一点点地壮大，直到可以藏得下燕子夫妻，藏得下它们的子女，燕子夫妇才停止筑巢。燕子喜欢筑巢于房屋，流连于人家庭院，唐代诗人刘禹锡是这样说的："旧时王谢堂前燕，飞入寻常百姓家。"你看，燕子可不管你贫穷还是富有，它只找适合自己的地方。即使你贵为王侯将相，燕子也不高攀，而即使你家贫如洗，燕子也不嫌弃。

燕子双栖双飞，还被人们看作是夫妻恩爱的象征。唐代诗人李白作诗《双燕离》赞美燕子："双燕复双燕，双飞令人羡。玉楼珠阁不独栖，金窗绣户长相见。"你看，燕子双飞可是让多少人羡慕的！

燕子是候鸟，冬去春回，所以燕子也被人们用来比喻离别和重逢。唐代诗人温庭筠在《菩萨蛮》里这样写道："杨柳色依依，燕归君不归。"你看，春天来了，杨柳绽发出新芽，燕子回来了，你却没有回来，让人思念让人失望啊！现代著名散文家朱自清也有散文名篇《匆匆》提及了燕子，朱自清说："燕子去了，有再来的时候；杨柳枯了，有再青的时候；桃花谢了，有再开的时候。"这段文字，就是根据燕子的候鸟特性写的。燕子去了，还有再回来的时候，所以让我们充满了欣喜，也充满了期待。

燕子是益鸟，燕子双栖双飞代表着美好，古代诗人也描写了燕子的美好。如唐代诗人杜甫有诗："细雨鱼儿出，微风燕子斜。"宋代诗人陆游有诗："新绿阴中燕子飞，数家烟火自相依。"描写的都是有燕子出现的美好场景。

无疑，《诗经》里"燕燕于飞"的情景是美好的，而这么多的诗人写诗作赋，对燕子进行歌颂赞美，说明燕子的美丽与美好。而至今，我们也都对燕子念念不忘，每年的春天，都会期盼着燕子的回归。

虽然现在的燕子比以前少了，但是《诗经》里的燕子会不时地飞出来，萦绕在我们的心头……

雉

"雄雉于飞，泄泄其羽。我之怀矣，自诒伊阻。雄雉于飞，下上其音。展矣君子，实劳我心。"——《邶风·雄雉》

这句诗的意思是：雄雉空中飞，高兴地扑棱着翅膀。我在想念他，音信却渺茫。雄雉空中飞，上下翻飞开心鸣唱。只是那个人，让我心忧伤。显然，这是一首爱情诗，写的是一个女子在思念自己的心上人，只是音信渺茫，让她无限忧伤。

这里的雉就是今天的野鸡，雄雉就是雄野鸡。雄野鸡的尾巴长，羽毛鲜艳美丽。雌野鸡的尾巴短，羽毛呈黄褐色，这是雌雄野鸡的外形区别。对于野鸡，明代医学家李时珍是这样说的："雉，南北皆有之。形大如鸡，而斑色绣翼。雄者纹采而尾长，雌者纹暗而尾短。"说明野鸡是一种常见的鸟类，可以说是到处皆有。

野鸡体形较大，形如家鸡。它们也像家鸡一样，喜欢边走边觅食。野鸡虽然为鸟类，但是却不像其他的鸟那样善于飞行，而只能作短距离低空飞行，且不能持久。野鸡的这种特性，让它很容易成为人们的捕捉对象，人们常用的捕捉野鸡的方法是下诱饵引诱，用夹子、网、套捕捉野鸡。由于野鸡飞不远，也有人会群体追逐捕捉，采取疲劳战，直到将野鸡累瘫。有时候也会让狗帮忙追逐野鸡。

在野地里的野鸡并不怕人，但是它的警惕性很高，你若是想靠近它，野鸡就会扑棱棱地飞走，虽然它不善于飞行，但是防备人类，显然是绰绰有余。

在现代，野鸡因为带上一个"野"字，名声似乎很不好，人们把一些暗妓私娼称为"野鸡"，在这里，"野鸡"变成了赤裸裸的贬义词。

让野鸡扬眉吐气的是汉朝开国皇帝刘邦的夫人叫吕雉。吕雉（前241年—前180年8月18日），字娥姁，通称吕后，或称汉高后、吕太后等。吕雉的地位、身份显赫。野鸡生性好斗，吕后就像她的名字一样，性格刚毅，善于斗争，在争权夺利中，可谓是心狠手黑。她首先设计除掉了战功卓著、声名显赫的淮阴侯韩信，其次除掉了同样战功卓著、声名显赫的彭越，震慑了群臣，为她日后幕后掌权奠定了基础。吕雉的心狠手辣，不仅仅在她除去了位高权重的韩信、彭越等功臣，对于曾经与自己争宠的戚夫人，吕雉斩其手脚，薰聋其双耳，挖掉其双目，又以哑药将她毒哑，这还不够，又命人将其抛入茅厕之中，称为"人彘"。吕后的心计谋略和心狠手辣，让其抢夺了刘氏江山，汉朝也成为第一个外戚专权的朝代。

吕雉可是贵为国母，地位、身份显赫，这让野鸡们无比荣耀。即使"野鸡"一度被视为贬义，但是人家国母可是叫雉啊，这足以让野鸡光宗耀祖了，也比进《诗经》荣耀实惠多了。

雁

这个不需要解释，雁就是大雁。

"雍雍鸣雁，旭日始旦。士如归妻，迨冰未泮。"——《邶风·匏有苦叶》

这句诗的意思是：又听邕邕大雁鸣，天刚黎明露晨曦。男子如果要娶妻，趁未结冰来迎娶。

雍雍指的是大雁的叫声非常和谐的意思。大雁为鸟类的一属，形状略像鹅，颈和翼较长，足和尾较短，羽毛淡紫褐色，善于游泳和飞行。大雁也是候鸟，它们有迁徙的习性，秋天从北方到南方越冬，春天从南方飞往北方过夏。

每年大雁从北方南飞，就意味着天气已经很凉了，冬天马上就要到了。

大雁在长距离迁徙时，常常排成"一"字形或者"人"字形。在飞行过程中，它们根据空中风向和气流的变化而不停地变换雁阵，一会儿变成"一"字形，一会儿变成"人"字形。大雁飞行时，头雁飞在"人"字的前端处，头雁披荆斩棘，首当其冲顶着气流和风阻，为后面的同伴开道。因为头雁在飞行的过程中，会在它的身后形成一个低气压区，紧随其后的大雁就可以利用这个低气压区减少空气的阻力，飞行就非常省力。头雁一般都由体形较大的大雁来担任，大雁在飞行变化队形的过程中，头雁也会不停地变换，以减轻首当其冲带来的劳累。大雁的这种团队精神，人们称之为"大雁精神"，希望人们也能像大雁一样，协同合作，有利于团队的发展和壮大。

大雁在飞行时，经常边飞边叫，不停地发出"呱、呱"的叫声，所以我们只要听到天空传来大雁的声音，就知道有一个"大雁旅游团"过来了。

雁在《诗经》里又叫鸿，《小雅·鸿雁》有诗曰："鸿雁于飞，肃肃其羽""鸿雁于飞，集于中泽""鸿雁于飞，哀鸣嗷嗷"。雁为什么又叫鸿？南北朝医学家陶弘景解释说："《诗疏》云：'大曰鸿，小曰雁。'今雁类亦有大小，皆同一形。"也就是说雁是叫鸿还是叫雁，是根据其体形来的，体形大的叫鸿，体形小的叫雁。

因为雁叫鸿和雁，以及它们长途迁徙的候鸟特性，鸿雁常常被人们比喻为通信或者书信，有个成语就叫鸿雁传书。这里有一个典故，汉朝苏武出使匈奴，被单于流放北海去放羊。据《汉书》卷五十四记载："匈奴与汉和亲。汉求武等，匈奴诡言武死。后汉使复至匈奴，常惠请其守者与俱，得夜见汉使，具自陈道。教使者谓单于，言天子射上林中，得雁，足有系帛书，言武等在某泽中。"匈奴单于扣留苏武，不想放苏武回汉，在汉朝派出特使去匈奴时，与苏武一起出使匈奴的常惠，把苏武的情况密告汉使，并设计让汉使对单于讲：汉朝皇帝打猎射得一雁，雁足上绑有书信，叙说苏武在某个沼泽地带牧羊。单于听后，只好让苏武回汉。后来，人们就用鸿雁来比喻书信和传递书信。

历来诗人都对雁进行了吟诵，唐代诗人温庭筠说："雁声远过潇湘去，十二楼中月自明"；李白说："雁引愁心去，山衔好月来"；李商隐说："初闻征雁已无蝉，百尺楼高水接天"。宋朝词人李清照则说："云中谁寄锦书来，雁字回时，月满西楼"，这些诗人都对大雁给予了讴歌赞美。

关于大雁，还有一个传说：湖南衡阳古时被称为雁城，大雁经常来此安营扎寨、停歇栖息。然而有一年冬天，有群大雁栖息时，一只雄雁被一个猎人射杀了。失去了伴侣的雌雁因此撞山自杀，雁群很悲伤，不肯飞走，整日在衡阳上空哀鸣，发出很凄切悲凉的叫声。直至过了冬天，这群哀雁也不肯飞走，当时的县令贴出一张悬赏榜来解决这个问题。当地一名长者听出了大雁哀鸣的悲伤，知道是它们失去了伙伴，于是就走访猎户，终于找到了那名射死大雁的猎人。后来，县令惩罚了那个猎人，并颁布法令：不准射杀大雁，且在山上雕筑大雁像立碑挽诗，并在雁峰寺焚香三日超度，那群大雁才飞走。此后每年大雁南飞，飞经衡阳都不再南飞，栖息在雁峰上度冬。至今衡阳民间还有不准射杀大雁的习俗，因此，唐代诗人王昌龄写诗说"莫道蓟门书信少，雁飞犹得到衡阳"，说的就是大雁最终都回到了衡阳。而宋代诗人范仲淹也有"塞下秋来风景异，衡阳雁去无留意"的词句，说的是即使北方边塞的风景美丽不同，但是大雁还是没有丝毫的留意，它们还是毅然决然地又飞回到了衡阳，一点也没有停留的意思。你看，大雁的执着多有意思？

大雁不仅飞进衡阳，也飞进了《诗经》，它们有时候也会从《诗经》里飞出来。而《诗经》里的大雁，是那么高贵、文雅！

鸿

> "九罭之鱼，鳟鲂。我觏之子，衮衣绣裳。
>
> 鸿飞遵渚，公归无所，于女信处。
>
> 鸿飞遵陆，公归不复，于女信宿。
>
> 是以有衮衣兮，无以我公归兮，无使我心悲兮！"——《豳风·九罭》

　　这是一首完整的短诗，写的是一个人在路上遇到了一个德高望重的官员，因为途中无处安身栖息，所以就留宿了他。可是官员走后，就再也没有回来，只留下官服，让主人睹物思人，心中难免惆怅起来。这首诗反映了古代淳朴的民风，即使对待一个陌生人呢，也能做到热情相待，而且客人走后还倍加思念。如果人与人之间，都能热情相待，都能亲如一家，那该多好，社会又该有多和谐！

　　这里的鸿，也是一种大鸟，指的是天鹅。有鸿鹄一词，指的就是天鹅，《史记·卷三十六·陈涉世家》曰："陈涉少时，尝与人佣耕，辍耕之垄上，怅恨久之，曰：'苟富贵，勿相忘。'佣者笑而应曰：'若为佣耕，何富贵也？'陈涉叹息曰：'嗟乎，燕雀安知鸿鹄之志哉！'"这里的鸿鹄就是指天鹅，陈胜将自己比喻成天鹅，自己的志向像天鹅一样，志在高飞，意在远方。后来，天鹅常被用来比喻有远大抱负的人。

鸿是形声字，从汉字的结构来看，鸿是江边鸟，可见鸿是栖息生活在水边的一种鸟。鸿有时候也指大雁，有"鸿雁"一词，以及成语"鸿雁传书"，比喻人与人之间的书信往来，鸿雁也被喻指书信。

鸿到底是指大雁还是天鹅？南北朝大医士陶弘景是这样说的："《诗疏》云：'大曰鸿，小曰雁。'今雁类亦有大小，皆同一形。"就是说，鸿是指大雁还是天鹅，是根据其体形特征来区分的，体形较大者为天鹅，稍小者为大雁。不过在大雁中，体形也有大小之分。所以，区分鸿是雁还是天鹅，需要专业人士去鉴别。

不过，无论鸿指的是大雁还是天鹅，它都是体形很大的鸟类，所以，鸿常常被我们比喻为志向远大。《淮南子·鸿烈序》里说："鸿，大也。"由此看来，鸿也成为大的代名词。所以，大道理被称为"鸿猷"；某人出版了某本图书则被称为"鸿文"；一个人享有较大的声誉被称为"鸿名"；学富五车，知识渊博的读书人则被称为"鸿儒"。

鸿有时候也被指为幸运、吉祥的意思，比如成语"鸿运当头"，意指一个人遇到了好事。而"鸿福满堂"则是事事顺利，福气充满了整个家庭的意思，比喻家庭非常幸福。

其实，无论鸿是指大雁还是天鹅，我们只要记住它是《诗经》里的一种大鸟就行了，它翱翔天空，志在远方，是我们人类崇拜和学习的对象。所以啊，我们常常用它来表达我们的观点和看法，因为它代表的可是我们的远大理想和抱负呢！

鹑

鹑就是鹌鹑。

"鹑之奔奔，鹊之强强。人之无良，我以为兄。鹊之彊彊，鹑之
奔奔。人之无良，我以为君。"——《鄘风·鹑之奔奔》

这里的鹑是指鹌鹑。《诗经》里的这首诗很短，诗的意思是：鹌鹑尚
且双双飞，喜鹊也是成双对。这人心地不善良，我还把他当兄长。喜鹊
尚且成双对，鹌鹑也是双双飞。这人丝毫没良心，我还把他当君子。

这首诗是一首控诉、谴责诗，诗人把一个心地不良的人视为兄长，
当成君子，然而这个人最终辜负了诗人的一片衷心。诗人以"鹑之奔奔，
鹊之强强"来反衬心地不良的人，它们还不如这些动物。

"鹑之奔奔"是指鹌鹑雌雄一起飞的样子。

对于鹌鹑，我们是再熟悉不过的了，鹌鹑又叫鹑鸟、宛鹑、奔鹑，
是雉科鹌鹑属鸟类。在市场上我们经常可以见到的鹌鹑蛋，就是它所产

的卵。鹌鹑是雉科鸟类中体形较小的一种，它们一般在草丛中生活，也会在灌木林中活动。

在《诗经》的另一首诗《魏风·伐檀》里，也提到了鹑。

　　　　"不狩不猎，胡瞻尔庭有县鹑兮？"——《魏风·伐檀》

《魏风·伐檀》也是一首控诉、谴责诗，这句诗的意思是说：你并不上山狩猎，凭什么你家鹌鹑挂成行？诗歌表达了诗人对剥削者的愤恨与愤怒，以及无可奈何。是啊，历朝历代都有剥削阶层和被剥削阶层，但是，这又有什么办法呢？除了制度造成的原因以外，人与人之间的地位、智商、能力也是造成人不平等的原因，弱肉强食是动物界的生存法则，这个法则同样适用于人类。

《诗经》里，有很多篇章是关于爱情的，里面涉及很多爱情鸟，而鹌鹑其实也是《诗经》里的爱情鸟，就拿"鹑之奔奔，鹊之强强"来说，描写的可是鹌鹑和喜鹊这两对情侣鸟比翼双飞的甜美场景，鹌鹑和喜鹊夫妻，或者说小情侣，它们可是双栖双飞的，这种陪伴，可是平常人们所向往的幸福生活呢！

鹌鹑体形较小，不善飞，但产蛋量高，所以人们会圈养鹌鹑。鹌鹑蛋有较高的营养价值，所含蛋白质、卵磷脂、铁等均高于鸡蛋。而鹌鹑肉也是美味，《食疗本草》中有"食用该种食物，可以使人变得聪明"的说法。但是吃鹌鹑肉也有禁忌，就是感冒期间忌食；而鹌鹑肉和菌类一块吃，容易导致痔疮发作；和猪肝一块吃，则容易导致脸上长雀斑。所以吃鹌鹑肉，大家可得小心又小心了，不要为了享受美味而影响了健康和漂亮，心情可就不美丽了。倘若真的如此，这也不能怪鹌鹑啊，要怪，只能怪你没有管好自己的嘴。

《诗经》里的鹌鹑是美丽的，它们与配偶相依相伴，"鹑之奔奔"比翼双飞，是令人羡慕的好情侣，说它们是爱情鸟，名副其实！

鸡

对于鸡，我们是再熟悉不过的了，鸡是家禽，与人为邻，依靠人的喂养而得以生存。而作为回报，人们则取其蛋、食其肉。

"鸡既鸣矣，朝既盈矣。匪鸡则鸣，苍蝇之声。"——《齐风·鸡鸣》里

这首诗描写鸡鸣拂晓的时候，妻子催促丈夫早起上朝，但是丈夫贪恋早觉，不想起床，于是就辩解：这哪里是鸡儿叫啊？这是苍蝇在闹呢！诗里夫妻的对话诙谐、幽默，为我们展现了一幅慵懒、风趣的家庭生活场景。

鸡，从古时候就为人们打更，每天早早就提醒人们天亮了！

公鸡打鸣又被称为司晨，有一句成语叫司晨报晓，指的就是公鸡打鸣，预示着天即将亮了。

司晨的任务一般为公鸡承担，如果母鸡司晨，那么无疑是反常现象，

所以还有一句成语叫"牝鸡司晨"，典出《尚书·牧誓》。牝鸡就是母鸡，母鸡在早晨打鸣被古人认为是不吉利的，古人认为这预示着家庭的即将败落，封建时代则用来比喻妇女篡权乱政。

对于鸡打鸣，《诗经》另一首《郑风·风雨》说得很清楚："风雨凄凄，鸡鸣喈喈。既见君子，云胡不夷。风雨潇潇，鸡鸣胶胶。既见君子，云胡不瘳。风雨如晦，鸡鸣不已。既见君子，云胡不喜。"

这首诗充分利用了鸡群居和鸡打鸣这个特性，来表达亲人回家团聚的兴奋之情。

鸡是一种家禽，据说它源出于野生的原鸡。原鸡栖息于海拔 1000 米以下的热带森林、次生竹林中，它们以植物的果实、种子、叶子为食，也吃白蚁、白蚁卵、幼蛾等虫子。别看现在的鸡飞不高也飞不远，但鸡的祖先原鸡的飞行能力却很强，它们不像现在的鸡，被人们豢养，有吃有喝，无需辛苦奔波去寻食，所以鸡渐渐地把飞行的生存技能忘却了，现在的鸡基本都不会飞了。

尽管现在的鸡不会像它的祖先那样善于飞行，但是这不影响它属于鸟类的血统。鸡属于鸟纲雉科雉族鸟类。雉是野鸡，也就是说，鸡和野鸡属于近亲。

诗经《王风·君子于役》诗曰："君子于役，不知其期，曷至哉？鸡栖于埘，日之夕矣，羊牛下来。君子于役，如之何勿思！君子于役，不日不月，曷其有佸？鸡栖于桀，日之夕矣，羊牛下括。君子于役，苟无饥渴！"

这是一首写妻子怀念远出服役的丈夫的诗。此诗从日常生活中鸡进笼了、羊牛回家了来反衬自己服役的丈夫还没有回来，充满了妻子对在外服役的丈夫的思念。

鸡作为人们熟悉的家禽，为人类提供了肉、蛋等美味，受到了人们的喜爱。雄鸡报晓不仅影响着人们的作息和生活，也激励着人们的上进。

比如古人"闻鸡起舞"的故事，说的是祖逖和刘琨二人半夜听见鸡叫，便起身练习武艺，这是多么励志的故事！而因为鸡与人们休戚相关，因此还有"一人得道，鸡犬升天"的成语，比如一个人发达了，他家的鸡和狗也跟着飞黄腾达。

不过，与鸡相关的也有不少反面的词汇，比如"鸡鸣狗盗""鸡犬不宁""鸡飞狗跳"等，不能不说这是对鸡的丑化与抹黑。在《诗经》中，鸡可是很美好的一种动物，它们除了为人们提供肉、蛋，还尽心尽职，每天提醒着人们早起劳动，所以我们美好的一天，应该是从雄鸡报晓开始！

凫

凫就是野鸭。

明朝医学家李时珍说："凫，东南江海湖泊中皆有之。数百为群，晨夜蔽天，而飞声如风雨，所至稻粱一空。"从李时珍的这句话来看，我们知道凫喜欢群居，生活在江河湖泊中，它们常常是成百上千只集聚在一起，经常是群起而飞之，发出很大的响声，用李时珍的话来说是"飞声如风雨"。而群凫飞起时的场景蔚为壮观，李时珍形容为"晨夜蔽天"。

你看，小小的野鸭，可是弄出不小的动静呢！

"将翱将翔，弋凫与雁。"——《郑风·女曰鸡鸣》

翱和翔是指鸟在空中盘旋飞行。诗的意思是：鸟儿即将飞行翱翔，就可以射凫与大雁了。

这里的凫就是野鸭。对于野鸭，其实我们并不常见，不过，我们在水中会经常见到一种水鸭，但它的体形可是比《诗经》里的野鸭小多了。

凫属于鸟纲雁鸭目雁鸭科鸟类，体长 60 余厘米，喙宽而扁平且短。这说明，野鸭的体形并不比家鸭小。而野鸭能进行长途的迁徙飞行，最高的飞行速度能达到时速 110 千米。你看野鸭可不是普通的鸭，它是一种特别善于飞行的鸟。

说凫我们可能很陌生，但是说到凫水，大家是再熟悉不过的了。凫水是指在水上漂浮游动，凫水的方言就是游泳。人们问会不会凫水就是会不会游泳的意思。顿时恍然大悟，原来我们所说的凫水的凫，就是野鸭啊！

在《诗经》里，凫可是无处不在，如《大雅·凫鹥》里有"凫鹥在泾，公尸来燕来宁""凫鹥在沙，公尸来燕来宜""凫鹥在渚，公尸来燕来处""凫鹥在潨，公尸来燕来宗""凫鹥在亹，公尸来止熏熏"的诗句，描写了凫和鹥的生活环境，它们生活在水里，生活在沙滩上，生活在绿洲，生活在峡门中。一句话，凫和鹥是在水中生活的鸟类，到处都可以看见它们。

凫又叫鹜，有句成语叫趋之若鹜，意思是指像野鸭一样成群跑过去，用来比喻许多人争着去追逐某些事物。不过，趋之若鹜多数时候被用作贬义，这无疑贬低了鹜的形象。好在唐朝著名诗人王勃在《滕王阁序》里大大赞美了鹜，王勃说"落霞与孤鹜齐飞，秋水共长天一色"，这是何等美丽的风景？落霞与孤鹜齐飞是一幅美丽的动态图，而秋水共长天一色则是静态图，动静结合的景象才有灵气，"落霞与孤鹜齐飞，秋水共长天一色"可谓是有动有静，此情此景，美不胜收，不胜美哉！所以，王勃的《滕王阁序》也成为流芳百世的名篇。

凫是家鸭的祖先，经过人们的驯养，野鸭的飞行技能渐渐退化。因为圈养后的野鸭，无需再辛苦奔波寻食，无需再展翅远飞，慢慢地，就不会飞行了，就变成了家鸭。而家鸭经过人们的驯养，甚至连孵化后代的本领都忘记了。看来，被圈养虽然衣食无忧，吃好喝好，无需辛苦奔波，但对于鸭子来说也不一定是什么好事呢！

鸨

鸨，读 bǎo。

在《诗经》中，鸨是两种不同的动物：一指鸟类，另一种指的则是兽类。如《唐风·鸨羽》有诗曰："肃肃鸨羽，集于苞栩""肃肃鸨翼，集于苞棘""肃肃鸨行，集于苞桑"。这里的鸨，指的就是一种鸟。《郑风·大叔于田》有诗曰："叔于田，乘乘鸨。两服齐首，两骖如手。"这里的鸨，则指的是黑白杂毛的马。

古人真累，明明是不同的动物，却叫一个名字，不怕自己分不清吗？反正现代人不看《诗经》的注释，估计大家都傻傻分不清。鸨明明是鸟却又变成了马，唉，唉，不知道是不是古人在和我们"逗你玩"呢！

鸨头小颈长，是鸨科里中型和大型狩猎鸟类，它与鹤形目的鹤和秧鸡有亲缘关系。鸨比大雁还要大，但是它不像大雁那样善于飞行，而是像鸵鸟那样善于奔跑和行走。由此看来，鸨属于大鸟。

古人误认为这种鸟没有雄性，只有雌性，认为是与其他鸟交配繁殖而来，所以鸨被古人认为是淫鸟。由此，鸨也就有了一个不好的名声。后来鸨常常被人们用来形容为妓女，比如老鸨，就是指开设妓院的女人。

对于鸨，李时珍是这样说的："鸨，水鸟也。似雁而斑纹，无后趾。性不木止，其飞也肃肃，其食也齝。肥腯多脂，肉粗味美，闽语曰：'鸨无舌，兔无脾。'或云：'纯雌无雄，与它鸟合。'或云：'鸨见鸷鸟，激粪射之，其毛自脱也。'"

由此可见，鸨是一种水鸟，它的味道其实很鲜美，对于现代人来说，应该是一种美味。而鸨遇到比自己更凶猛的鸟，就会自卫，它的自卫方式很奇特，就是"激粪射之，其毛自脱也"。估计那些大鸟虽然凶猛，估计也会嫌恶鸨的粪便敬而远之吧？而"激粪射之"之后，鸨那沾染了粪便的羽毛则会自行脱落，以保持自身的清洁。

呵呵，每种动物都有保护自己的方式，其实鸨的自卫方式也算不上特别，比如有一种昆虫叫斑蝥，它的自卫方式和鸨相似，遇到危险，斑蝥就会从肛门放出有毒气体，用来反击攻击自己的动物，以保护自己的安全。而壁虎的自卫方式则是自断其尾，用舍弃自己身体的一部分来保护自己，壁虎的自卫方式非常悲壮。相比壁虎，鸨"激粪射之"的自卫方式，也就不值得大惊小怪了。

李时珍还说鸨"纯雌无雄，与它鸟合"，认为鸨只有雌性没有雄性，它们的交配就需要与其他的鸟类来完成。这让人们对于鸨就有了偏见，认为它随意与其他的鸟交配，所以鸨也就有了不好的名声。实际上，鸨是有雌雄的，只是雌雄个体相差很大，它们在一起好像门不当户不对。而由于鸨不善飞行，喜欢奔跑行走，所以古人经常可以看到鸨在交配的场景。但是，由于它们的体形大小反差很大，因此古人就误以为是鸨在和其他的鸟在交配，就认为鸨是淫鸟。

而对于那些善于飞行的鸟类，人们则很少看到它们交配的场景。就像鸡、鸭，由于不善飞行，人们经常能看到它们雌雄交配。所以鸡、鸭的名声也不是太好，鸡也常常被人们用来比喻妓女，而鸭则被用来比喻妓男。但是，对于麻雀、大雁等这些善于飞行的鸟类，它们的交配人们则很难看到，所以这些飞鸟也就没有"绯闻"和非议。

不过，在《诗经》中，鸨并没有被赋予"淫"的贬义。《唐风·鸨羽》说："肃肃鸨羽，集于苞栩。王事靡盬，不能艺稷黍。父母何怙？悠悠苍天！曷其有所？"这是一首反映劳动人民疾苦的诗歌。鸨鸟的爪间有蹼而无后趾，生性不善于飞行，只能奔走于沼泽草地，不能抓握枝条在树上栖息。诗人用鸨鸟飞集在树上来比喻官府强迫农民放弃本职种地去做苦役，从而让农民无法安生养息。这里的鸨，显然没有贬义。

在动物中，衍生了很多俚语，比如做牛做马，指一个人为了表达对别人恩情的报答，常常用来世做牛做马来比喻。因为牛力气大，犁田勤恳任劳任怨，马善于奔跑，是古时人们最佳的出行工具。所以为恩人做牛做马是最好的报答，做牛做马也是褒义词。但是如果说做鸡做鸭，那性质就截然相反了，因为做鸡做鸭被比喻为男女出卖自己的肉体。其实，做羞耻不道德的事情的是某些人，但是却让鸡、鸭、鸨来背锅，它们真冤啊！要知道作恶的不是它们，而是有些人啊！

晨风

晨风是一种自然现象，不过《诗经》里所说的晨风指的是鹯鸟，晨风与动物扯上关系，是一种鸟类，这还真是让人意想不到呢！

"鴥彼晨风，郁彼北林。"——《秦风·晨风》

这里的晨风，指的是一种鸟，就是鹯鸟。

古人真有意思，鹯鸟不叫鹯鸟，叫晨风。

没来由就喜欢上了晨风这个名字。我一直认为，晨风是《诗经》中最富有诗意、最让人遐想的动物。你看，晨风按照字面解释，那可是早晨的风，早晨的风新鲜、清爽，让人心旷神怡，所以人们也喜欢晨起，一方面是为了锻炼，另一方面也是为了呼吸早晨的新鲜空气。

但是在《诗经》里，晨风可是一种凶猛残忍的禽鸟，它性情凶猛，体形酷似鹞鹰，具有尖锐的啄和锋利的爪子。由于体形大，力量多，加之凶残，它喜欢捕食鸠、鸽、燕、雀等比它弱小的鸟类。鸠、鸽、燕、雀等弱小鸟类在它的面前，不过是一道"点心"而已，由此可见，晨风这个名字虽然好听，虽然很富有诗意，但是，它却是非常凶残的。

同为鸟类，但鸠、鸽、燕、雀却是晨风的口中美味，你说晨风这种鸟凶猛不凶猛？残忍不残忍？与它富有诗意的名字相比，可谓是相差千里，名不符实！

不过，尽管晨风生性凶猛，甚至是残忍，但是我依然非常喜欢它，不为别的，只为它那充满诗意的名字——晨风，你说，这个名字该有多美？还有，晨风也颠覆了鸟类在人们心中美丽、软弱的印象。要知道，在动物中，狮子、老虎、豹子、豺狼等猛兽是动物界的王者，它们弱肉强食，捕食弱小的食草动物，即使那些食草动物体大如马，力大如牛，也逃脱不了被狮子、老虎、豹子等凶猛动物捕食的命运。而鸟类一般体形弱小，给人软弱的印象。因为它们有的小如拳头，一直以弱者的身份在自然界存在，但是，晨风却颠覆了人们的这种传统认知，晨风告诉我们，鸟类也不全是吃素的，它们之中，也有王者，晨风就是鸟类王者的代表之一！

而像能捕食鸟类、兔子、老鼠等小动物的可以说是大有"鸟"在，像老鹰、隼等都可以捕食兔子、蛇等小动物；角鹰则可以捕食猴子、树獭和其他树居哺乳动物；鱼鹰、鸬鹚可以捕食鱼类和甲壳类动物；我们熟知的猫头鹰可以捕食老鼠。这些大中型鸟类，它们是鸟类的佼佼者，它们的存在，说明鸟类并不孱弱。

由于晨风即鹯鸟性情凶猛，由此衍生了鹯视狼顾的成语，意思是如同鹯狼视物，形容目光贪婪、凶恶。该成语出自汉代陈琳《檄吴将校部曲文》："其余锋捍特起，鹯视狼顾，争为枭雄者，不可胜数。"

鹯鸟被与狼相提并论，足见其性情凶猛。不过，《诗经》里并没有体现晨风凶猛、残忍的一面，而只是以"鴥彼晨风，郁彼北林"提及。鴥是鸟疾飞的样子，"鴥彼晨风，郁彼北林"是什么意思呢？意思是：鹯鸟如箭疾飞，飞入北边的密林中。你看，由晨风"如箭疾飞"，就可以看出其矫健有力的身姿，它要是捕食发起进攻，更是急如箭矢，快如流星，别说是鸠、鸽、燕、雀，就是地上的中小型动物，估计也难敌其俯冲之势而望风而逃吧？！

俗话说人的名，树的影，晨风能够进入《诗经》，靠的可是鸟的名和影啊！

鹭

对于鹭这种鸟，尽管我们可能没有亲眼看见过，但是我们应该也不
陌生。

唐代著名诗人杜甫的《绝句》"两个黄鹂鸣翠柳，一行白鹭上青天。
窗含西岭千秋雪，门泊东吴万里船。"让我们对鹭这种鸟可是早有认知。

杜甫的这首《绝句》，可谓是千古绝唱。在杜甫的笔下，这是何等幽
静、闲适的美景。在诗人的笔下，眼前的场景可谓是动静结合，有声有
色。你看，黄鹂、白鹭、积雪，可是有黄有白，黄鹂鸣翠柳、白鹭上青
天以及门泊东吴万里船，可是有动有静的。所以杜甫的这首《绝句》能
够千古流芳，是有道理的。

而鹭这种鸟早就出现在我们的诗歌里，早就出现在我们的《诗
经》里。

"振鹭于飞，于彼西雍。我客戾止，亦有斯容。"——《周颂·振鹭》

这句诗将尊贵的客人与鹭相提并论，形容为也有振鹭一样的威荣，可见诗人对白鹭的喜爱与赞美。现代人常常用"禽兽不如"来形容一个人的恶，但是古人却将客人形容与白鹭一样，可见，白鹭是良禽！

鹭是鹳形目鹭科鸟类的通称，又名白鹭、春鉏、鹭鸶、白鸟、丝禽、雪客、一杯鹭、小白鹭、白鹭鸶等，为大、中型涉水禽类，主要活动于湿地及林地附近。它们具有长嘴、长颈、长脚的外形，羽色有白色、褐色、灰蓝色等，常见的以白色居多。对于鹭，明代医学家李时珍是这样说的："《禽经》云：'鹳飞则霜，鹭飞则露。'其名以此。步于浅水，好自低昂，如春如锄之状，故曰春锄。"按照这种解释，鹳鸟在飞行像霜，白鹭在飞时像露。鹳为长颈绿身，鹭为长颈白身，这是它们的外形特点。

李时珍对鹭做了进一步的解释："鹭，水鸟也。林栖水食，群飞成序。洁白如雪，颈细而长，脚青善翘，高尺余，解指短尾，喙长三寸。顶有长毛十数茎，毵毵然如丝，欲取鱼则弭之。郭景纯云：'其毛可为睫'。"由此可见，白鹭是水鸟，在树林中栖息，在水泽边觅食。而鹭身高尺余，说明鹭是大鸟。

在《诗经》里，《陈风·宛丘》也提到了鹭："坎其击鼓，宛丘之下。无冬无夏，值其鹭羽。坎其击缶，宛丘之道。无冬无夏，值其鹭翿。"在这首诗里，提到鹭的羽毛，鹭羽是古人用白鹭的羽毛制作成的舞蹈道具，鹭翿（dào）是用鹭的羽毛制作成的伞形舞蹈道具。你看，白鹭的羽毛被古人用来作为舞蹈道具，为舞蹈添光增彩，可见白鹭是美丽的象征！

白鹭常一脚站立于水中，另一脚曲缩于腹下，头缩至背上呈驼背状，长时间呆立不动，行走时则步履轻盈、稳健，显得从容不迫。白鹭就像仙鹤一样，具有仙风道骨，让古人无比喜爱。

其实，岂止是古人无比喜爱白鹭，今人对白鹭也一样是喜爱无比！

鸱鸮

鸱鸮读 chī xiāo，是鸮形目鸱鸮科鸟类，俗称猫头鹰。

应该说，猫头鹰在人们的印象中可不是什么好鸟，它与乌鸦一样，都不受到人们的待见。从古至今，人们都将猫头鹰和乌鸦视为不祥之鸟，认为猫头鹰会给人带来噩运。

猫头鹰的头部看起来与猫极其相似，所以人们将其称为猫头鹰，也有称其神猫鹰的。你看，虽然猫头鹰被人们视为不祥之鸟，但是它的名字神猫鹰可是很酷，带"神"呢，是不是说明它是很神圣的鸟呢？我们是不是应该改变对它的偏见呢？

在《诗经》里，鸱鸮同样被认为是恶鸟，名声很坏，影响很恶劣。

"鸱鸮鸱鸮，既取我子，无毁我室。恩斯勤斯，鬻子之闵斯。"——《豳风·鸱鸮》

诗人将自己设想为弱鸟，它的子女遭到了猫头鹰的袭击，面对凶恶的猫头鹰，它只能退而求其次，祈求猫头鹰大发慈悲，抓走自己的儿女之后不要毁掉自己的巢。诗人其实是以鸟喻人，反映了劳动人民遭受强权的迫害无奈而又无助的样子。由此可见，《豳风·鸱鸮》其实是一首反映压迫的诗歌。

在诗经中，猫头鹰被称为鸱鸮，有时候又被称为鸱或者鸮，如《大雅·瞻卬》有诗曰："懿厥哲妇，为枭为鸱。妇有长舌，维厉之阶！"《陈风·墓门》有诗曰："墓门有梅，有鸮萃止。夫也不良，歌以讯之。讯予不顾，颠倒思予。"这里的鸱、鸮指的就是猫头鹰。但是，《本草纲目》解释，鸱、鸮是两种不同的鸟。

《诗经》里提及鸱鸮的时候，都是以恶鸟的形象出现的。《豳风·鸱鸮》里的鸱鸮抢其他鸟类的子女，还要摧毁人家的巢穴，可谓是无恶不作。《陈风·墓门》里的鸮停留在坟前的树枝上，多晦气？《大雅·瞻卬》里则将长舌妇比喻为鸱，长舌妇花言巧语善于说谎，隐藏邪恶祸根，常常给他人带来灾难，是坏人。将坏人比喻作鸱，当然是对鸱的贬损。

猫头鹰被人们认为是恶鸟，会带来噩运，这是由于人们的迷信所致。我国民间有"夜猫子进宅，无事不来""不怕夜猫子叫，就怕夜猫子笑"等俗语。人们把猫头鹰当作不祥之鸟，也是有一定道理的。人即将死亡之前，身体会发出腐败的气味，由于猫头鹰嗅觉灵敏，能够闻到病入膏肓的人身上的气味，并且会发出叫声，因此，猫头鹰就会飞到他家附近不停地鸣叫，而不久病人就会死亡。因为猫头鹰一来，就会出现死人的现象，所以有的地方的人们就将猫头鹰称为逐魂鸟、报丧鸟。从这些诨名来看，猫头鹰就被人为赋上了不祥的色彩。有的古书中也把它称之为怪鸱、鬼车、魖魂，当作厄运和死亡的象征。总之，猫头鹰的名声太坏，影响太恶劣，很不受人待见。

好在今天，随着社会的发展和科学技术的发达，人们已经为猫头鹰正名，它不再是恶鸟，而是益鸟，并且被列为国家保护动物之列，属国家二级保护动物。从恶鸟到益鸟，是发生了质的变化，应该说，这是人们思想的转变，也是猫头鹰之幸！要不然，它还要一直顶着恶鸟的坏名声呢！

鹈

鹈，即鹈鹕，读 tí hú，亦称伽蓝鸟、淘河鸟、塘鹅，是一种以鱼为食的水鸟。鹈鹕体形巨大，体长可达两米，嘴长且尖端弯曲，主要栖息于湖泊，江河，沿海和沼泽地带。

医学家李时珍说："鹈鹕处处有之，水鸟也。似鹗而甚大，灰色如苍鹅。喙长尺余，直而且广，口中正赤，颌下胡大如数升囊。好群飞，沉水食鱼，亦能竭小水取鱼。"仅它的喙就有一尺多长，由此可见，鹈鹕是体形巨大的水鸟，它善于钻入水中捕食鱼类。

"维鹈在梁，不濡其翼。彼其之子，不称其服。维鹈在梁，不濡其咮。"——《曹风·候人》

这首诗反映的是贵族权贵无需付出劳动，就能不劳而获。说权贵就像鹈鹕一样，只需守在鱼梁上嘴都不湿翅膀也不湿就能吃到鱼的美味。其实，这是对鹈鹕的误解。鹈鹕利用自身善于捕食鱼类的优势，蹲在鱼梁上守株待兔捕食鱼类，这是它的本领。但是，古人却认为鹈鹕蹲守在那里是不劳而获，真的是冤枉了鹈鹕。

实际上，捕食鱼类的鹈鹕可是很勤劳的，如果它不付出，不劳动，就不会享有鱼的美味。即使鱼类跃出水面被鹈鹕捕获，这也是鹈鹕的聪明之处，知道怎么去利用地形因势捕食，怎么能说是鹈鹕不劳而获呢？

即使如古人所说是不劳而获，如果是省了力气而获，又何乐而不为呢？只要不是依靠抢夺、剥削他人，就不为错。再说，鹈鹕不劳而获靠的可是自己的特长和聪明，利用地势和鱼类喜欢逆流而上的特性而进行捕食，真的不能说是不劳而获。

鹈鹕是非常聪明的鸟类，它们非常团结，喜欢成群结队地活动。鹈鹕发现鱼群，它们便会排成直线或半圆形进行包抄，用翅膀扑打水面，从而迫使鱼游入浅水区。然后再张开大嘴，进行捕食。你看，鹈鹕是不是很精诚团结？

鹈鹕让人敬佩不仅仅是它的聪明，还有它对爱情婚姻的忠诚。鹈鹕是对爱情非常忠贞的鸟类，它们一旦配对成功后，伴侣终生不换。这可比人类忠诚多了，鹈鹕对待爱情的态度，让人类自叹不如！只可惜，鹈鹕进入《诗经》，既不是以勤劳的形象，也不是以对爱情忠贞的形象出现的，而是以不劳而获的面目出现在世人的眼前，这对于鹈鹕来说，实在是天大的不公！

不过，虽然鹈鹕在《诗经》里饱受委屈，但那又能怎样呢？鹈鹕依然是勤劳聪明的鸟类，对于人们对它的偏见，鹈鹕们并不以为意！

仓庚

作为鸟名，仓庚显得严肃而正统。你看，庚是天干的第七位，用作顺序作第七的代称，庚也会被用作代指年龄，如"您贵庚啊？"就是您年龄多大的意思。仓庚这个名字是不是很正统？

就字面意思来解读，仓，谷藏也，表示仓库的意思。庚的本意为"脱谷的农具"。一个是仓库，一个是农具，不知仓庚是不是与农事有关？

仓庚又叫黄莺。查阅《本草纲目》，李时珍曰："莺处处有之。大于鸒鹆，雌雄双飞，体毛黄色，羽及尾有黑色相间，黑眉尖觜，青脚。立春后即鸣，麦黄椹熟时尤甚，其音圆滑，如织机声，乃应节趋时之鸟也。《月令》云：'仲春仓庚鸣。'《说文》云：'仓庚鸣则蚕生。冬月则藏蛰。入田塘中，以泥自裹如卵，至春始出。'"时珍说的莺就是仓庚。

看了李时珍的解释，我恍然大悟，仓庚之名并非随意而取，它"乃应节趋时之鸟也"，仓庚"立春后即鸣，麦黄椹熟时尤甚"，说明春天来了，仓庚开始鸣叫，麦黄椹熟时则叫得更欢。"仓庚鸣则蚕生"，人们通过仓庚的鸣叫可以知季候知农时知农事，难怪它的名字叫仓庚呢，名副其实的"农事鸟"啊！

"七月流火，九月授衣。春日载阳，有鸣仓庚。"——《豳风·七月》

你看，《诗经》将仓庚春天开始鸣叫的习性说得清清楚楚。

仓庚在今天又叫黄鹂、黄莺，是黄鹂属雀形目黄鹂科鸟类，其羽毛美丽鲜艳，非常漂亮，所以《诗经》里有诗曰："交交桑扈，有莺其羽""交交桑扈，有莺其领"（《小雅·桑扈》）。这里的莺是指有文采的意思，指像黄莺的羽毛那样美丽和文采斐然。桑扈也是一种鸟，但是它的美丽要用莺来形容，可见莺之美丽！

黄莺是一种美丽的鸟，它是鸟类中著名的"歌唱家"。它的鸣叫声圆润嘹亮，非常清脆。黄莺的鸣叫富有韵律，十分悦耳动听。古人把它的鸣叫称为"莺歌"，黄莺常常被人们与燕子相提并论，称其为"莺歌燕舞"，意思是黄莺在歌唱，燕子在飞舞。莺歌燕舞是指春天鸟儿喧闹活跃的情景，也被用来比喻社会建设蓬勃兴旺的景象。

有时候人们比喻某一个人开心时会说其"快乐得像一只黄鹂鸟"。《豳风·东山》里有诗曰："仓庚于飞，熠耀其羽。"也是用来形容黄鹂的美丽的。由此看来，仓庚是美丽、快乐的，是受到古人喜欢的鸟。而历代诗人也对仓庚，即黄鹂、黄莺进行了讴歌，比如唐代诗人杜甫有诗曰："留连戏蝶时时舞，自在娇莺恰恰啼。"在杜甫的笔下，黄莺是自在快乐的。而韦应物在《滁州西涧》里也说："独怜幽草涧边生，上有黄鹂深树鸣。"

黄鹂的美丽可爱和声音的悦耳动听，宋代诗人欧阳修在《啼鸟》一诗里则更是说得非常明了："黄鹂颜色已可爱，舌端哑咤如娇婴。"在诗人的笔下，黄鹂是那么美丽可爱，它的鸣叫犹如娇嫩的婴儿的声音那么动听。要知道新生儿代表的可是美好和希望，也是人类生存的延续和对美好生活的寄托和向往。由此看来，人们喜欢仓庚是有一定道理的！

在《诗经》里，还提到一种鸟叫流离，有两种解释：一是称流离为鸮（一种恶鸟），一是称流离为仓庚。流离的意思是流离转徙，指辗转迁移，无处安身。这么一个凄凉、悲惨的词汇，怎么可能被用到仓庚的身上呢？所以，我一直不认同流离是指仓庚，而是倾向于指恶鸟鸮。要知道，无论是叫仓庚还是黄莺、黄鹂，都是非常美丽的，流离这么凄凉、悲切的名字，怎么能用在它的身上呢？

鹏

鹏读 jú，鹏是一种鸟，就是伯劳鸟。

"七月鸣鹏，八月载绩。载玄载黄，我朱孔阳，为公子裳。"——《豳风·七月》

诗意思是：七月伯劳开始鸣叫，八月人们开始织麻。染丝有黑又有黄，我的红色更鲜亮，来给贵人做衣裳。这里的"七月鸣鹏"，说的就是伯劳鸟在七月开始到来和鸣叫。

伯劳鸟是伯劳科伯劳属候鸟，夏天的时候飞回，冬天的时候飞走。所以，上古时代，人们利用五种候鸟的不同迁徙时间来制定历法，伯劳就是其中的一种。伯劳在古时又被称为"伯赵"，因为其"夏至鸣，冬至止"。所以伯劳鸟掌管着夏至到冬至这个季候，夏至到了，伯劳鸟开始出现，冬至到了，伯劳鸟开始离开。

古人利用候鸟的特性，来区分季节的变换，以及从事农事耕作。想想，古人真是聪明得很。

伯劳鸟是一种食肉的小型雀鸟，又名百罗鸟、伯劳头。伯劳鸟虽然体形较小，但是其却生性凶猛，可以捕捉老鼠、青蛙、蛇、蜥蜴等小动物，甚至还会捕食其他鸟类。你看，小小的伯劳鸟改变了人们传统中"弱小就要挨打"的印象。伯劳鸟在捕食小动物时，常将猎获物挂在带刺的树上，在树刺的帮助下，将其杀死，再撕碎而食之，所以，有人也将伯劳鸟称为"屠夫鸟"。你看，伯劳鸟多么聪明？人家虽然是鸟，但可是有"屠夫"的名号的哦。"屠夫"这个名号，可不是随随便便就能得来的，没有"两把刷子"可不行。伯劳鸟凭借的可是自己"凶、恶、猛"的戾气，硬是把老鼠、蜥蜴等凶恶的小动物纳入囊中，成为自己的美食，也让自己跻身于"猛禽"的行列。

伯劳鸟体形虽然较小，但是它的嘴形大而强，上嘴端带钩，略似鹰嘴。它的脚强健有力，趾有利钩，这为它捕食小动物提供了帮助。但是更多的时候，伯劳鸟捕捉蝗虫、毛虫、蝼蛄等害虫，所以伯劳鸟其实是一种益鸟。

伯劳鸟虽然生性凶猛，但是它却又和美丽可爱的燕子扯到了一起，有句成语叫"劳燕分飞"，这里的劳就是指伯劳。"劳燕分飞"出自萧衍（464—549年，南朝梁武帝）的《玉台新咏·东飞伯劳歌》："东飞伯劳西飞燕，黄姑（牵牛）织女时相见。"伯劳和燕子的迁徙方向都是夏北冬南，"东飞伯劳西飞燕"原本只是表达迁徙的离愁，只是后人望文生义，将其引申为"各奔东西"。所以"劳燕分飞"也就变成了贬义词，意指夫妻、情侣分道扬镳。想想也是，伯劳和燕子，一个是凶狠冷酷的角色，一个是温柔美丽的代名词，它们怎么能聚到一起呢？不过，当初看到"劳燕分飞"这个成语的时候，我却以为劳是燕子辛劳、劳累的意思，以为是一对辛劳的燕子因为吃不了辛苦而最终分道扬镳，结果是望文生义，意思大相径庭。

鵙虽然解释为指伯劳鸟。但是，也有人认为，鵙虽和部分伯劳鸟一样有黑色眼枕，但不是伯劳鸟，说鵙和伯劳是两个科。不过，据明代医学家李时珍的考证，鵙就是指伯劳鸟。李时珍在《本草纲目》中专门花了很大的篇幅来勘正历代文人聚讼纷纭的"伯劳疑案"。根据"七月鵙鸣、鵙好单栖、其能制蛇"的特征，参考多方证据，认为伯劳即鵙。

据说"鵙好单栖，鸣则蛇结"，说明伯劳是一种习惯单独行动的鸟，而"鸣则蛇结"则说明它是蛇的克星，伯劳鸟一叫，蛇就吓得浑身发抖，身体打起了结来"自卫"，可见伯劳鸟"武功高强"，我们小看不得。

鹳

"我徂东山，慆慆不归。我来自东，零雨其濛。鹳鸣于垤，妇叹于室。洒埽穹窒，我征聿至。"——《豳风·东山》

这句诗的意思是说：自我远征到东山，一别家乡好几年。今儿将从东方来，毛毛雨儿尽缠绵。墩上老鹳不停唤，我妻在房唉声叹。快把屋子收拾起，行人离家可不远。

这里的鹳是一种大鸟，诗歌中"墩上老鹳不停唤，我妻在房唉声叹"，以鹳的呼唤来比拟人对亲人的呼唤，以鹳躁动不安的叫唤来暗喻留守妻子对亲人的迫切思念以及盼望丈夫早日归来的期待。

鹳嘴长而直，形似白鹤，生活在江、湖、池沼等水边，以捕食鱼虾为生。大医士陶弘景说："鹳有两种，似鹄而巢树者为白鹳，黑色曲颈者为乌鹳。"由此可以看出，白鹳栖息在树上，而乌鹳则不然。

鹳与鹤均为体形较大的鸟类，鹳身如鹤，它们的区别是鹳的头顶无丹，项无乌带。而鹤则头顶有丹。对于鹳与鹤的区别，明代医学家李时珍是这样说的："鹳似鹤而顶不丹，长颈赤喙，色灰白，翅尾俱黑。多巢于高木。"

鹳还有一个"特异功能"，就是它可以预报阴雨，对此，李时珍说："其飞也，奋于层霄，旋绕如阵，仰天号鸣，必主有雨。"由此可见，鹳高飞云天，旋绕号鸣之时，也就意味着大雨将至。看来，鹳可是天气预报专家啊！

鹳是一种吉祥鸟，在欧洲更被视为"送子鸟"。据说送子鸟落到谁家屋顶造巢，谁家就会喜得贵子，生活幸福美满。因此，欧洲的人们喜欢在屋顶的烟囱上搭着一个平台，人们希望这个平台能引来送子鸟，给自己的家庭添丁和带来好运。

对于鹳，我们也许不熟悉，但是有一个名楼，我们可是如雷贯耳，这就是位于山西省永济市蒲州古城的鹳雀楼。鹳雀楼，又名鹳雀楼，因时有鹳雀栖其上而得名。然而，让鹳雀楼出名的则是唐代大诗人王之涣的一首《登鹳雀楼》："白日依山尽，黄河入海流。欲穷千里目，更上一层楼。"这首诗让鹳雀楼名扬四方。

鹳雀楼的得名是缘于时有鹳落脚这座楼上栖息，而鹳雀楼的出名则缘于诗人王之涣的这首《登鹳雀楼》，看来，再美丽的景物也需要文化来点缀，只有文化才能赋予其不朽的内涵，才能让景物天下闻名。这样的例子举不胜举，如湖南的岳阳楼因宋代诗人范仲淹的一首《岳阳楼记》而闻名，其"先天下之忧而忧，后天下之乐而乐"的高尚情怀，千百年来深深地打动了每一个人的心。而安徽滁州的醉翁亭则是因为宋代大诗人欧阳修的一首《醉翁亭记》而出名。

鹳雀楼因为鹳而得名，因为《登鹳雀楼》一诗而闻名，也是其之幸了！假如没有鹳，也就没有鹳雀楼，假如没有鹳雀楼，也就没有千古流芳的《登鹳雀楼》这首诗！看来，鹳是大功臣一个啊！

而鹳让鹳雀楼闻名，也是名副其实，它可是从《诗经》里飞行的大鸟呢。而因为《诗经》，千百年来鹳也一直盘旋萦绕在人们的心头！

雎

雎读 zhuī，古书上指鹁鸪，读 bó gū，是一种天将雨或刚晴时常在树上"咕咕"叫的鸟。你看，又是一只可以预报天气的鸟。

雎，叫鹁鸪，也叫夫不，是一种短尾的鸟。

"翩翩者雎，载飞载下，集于苞栩。王事靡盬，不遑将父。翩翩者雎，载飞载止，集于苞杞。王事靡盬，不遑将母。"——《小雅·四牡》

诗的意思是说：漂亮的鹁鸪从远处翩翩飞来，有时高空飞有时低处翱翔，最终栖落在茂密的柞树上。但君王的差使还没有完成，我顾不上把老父亲来奉养。漂亮的鹁鸪从远处翩翩飞来，有时自在飞有时收起翅膀，最终落在茂密的枸杞树上。但君王的差使还没有完成，我顾不上把老母亲来奉养。

这首诗反映的是劳动人民承受着繁重的劳役，因为劳役繁重而无暇顾及父母。从这首诗的意思来看，这也是一首思念、孝敬父母的诗。这里的雎又叫鹁鸪、夫不。

对于夫不，清代著名学者俞樾在《群经平议·毛诗》里说："夫不乃孝鸟，其载飞载下，或以恋其父母使然。"俞樾认为，《诗经》里描写雏"载飞载下""载飞载止"是因为它们恋其父母所致。《小雅·四牡》里的诗人见到夫不思亲而想到自己不能在家照顾孝敬父母，而孝鸟夫不却能在父母眼前载飞载下，与自己形成了鲜明的对比，让人感喟良深。作为高级动物的人类，有时候还人不如鸟啊！

说鹁鸪可以预报天气，历代诗人有诗为证。如宋代诗人梅尧臣有诗曰："江田插秧鹁鸪雨，丝网得鱼云母鳞。"陆游有诗曰："竹鸡羣号似知雨，鹁鸪相唤还疑晴。"清代诗人赵翼也诗曰："何处遥天听鹤唤，鹁鸪声里晓耕云。"这些诗歌，将农田插秧、耕作与鹁鸪的叫声相提并论，由鹁鸪的叫声就可以知道天气晴雨，根据晴雨而安排农事耕作。

而对于鹁鸪，苏北一带的叫法则很显简单、通俗，苏北人叫鹁鸪不叫鹁鸪，而是叫"小鸪鸪"。因为鹁鸪鸟的叫声是"吱咕咕，咕咕"，所以，苏北人根据它的叫声特点称其为"小鸪鸪"。这是人们根据鹁鸪鸟的叫声而起的一个地方俗名。

对于夫不，也就是鹁鸪，百度百科将其解释为是布谷鸟，我觉得实在大谬也！布谷鸟的叫声节奏是"布谷，布谷，快快布谷"，也可理解为"快割，快割，快快快割"，而鹁鸪的叫声是"咕咕咕，咕咕，吱咕咕，咕咕"，它们的叫声完全不同，节奏也不同。布谷鸟的叫声清脆，可以在天空中传播很远，布谷鸟喜欢一边飞翔一边鸣叫，而鹁鸪的叫声雄浑、低沉，传播远远不及布谷鸟的叫声那么辽远。而且，鹁鸪喜欢栖息在树上鸣叫，很少边飞边叫。因此，百度百科对于夫不的解释应该是错误的。

而在《诗经》中，古人也没有描写鹁鸪一边飞一边鸣叫的场景，而是说"翩翩者雏，载飞载下，集于苞栩。"意思是漂亮的鹁鸪在天空中飞上飞下，最后停在了柞树上。

总之，《诗经》里的雏，即鹁鸪，是一种非常常见的鸟，对于很多人来说，它其实并不陌生！

脊令

脊令即鹡鸰，是一种水鸟名。常在水边捕食昆虫。

"脊令在原，兄弟急难。每有良朋，况也永叹。"——《小雅·常棣》

这句诗的意思是说：鹡鸰在原野上飞走又悲鸣，兄弟有人陷入急难之中。那些平日最为亲近的朋友们，遇到这种情况最多也只能长叹几声。

因为脊令喜欢生活在水边捕食昆虫，因此，"脊令在原"说明脊令飞到了原野，远离了水边，它的食物来源就成了问题，说明遇到了困难。而脊令又是一种集体意识很强的鸟，只要有一只离群，其余的就都会鸣叫起来寻找同类。因此，"脊令在原"的后一句是"兄弟急难"。一个人远离了亲人，就像脊令远离了鸟群，会困难重重，孤立无援。

脊令是最常见的一种鸟，它的身体较小，头圆而黑，前额纯白，嘴细长，尾和翅膀都很长。脊令羽毛黑色，有白斑，外形有点像舞台上张飞的脸谱，而且脊令的性子也很躁，因此得名"张飞鸟"。

脊令的"张飞鸟"形象，在文坛泰斗鲁迅先生《从百草园到三味书屋》一文的笔下也有描述，《从百草园到三味书屋》描写了很多植物与动物，比如植物有"碧绿的菜畦，高大的皂荚树，紫红的桑葚"，动物有"鸣蝉在树叶里长吟，肥胖的黄蜂伏在菜花上，轻捷的叫天子（云雀）忽然从草间直窜向云霄里去了"。还有"油蛉在这里低唱，蟋蟀们在这里弹琴""有时会遇见蜈蚣；还有斑蝥"等。特别是雪天捕捉小鸟的场景，鲁迅是这样写的："扫开一块雪，露出地面，用一支短棒支起一面大的竹筛来，下面撒些秕谷，棒上系一条长绳，人远远地牵着，看鸟雀下来啄食，走到竹筛底下的时候，将绳子一拉，便罩住了。但所得的是麻雀居多，也有白颊的'张飞鸟'，性子很躁，养不过夜的。"

鲁迅所说的"张飞鸟"就是《诗经》里所说的脊令，脊令不像麻雀，麻雀被人捕捉到后虽然也会反抗，但是却并不激烈。而脊令则不同。你看，脊令被捕捉到以后，宁死不屈，它不停地跳跃冲撞，直到精疲力竭而亡。即使被人捕捉到，也养不过夜，如此暴躁、刚烈，难怪叫它"张飞鸟"，与三国中的猛张飞可是有得一拼！

在我的老家苏北，脊令也是一种比较常见的鸟，不过我们称它为"小急溜子"，就是它的体形比较小，但是反应和飞行速度却很快，动作比麻雀还要快。脊令落在田野里寻找食物，一有风吹草动，立即"嗖"的一声飞离地面，直上云霄，一眨眼就不见了。

与"张飞鸟"这个名字相比，我倒觉得苏北人称它"小急溜子"更形象更贴切。你看，小，说明了它的体形；急，说明了它的性子；溜，说明了它的动作。

不过，脊令虽然是农村比较常见的一种小鸟，但是，随着环境的改变，越来越难看到它的身影了，特别是我离开农村，到城市生活以后，就再也没有看见过它，我只能到《诗经》里去寻觅它的身影……

隼

隼是一种猛禽。

"沔彼流水，朝宗于海。鴥彼飞隼，载飞载止。嗟我兄弟，邦人诸友。莫肯念乱，谁无父母？

沔彼流水，其流汤汤。鴥彼飞隼，载飞载扬。念彼不迹，载起载行。心之忧矣，不可弭忘。

鴥彼飞隼，率彼中陵。民之讹言，宁莫之惩。我友敬矣，谗言其兴。"

——《小雅·沔水》

这首诗里，每句都提到了隼，可见古人对于隼是极其关注的。"鴥彼飞隼"是指隼在空中急速飞翔的样子，鴥是指鸟疾飞貌。

这里的隼，是大型猛禽，主要捕食大型昆虫、鸟和小型哺乳动物。由此可见，隼与一般鸟类捕食昆虫和草籽不同，它可是"食肉动物"。而食肉动物，一般都比较凶猛，因为没有金刚钻，就别想揽瓷器活。要想捕获其他动物，必须要有足够的力气和锋利的牙齿和利爪。隼要是没有两下子，又怎么能捕获其他鸟类和哺乳动物呢？要知道，隼捕食的哺乳动物虽然体形较小，但是，它们相比鸟类，并不弱势。但是，却变成了隼的口中美味，足见隼的凶猛！

隼虽然不像其他食肉动物那样拥有锋利的牙齿，但是，它拥有锋利的喙和爪。隼之所以能捕食其他鸟类和哺乳动物，是因为它的腿粗壮有力，有弯曲带钩、强壮且锐利的利爪以及锐利的喙，这是隼捕食其他鸟类和哺乳动物的有力武器。而隼的视力也极其敏锐，可以在高空看清地面上的一切。当发现快速移动的猎物时，隼可以向猎物快速发起进攻，并一举得手。

地上的一举一动都逃脱不了隼敏锐的眼睛。想想，隼飞翔在高空，俯瞰着大地，一只兔子在地上奔跑，一条蛇在草丛里游走，一只老鼠在田野里窃取庄稼，都逃离不了隼的法眼。面对地上奔跑的小动物，隼发起了攻击，只见它张开有力的翅膀，箭也似的俯冲而下，等到快要接近猎物时，利爪立即张开，然后迅捷地抓住猎物，随即凌空而上，猎物在利爪的钳制下苦苦挣扎而又无法挣脱。隼捕食地面上的小动物时，与大地一触即离，用快若闪电来形容并不为过。

尖锐锋利的爪子和喙，是隼捕猎的工具，也将隼武装到了牙齿。作为大型猛禽，对于隼其实我们并不常见，我们常见的是那些体形较小、比较温和的鸟类，如燕子、黄莺、喜鹊、麻雀、百灵鸟等。而作为猛禽，大多选择了远离村庄，远离人类，原野和戈壁，高山和森林才是它们生活的天堂。而那里，也有适合它们生存的食物。

而隼即使凶猛异常，但是它到了诡计多端的人类面前，估计也难逃灭亡的命运。所以隼远离村庄远离人类，也是它聪明的选择。另外，隼活在《诗经》里，受到古人的赞美，也是一种原生态。那时候的人类，与动物们可是能够和睦相处的，哪像现在，很多动物都被人类捕食成了珍稀动物。

鹤

　　"鹤鸣于九皋，声闻于野。鱼潜在渊，或在于渚。……鹤鸣于九皋，声闻于天。鱼在于渚，或潜在渊。"——《小雅·鹤鸣》

　　诗的意思是：仙鹤在沼泽地鸣叫，整个田野都能听到。鱼儿潜游在深水里，有时候也会游到水边……仙鹤在沼泽地鸣叫，声音响彻整个天空。鱼儿游在水边，有时候也会潜游到深水里。

　　这句诗描写了仙鹤鸣叫的声音雄浑、嘹亮，响彻整个天空和原野。

　　鹤是鸟类的一属，全身白色或灰色，生活在水边，吃鱼、昆虫或植物。常见的有丹顶鹤。因为鹤的寿命较长，且被视为天上之物，因此，我们也把鹤称为是仙鹤。而古人也认为，鹤是天上的瑞鸟，《尔雅翼》中称其为"仙禽"。

　　在中华文化中，鹤代表着吉祥、高洁、长寿，它和常青的松树一样，被视为吉祥、高洁、长寿的象征，因此民间素有松鹤延年的说法。

　　鹤被称为是仙鹤，具有仙风道骨。所以我们常常用"鹤发童颜""朱颜鹤发"来比喻老人看起来很年轻；用"松形鹤骨"来比喻老人身体的健康矍铄；用"龟年鹤寿"来比喻老人的长寿；对于老人辞世，则用"驾鹤成仙"或"驾鹤西游"来表达。

鹤也被视为卓尔不凡，对于一个人才华和相貌非常优秀和突出，我们会用"鹤立鸡群"来形容；对于一个人淡泊名利，悠闲自在，我们则称之为"闲云野鹤"；对于有才德有声望的隐士，我们称之为"鹤鸣之士"；形容一个人惊慌失措和害怕，则用"风声鹤唳"来形容，比喻听到风声和鹤的叫声都害怕得要死。

关于鹤，最有意思的传说是宋代隐逸诗人林逋，林逋幼时刻苦好学，通晓经史百家。但是在人生追求上，林逋淡泊名利，不求功名利禄，因此，林逋隐居在杭州西湖，常常驾一叶小舟遍游西湖诸寺庙，与高僧诗友相交。很多客人慕名拜访林逋，而林逋又驾舟出游，担心客人找不到自己，林逋吩咐门童，如果有客人来找自己，就把自己饲养的鹤放飞，林逋看到了鹤，就知道有客人前来。

林逋隐居西湖孤山，终生不仕不娶，他唯一的喜好就是植梅养鹤，并自谓"以梅为妻，以鹤为子"，于是留下了"梅妻鹤子"的成语。想想，一个人将梅视为爱妻，将鹤视为爱子，可见他对梅与鹤有多喜爱，也可见他的胸怀是多么淡定、飘逸。

鹤受到隐士林逋的如此喜爱，并非偶然。在《诗经》中，鹤也是"鹤鸣于九皋，声闻于野""鹤鸣于九皋，声闻于天"，虽然鹤也会隐居一方，过着闲云流水一般的生活，但是，人家可是"声闻于野""声闻于天"的高雅之士，是大名鼎鼎，声名远扬呢！

而《诗经》在《小雅》里也是专门以《鹤鸣》为题，对鹤好好地夸赞了一番，这是鹤之幸，也是鹤的实至名归！

桑扈

"交交桑扈，有莺其羽，君子乐胥，受天之祜。交交桑扈，有莺其领，君子乐胥，万邦之屏。"——《小雅·桑扈》

这里的交交是指鸟的鸣叫声，"交交桑扈"就是指桑扈鸣叫的样子。

桑扈是一种鸟，其外形似鸽子，但是比鸽子要小。桑扈全身青褐色，有黄斑点，颈有花纹，俗名青雀，又名窃脂。

古人给动物起名很奇怪，桑扈，名字都沾染着乡土的气息，这是多么乡土的名字？你想，桑是桑树，古人喜欢种植的一种树。古时候，人们喜欢在家前屋后栽植上桑树，因为桑树可以用来养蚕，蚕丝可以做成丝绸，丝绸可以用来纺织衣服，而且是高档的衣服。所以古人以栽桑养蚕来创造经济效益，提高自己的生活水平。而古人在家前屋后栽植桑树的同时，还喜欢栽植梓树，因此后来就以"桑梓"来代指家乡。

而扈的主要字义是随从，也有披、带的意思。按照桑扈的字面解释，桑扈是不是就是喜欢栖息在桑树上的鸟的意思呢？桑扈作为鸟名，虽然让现代人有点费解，但是，想想它是不是很有乡土气息呢？

桑扈又称窃脂，这个名字就有点意思了。窃为偷，窃脂就是偷脂，脂是指脂肪还是胭脂？《尔雅·释鸟》是这样解释的："桑扈，窃脂。郭璞注：'俗谓之青雀，觜曲食肉，好盗脂膏，因名云。'"原来，这里的脂是脂膏、油脂。窃脂就是偷油脂。窃与盗一个意思，都不是什么好名声。看来，桑扈可是有点调皮的鸟呢！它喜欢窃取动物的油脂，就像我们之中的某些人，特喜欢占人家小便宜呢！

桑扈虽然有着窃脂的坏名声，不过，我们可没有把它当小偷看待。而桑扈更好听的名字，应该是青雀。你看，青雀才是符合鸟类特征的名字啊！所以，我们还是不叫它桑扈，有点生硬费解，也不叫它窃脂，窃多不好听？我们还是叫它青雀吧，典型正统的鸟名！

雀多好听，而且很多鸟儿的名字都叫雀，比如黄雀、白雀、云雀、孔雀、金丝雀，真是一个比一个好听，一个比一个漂亮，一个比一个让人喜欢。最常见的则是麻雀。虽然对于青雀我们一点也不陌生，但是叫桑扈就生分多了，叫窃脂，更是让人不知所以。

不过，提到雀，最有文化内涵的估计还是朱雀。朱雀是古代五兽之一，即青龙、白虎、朱雀、玄武、黄龙，这五种动物又被称为"天官五兽"。这里的朱雀，是神鸟。而在星相中，二十八宿的南方七宿井、鬼、柳、星、张、翼、轸被称为朱雀。因为它们的形状像鸟，又属火，色赤，所以总称朱雀，亦名"朱鸟"。星相是根据鸟的形状而起的名字，与鸟实际上并不搭干。所以我们还是回到《诗经》，来看看《诗经》里的青雀。

《诗经》里除了《小雅·桑扈》里提到"交交桑扈，有莺其羽""交交桑扈，有莺其领"以外，在另一首诗里也提到了桑扈。《小雅·小宛》有诗："交交桑扈，率场啄粟"，这句诗写的是青雀一边鸣叫，一边沿着谷场啄食小米的场景。

在《诗经》里，桑扈活得无比美丽，也活得无比自由，它的闲适自由的生活，很是让人羡慕呢！

鸒

鸒读 yù，是一种鸟，其形似乌鸦，小如鸽，腹下白色，喜群飞，鸣声"呀呀"，所以又名雅乌、寒鸦。

对于雅乌，《尔雅·广鸟》是这样解释的："小而腹下白，不反哺者，谓之雅乌。"反哺是指动物反过来喂食母亲。如鸟雏长大后衔食哺其母，后反哺被用来比喻子女报答父母。

"弁彼鸒斯，归飞提提。民莫不谷，我独于罹。何辜于天，我罪伊何。心之忧矣，云如之何。"——《小雅·小弁》

这句诗的意思是：雅乌拍打着翅膀多么快乐，成群结队飞回来多么安闲。天底下的人个个都交好运，唯独我自己深深陷于忧患。我不知道哪里得罪了苍天？更不晓得为什么罪大无边？我积郁在心里的深深忧伤，不知到底该如何得以排遣？

诗人用雅乌的快乐，来衬托自己的忧伤和不幸。

虽然鷽在《诗经》中看起来很快乐，但是，古人却并不怎么待见它。在古诗文中，鷽常被用来比喻贪利的小人，唐代诗人皮日休在《九讽·见逐》里说："彼鷽斯之蟊贼兮，固不能容乎鸧鹒。"这里的鷽被与蟊贼相提并论。

鷽不受人们待见，可能是因为其不反哺的特性。做人要尽孝，对于父母的养育之恩，无论如何反哺都不为过。而古人是非常重视孝道的，所以，鷽不反哺的形象就变得卑鄙和猥琐起来。而鷽不反哺，用人伦道德来衡量，这可是天大的不孝，是不孝之人，忘恩负义之辈，所以，鷽不受人们待见，也就可以理解了。

不过，鷽除了还有寒鸦这个名字以外，又叫慈乌、慈鸦，你看，人家名字里可是带"慈"呢，是不是含有慈爱、慈祥、仁慈的意思呢？

寒鸦虽然不怎么受到古人待见，但是在历代文人的诗词歌赋里，它却被屡屡提及。如元代词人白朴的词《天净沙·秋元》写道："孤村落日残霞，轻烟老树寒鸦，一点飞虹影下，青山绿水，白草红叶黄花。"描述了一幅静中有动，动中有静的乡村山水画面，其中的恬静、安详让人心旷神怡。

同样是寒鸦，宋代词人辛弃疾则抒发了自己的愁绪，他在《鹧鸪天·代人赋》里写道："晚日寒鸦一片愁，柳塘新绿却温柔。若教眼底无离恨，不信人间有白头。肠已断，泪难收，相思重上小红楼。情知已被山遮断，频倚栏干不自由。"在辛弃疾的词里，寒鸦成为忧愁的代名词，虽然词人说"柳塘新绿却温柔"，但是心头却是无限愁绪，以至于"肠已断，泪难收"。

呀！呀！看了古人的词，我这个今人也是惆怅得很哩！回到《诗经》里："弁彼鷽斯，归飞提提。"弁通"般"、通"昇"，是快乐的意思。提读 shí，提提是指群鸟安闲翻飞的样子。翻译成现代诗文就是雅乌快乐地拍打着翅膀，成群结队飞回来多么安闲的意思。你看，不管人们怎么看待它，《诗经》里的鷽鸟可是快乐得很呢！

鷻

鷻读 tuán，是一种猛禽。

说鷻大家可能不知道，但是说到它的另一个名字雕，大家就都熟悉了。

雕是一种大型猛禽，其体形粗壮，翅及尾羽长而宽阔，能捕食野兔、蛇、幼畜等动物。不过苏北一带习惯将它称为"赖雕"。传说赖雕是一种非常凶恶的大鸟，它可以轻松地把小孩子叼走。小时候，小孩子不听话，大人常常会以"赖雕"来了来吓唬我们。因为怕被"赖雕"叼走，所以，有时候大人一句"赖雕来了"很管用，哭泣的立马不哭了，调皮的立马变得老实了。雕被人们视为可以捕捉小孩，可能与它捕食幼畜等动物有关吧。

让我们熟悉雕的还有一代伟人毛泽东的词，毛泽东在《沁园春·雪》里这样写道："一代天骄，成吉思汗，只识弯弓射大雕。"而让更多人熟悉雕的则是武侠小说名家金庸先生的《射雕英雄传》。金庸的武侠小说曾经风靡一时，《飞狐外传》《雪山飞狐》《连城诀》《天龙八部》《白马啸西风》《鹿鼎记》，不管哪一部都是经典。按照作品名称，人们将金庸创作的武侠小说归纳为"飞雪连天射白鹿，笑书神侠倚碧鸳"，外加一部《越女剑》，其中的射就是《射雕英雄传》。可以说，金庸先生的《射雕英雄传》为我们普及了雕这种鸟类的知识，也让它变得家喻户晓。

不过，雕在《诗经》里可不叫雕，而是叫鹫。

"匪鹫匪鸢，翰飞戾天。匪鳣匪鲔，潜逃于渊。"——《小雅·四月》

这里的鹫是指雕，而鸢是指老鹰。诗的意思是：做人不如雕和鹰，它们可以振翅高飞上云霄。想想也是，尽管人是万物之灵，绝顶聪明，但是，他却没有雕和鹰展翅翱翔蓝天的本领。面对在天空翱翔的雕和鹰，纵使人类再聪明，也只能望"雕"望"鹰"兴叹，自叹不如！

想想人要是能和雕和鹰一样飞翔多好？那我们就可以不要飞机、轿车、轮船等交通工具了，想到哪里，直接飞过去就行。不过呢，我觉得还是不能让人有飞翔的本领，如果人可以飞翔，那么，本领就太大，人类上天入地就不再是神话了。而很多动物，也都逃脱不了我们的魔爪，动物绝迹起来会更快。

即使我们没有和鸟类一样飞翔的本领，不是一样把一些鸟类捕捉到濒临绝迹了吗？还有，如果我们会飞翔，那么估计也就不会动脑筋去开发飞机、轮船、汽车等交通工具了，这样人类可是要落后很多呢！

古人羡慕鹫可以自由自在地在天空翱翔，其实还是对自由生活的憧憬和向往。人类社会发展到一定阶段，就产生了阶级，人有贫富，身份地位也分三六九等，更多的人生活在社会的底层，成为被压迫、被剥削的对象。《诗经》里，古人看到自由自在飞翔的鹫和鸢，再联想到自己的艰难处境，就对鹫和鸢羡慕得不行。

随着社会的发展，今天的人们虽然不能像鹫和鸢一样在高空飞翔，但是我们可以乘坐飞机出行，一样可以像鸟类一样飞行在高空。人们还发明了宇宙飞船，飞入太空，甚至还可以登陆月球，这可是鸟类无法达到的。与古人相比，今天的我们，是不是要幸福很多？

鸢

诗经《小雅·四月》里有这样的诗句："匪鹑匪鸢,翰飞戾天。"诗的意思是:做人不如雕和鹰,它们可以振翅高飞上云霄。

这里的鸢就是指老鹰。鸢读 yuān。

对于老鹰,相信大家都知道,小时候我们常玩的一种游戏叫"老鹰抓小鸡",这是一种集体游戏,选一个人扮演老鹰,选一个人扮演母鸡,其他的人扮演小鸡。游戏开始,"母鸡"在前面护着自己的孩子"小鸡",老鹰则伺机出击,抓住哪只"小鸡",小鸡就出列,一直等到"小鸡"全部被老鹰抓走,游戏也就结束了,再进入下一轮游戏。这是小孩子爱玩的一种游戏,因为只要有三个人以上,就可以玩这种游戏了,当然,玩这种游戏人越多越好。

而对于鸢,大家也不陌生。古人将风筝称为纸鸢,历代诗人都对纸鸢进行了吟诵,如唐代诗人刘禹锡有诗:"鸢飞杳杳青云里,鸢鸣萧萧风四起。"宋代诗人陆游有诗:"竹马踉蹡冲淖去,纸鸢跋扈挟风鸣。"明代诗人徐渭有诗:"柳条搓线絮搓绵,搓够千寻放纸鸢。"而清代诗人高鼎的诗歌《村居》则更被人们所熟知:"草长莺飞二月天,拂堤杨柳醉春烟。

儿童放学归来早，忙趁东风放纸鸢。"

古人将风筝称为纸鸢，是因为风筝最早的造型是用绢或纸做成鹰的形状，放飞时，飘飞在天空的风筝就像真的雄鹰一样，在空中翱翔。而鹰在古时被称为鸢，所以风筝就被称为纸鸢。

回到《诗经》里，鸢是小型猛禽，这说明它的体形并不是太大。但是，体形不大不代表不凶猛，鸢性情凶猛，它有锐利的爪和尖锐的喙，以鸟、鼠、蛇和其他小型动物为食，与一般鸟类不同，雌鸢的体形往往比雄鸟更大。

鹰虽然凶猛，但是，却被人类驯化，古人早就利用老鹰来为自己捕猎，称为"鹰猎"。司马迁在《史记》中曾记载秦朝宰相李斯被处死前仍想着"牵黄犬，臂苍鹰，出上蔡东门"的生活，可见鹰猎需要人与猎犬的配合。

因为鹰性情凶猛，所以鹰被视为强硬的象征。在国际上，美国的政客被分为"鹰派"和"鸽派"。曾经的美国国防部长拉姆斯菲尔德是美国著名的鹰派代表人物，而与"鹰派"相对的是"鸽派"。因为鸽子性情温和，与人为邻，人们还可以与鸽子亲密接触，所以用"鸽派"来代表相对温和的群体。

因为鹰代表凶猛、强势，所以很多国家的国旗或国徽都采用鹰的图案，如埃及的国旗和国徽是萨拉丁之鹰的形象；墨西哥的国旗和国徽中有一只落在仙人掌上的食蛇鹰；俄罗斯、阿尔巴尼亚以及南斯拉夫的国旗与国徽都是一只双头鹰图案。另外罗马尼亚、伊拉克、叙利亚、也门、德国、奥地利、波兰等国家也在国徽中应用了鹰的图案。而食猴鹰是世界已知的体形最大的鹰，它是菲律宾的国鸟，可见，鹰是受到人们喜爱的一种猛禽。

在《诗经》中，古人也用"匪鹑匪鸢，翰飞戾天"这样的诗句，来表达对鹰在高空展翅飞翔的向往。古人向往的其实不是鹰展翅飞翔的本领，而是对自由、闲适生活的憧憬。

鹰

　　"牧野洋洋，檀车煌煌，驷騵彭彭。维师尚父，时维鹰扬。凉彼武王，肆伐大商，会朝清明。"——《大雅·大明》

　　这句诗的意思是：牧野地势广阔无边垠，檀木战车光彩又鲜明，驾车驷马健壮真雄骏。还有太师尚父姜太公，就好像是展翅飞翔的苍鹰。他辅佐着伟大的武王，袭击殷商讨伐那帝辛，一到黎明就天下清平。

　　诗里提到了鹰，对于鹰，《尔雅·翼》是这样说的："在北为鹰，在南为鹞。一云大为鹰，小为鹞。"由此可见，北方将其称为鹰，南方将其称为鹞。或者说体形大的叫鹰，体形小的叫鹞。

　　后人将《诗经》里提到的鹰解释为是指苍鹰，一种中小型猛禽。苍鹰又叫黄鹰、鹞鹰、元鹰，因为它的视觉敏锐，善于飞翔，且非常机警，因此也被视为威猛雄武的图腾。我们常常将飞行员驾驶飞机飞向蓝天比喻为像苍鹰一样，觉得苍鹰还不能更好地体现飞行员的飒爽英姿，我们常常将飞行员比喻为展翅飞翔的雄鹰。

鹰是一种比较广义的说法，泛指小型至中型的白昼活动的隼形类鸟。广义的鹰也常用来称呼鹰科的其他种鸟类，如鸢、鵟（kuáng）和鹞（yào）。在《诗经》里，提到的鹰的种类很多，但是《诗经》里提到它们的时候，用的称呼并不是鹰，而是鸢和鹞。而《大雅·大明》里直接提到了鹰，"维师尚父，时维鹰扬"，就是将尚父姜太公比喻成为展翅飞翔的苍鹰，表明了姜太公奋发向上的精神以及他辅佐周武王一定天下的谋略。现在，人们一说到大展宏图，常常用一只展翅飞翔的雄鹰来表示，说明人们对鹰的膜拜和寄予的期望。

人们常常说雄鹰展翅，但是雄鹰并不是鹰的一个种类，而只是对那些雄武威猛的鹰的一种美称，而生性凶猛的苍鹰，它捕食的特点是猛、准、狠、快，对体形较大的动物都具有杀伤力，被称为雄鹰当之无愧。

在《诗经》里，《大明》是《大雅》里的第二篇，这是一首具有史诗性质的叙事诗。在《诗经》里，"时维鹰扬"并不是特意写鹰，而是诗人用展示飞翔的苍鹰来比喻姜太公的雄武威猛和雄才大略，可见，古人对鹰是赞美和崇拜的。

鸳鸯

鸳鸯是我们再熟悉不过的鸟类了，这是一种比喜鹊还喜庆的鸟，深受人们的喜爱。初唐诗人卢照邻《长安古意》里的一句"得成比目何辞死，愿作鸳鸯不羡仙"，让多少人惊羡鸳鸯的生活。如果男女都能像鸳鸯一样朝夕相伴，不离不弃，这无疑是幸福甜蜜的，此生如此，此心足矣！

与心上人相伴相依，快乐每一天，即便有神仙般的生活，也不再去羡慕，也不再去眼热了，这是多么简单、多么纯朴的生活理念？"得成比目何辞死，愿作鸳鸯不羡仙"，我们完全可以把它看成是"知足常乐"的翻版！

鸳鸯又名官鸭、匹鸟、邓木鸟，是经常出现在文学作品和神话传说中的鸟类。鸳指雄鸟，鸯指雌鸟，所以鸳鸯是一个合成词，鸳鸯在动物分类学上属于雁形目鸭科鸳鸯属。因为鸳鸯总是出双入对，因此，人们也把夫妻或者情侣比喻成为是鸳鸯。

既然鸳鸯如此神圣、如此美好，《诗经》自然是不可避免地会提及鸳鸯的，而且专门以鸳鸯为题。

>"鸳鸯于飞，毕之罗之。君子万年，福禄宜之。鸳鸯在梁，戢其左翼。君子万年，宜其遐福。"——《小雅·鸳鸯》

一看就知道这是一首赞美诗，虽然鸳鸯也会遭遇罗网，遭遇不幸，但是古人还是坚信好人会幸福安康，幸福绵长。

鸳鸯是一种水鸟，生活在水中，因此，有一句成语叫"鸳鸯戏水"，说的就是鸳鸯在水中嬉戏的情景。因为鸳鸯出双入对，所以，鸳鸯也被视为爱情的象征，人们常用鸳鸯来比喻夫妻或者情侣。对于拆散相爱的人，人们称之为"棒打鸳鸯"；对于为男女之间乱牵线，则称之为"乱点鸳鸯谱"；对于不是夫妻的情人，人们则将其称之为是"野鸳鸯"；就连我们熟知的金银花，因为黄白花对开，两两相对，也被人们称为是"鸳鸯草"。看来，鸳鸯注定是相亲相爱和美好的代名词哩！

因为鸳鸯代表着如此美好，甚至古代的一种刑罚也被称为是"鸳鸯板子"。不过，"鸳鸯板子"虽然名字里面带鸳鸯，可是却一点也不美好。这种刑罚在行刑时，左右轮流用板子笞打，受刑的人可是皮开肉绽，疼痛难忍，哪里还有鸳鸯的美好？

对于鸳鸯被寄予爱情的寓意，晋代学士崔豹在《古今注》中是这样说的："鸳鸯，水鸟，凫类，雌雄未尝相离，人得其一，则一者相思死，故谓之匹鸟。"鸳鸯只要失去一只，另一只就会因为相思而死，你看，鸳鸯对配偶是多么忠贞，它对爱情的态度是多么让人敬佩？

不过，现代又有新的学说，认为对爱情最忠贞的不是鸳鸯，而是天鹅，天鹅终生只有一个配偶，如果一方死了，另一方就为它守节，孤独终老。还有传说天鹅失去伴侣后，剩下的那只就会殉节，从天空直冲而下撞击水面而死，只是此传说不知真假。

历代诗人也都纷纷写诗赞美鸳鸯，如唐代诗人陈子昂有诗曰："飞飞鸳鸯鸟，举翼相蔽亏。俱来绿潭里，共向白云涯。"明代诗人陆师道有诗曰："双鸳并双翼，双宿复双飞。清涟动双浴，明月照双归。"这些诗歌，无不赞美鸳鸯成双成对的幸福生活和对爱情忠贞不渝的精神。

　　在《诗经》里，虽然没有赞美鸳鸯对爱情忠贞的这层含义，但是也描写了鸳鸯相依相伴的幸福生活，"鸳鸯在梁，戢其左翼"，你看，鸳鸯成双成对地停栖在鱼梁上，将头深埋在翅膀里，这是何等的悠闲和惬意，这就是鸳鸯夫妻的幸福生活啊！

　　而《诗经》里的另一首《小雅·白华》也提到了鸳鸯，句式与《小雅·鸳鸯》一模一样："鸳鸯在梁，戢其左翼，之子无良，二三其德。"不过，这首诗的意境与《小雅·鸳鸯》却大相径庭，《小雅·鸳鸯》赞美了鸳鸯的幸福美好生活，但《小雅·白华》却用鸳鸯来做对比，对用情不一、移情别恋的无良之人大加鞭挞。白华描述的是一个女子遭遇了丈夫移情别恋，对自己的丈夫是又爱又恨，对那个勾引自己丈夫的美人，则是妒恨有加。咳咳，原来，移情别恋养小三不是现代人的专利，古人早已给现代人带了个坏头啊！

鸾

鸾是传说中的一种鸟类，我们可能没看见过。不过，它对于我们来说，应该并不陌生，比如成语"颠鸾倒凤"和"鸾凤和鸣"，里面的鸾就是它了。鸾可是与凤齐名的鸟类呢！

"颠鸾倒凤"里的鸾是雄性，凤是雌性。"颠鸾倒凤"是用来比喻男欢女爱的，指男女的位置顺序颠倒。呵呵，提起颠鸾倒凤，大家是不是有点害羞呢？

在《诗经》里，也提到了鸾。

"其旂淠淠，鸾声嘒嘒。载骖载驷，君子所届。"——《小雅·采菽》

这里提到了鸾，不过，这里的鸾不是指鸟，鸾声也不是鸾鸟的鸣叫，而是指一种铃铛。鸾声是指銮铃的声音，嘒嘒是指铃声有节奏的样子。这句诗的意思是：旌旗高高随风飘扬，鸾铃阵阵响声不断。驾上三、四匹的马车，君子到来气宇轩昂。

《诗经》里的另一首《鲁颂·泮水》也提到了鸾:"其旂茷茷,鸾声哕哕。无小无大,从公于迈。"这首诗里的"鸾声哕哕"与《小雅·采菽》里"鸾声嘒嘒"的意思是一样的。

不过,尽管《诗经》里提到的鸾不是指鸾鸟,但是,我们还是来谈谈鸾这种鸟。

既然与凤齐名,那么鸾自然不是一般的鸟。鸾又名鸾鸟、青鸟、鸡趣等,是古代中国神话传说中凤凰一类的鸟。在凤凰的诸种异名中,可能是最为人们熟知的一种,原因就是上面所说的颠鸾倒凤和鸾凤和鸣。

大家知道,凤凰也是传说中的一种鸟,既然是传说中的鸟类,那么并非真实的,所以现实中我们不大可能看见凤凰这种鸟,鸾同样如此。对于鸾,《禽经》里是这样解释的:"鸾,瑞鸟,一名鸡趣,首翼赤,曰丹凤;青,曰羽翔,白,曰化翼;玄,曰阴翥;黄,曰土符。"由此可以得知,鸾是一种祥瑞之鸟。根据头和翅膀的颜色不同,它们的名字也不同,红色的叫丹凤;青色的叫羽翔;白色的叫化翼;黑色的叫阴翥;黄色的叫土符;玄是黑色的。你看,鸾穿上不同的马甲,名字也就不一样了呢!

鸾的一个名字叫丹凤,它可是美好的代名词。比如人们形容一个女子的眼睛好看,就称其为"丹凤眼"。而鸾最富诗意的名字,应该是青鸟。唐代大诗人李商隐的一首《无题》,让青鸟变得无比多情,不信你看:"相见时难别亦难,东风无力百花残。春蚕到死丝方尽,蜡炬成灰泪始干。晓镜但愁云鬓改,夜吟应觉月光寒。蓬山此去无多路,青鸟殷勤为探看。"

你看,情人之间虽然有情,但是却"相见难",而一旦见了就再也不想分开,所以"别亦难"。人们早上起来照镜子,最担心的是自己的头发会变白,所谓青春易逝,容颜难留,不但自己伤心,也担心情人见了自己衰老的容颜而厌弃自己。可是生老病死是谁也无法改变的自然规律,我们也无计可施啊！而与情人一别之后，没有多少可以相见的道路，只能在心中思念，最多就是期盼青鸟能代为探看对方了。

读李商隐的诗，不禁让人无比伤感，满脑子都是伤心、幽怨。他的诗里提到的青鸟，就是鸢，也是《诗经》里所提到的鸢，只是《诗经》里并没有去具体描写鸢鸟而已。

鹜

鹜，按照字面解释是秋鸟，名字挺美的，但是，事实上并非如此。

鹜是一种水鸟，它的外形有点像鹤，但是鹜的头与颈上没有羽毛，所以又称秃鹜。正因如此，有时候秃鹜也被用来嘲称无发之人，当然，这种称呼有损人的尊严，我们还是不用这种称呼为好。

鹜又称鹜鸧，秃鹜。

"有鹜在梁，有鹤在林。维彼硕人，实劳我心。"——《小雅·白华》

这句诗的意思是：丑恶的秃鹜在鱼梁，高洁的白鹤在树林。想起那个健美的人，实在煎熬我的心。

《小雅·白华》是一首怨妇诗，诗歌描述的是一位女子因为丈夫移情别恋而遭到了抛弃，女子对丈夫是又爱又恨，对那位夺走自己丈夫的女子则是嫉恨有加，所以她用栖息在鱼梁上的秃鹜来形容那位贪婪的女子，觊觎抢夺别人的丈夫。而用停栖在树林里的白鹤来比喻自己。然而，即使白鹤再漂亮，但是最终却抵不过秃鹫的诱惑，丈夫还是跟着那个秃鹫女子去生活了，只留下孤零零的自己。

瞧瞧，鹫的名字虽然很美，但是却没有好名声，因为它的贪婪，被比喻成为抢夺别人丈夫的女子，估计这是鹫做梦也没有想到的。

鹫也是秃鹫的一种，秃鹫是一种大型猛禽，主要以大型动物的尸体为食，秃鹫会主动攻击中小型兽类、两栖类、爬行类和鸟类动物，有时也袭击家畜。由此可见，作为鸟类的秃鹫，还是非常凶猛的。

鹫的头与颈上没有羽毛，这有点特别。但俗话说存在就是合理的，鹫的头与颈上没有羽毛，这与秃鹫类鸟类喜食动物的尸体特性有关。

秃鹫喜欢吃大型哺乳动物的尸体，它裸露的头与颈可以让它能非常方便地将头伸进尸体的腹腔里啄食。假如它的头部和颈部都是羽毛，不但不方便，也会把自己的头和颈弄脏。巧妙的是，秃鹫脖子的基部长了一圈比较长的羽毛，它就像餐巾一样，可以防止啄食尸体时弄脏自己身上的羽毛。你看，秃鹫的头与颈上没有羽毛，其实是大自然的安排，应该是秃鹫长期进食大型哺乳动物的尸体进化而来。

在生活中，我们也许看不到秃鹫，但是在电视"动物世界"里，我们经常可以看到老虎狮子捕食动物后，就会引来秃鹫的围观，因为它们可以吃老虎、狮子吃掉的动物尸体残渣。而面对老虎、狮子这样的猛兽，秃鹫一点也不害怕，一是秃鹫的警惕性非常高，老虎、狮子一有异动，它就会扑棱翅膀夺路而逃，老虎狮子根本就奈何不了它。而老虎狮子知道自己奈何不了秃鹫，再加上已经有美食在前，对秃鹫这种飞禽也就不感兴趣了。

秃鹫还有座山雕、狗头雕、狗头鹫等别名，相信大家对座山雕这个名字很熟悉。著名作家曲波的长篇小说《林海雪原》中，土匪张乐山的诨名就叫"座山雕"。这个座山雕有"三绝"：一绝是枪法如神，百发百中。二绝是走夜路不用照亮，走山路从不转向。三绝是翻山越岭如履平地。但是，即便如此神通广大的土匪，最终还是被战斗英雄杨子荣活捉了。据说，座山雕在被杨子荣活捉前，曾经被解放军包围，但是他仗着自己的一身轻功，飞身上树，从一棵树荡到另一棵树，最终逃出了解放军的包围圈。由此可见，"座山雕"的诨名可不是浪得虚名，他可是像座山雕一样从空中逃走的。只是，道高一尺魔高一丈，座山雕最终还是落入了剿匪英雄杨子荣的手里，最终在狱中病死。

　　无论是《诗经》里的鸷，还是小说中的座山雕，他们都不是正面形象，而是负能量满满，看来，这也是鸷的宿命吧？！

凤凰

对于凤凰，我们虽然只闻其名，未见其形，但是，凤凰两个字却是如雷贯耳，大名鼎鼎。因为我们在生活中经常可以看到凤凰的图案，这是一种集鸿头、麟臀、蛇颈、鱼尾、龙纹、龟躯、燕子的下巴、鸡的嘴于一身，身如鸳鸯翅似大鹏腿如仙鹤的一种神物。凤凰堪称是动物大集合，这不奇怪，因为凤凰是传说中的一种动物，也是传说中的百鸟之王，它的形象自然与众不同，非同一般。

凤凰雄的叫"凤"，雌的叫"凰"，合称为凤凰，凤凰亦称为丹鸟、火鸟、鹍鸡、威凤等，是一种吉祥鸟。民间习俗，年轻人在结婚的时候，被子上喜欢用龙与凤的图案，龙和凤都是吉祥和谐的象征，寓意龙凤呈祥。而古代帝王与皇后一般也被称为龙与凤，因此，民间就借龙凤图案，来暗喻未来的夫妻吉祥，百年好合。

在《诗经》中，凤凰也是华丽、高贵的象征。

"凤凰于飞，翙翙其羽，亦集爰止。蔼蔼王多吉士，维君子使，媚于天子。凤凰于飞,翙翙其羽,亦傅于天。蔼蔼王多吉人,维君子命,媚于庶人。凤凰鸣矣,于彼高冈。梧桐生矣,于彼朝阳。菶菶萋萋,雍雍喈喈。"——《大雅·卷阿》

诗的意思是:高高青天凤凰飞,百鸟展翅紧相随,凤停树上百鸟陪。周王身边贤士萃,任您驱使献智慧,爱戴天子不敢违。青天高高凤凰飞,百鸟纷纷紧相随,直上晴空迎朝晖。周王身边贤士萃,听您命令不辞累,爱护人民行无亏。凤凰鸣叫示吉祥,停在那边高山冈。高冈上面生梧桐,面向东方迎朝阳。枝叶茂盛郁苍苍,凤凰和鸣声悠扬。

你看,凤凰在展翅飞翔时,百鸟紧紧追随凤凰,凤凰在树上停息时,百鸟跟着紧紧陪伴着凤凰,因此,衍生了一个成语叫"百鸟朝凤"。所有的鸟类都追随着凤凰的脚步,陪伴在凤凰的身边,可见凤凰之尊贵,它可是百鸟之王啊!而凤凰百鸟之王的名号,并非浪得虚名,它的鸣叫,可是预示着吉祥呢!

因为凤凰的高贵,所以民间还有"凤凰不落无宝地"的说法。

与凤凰一样预示着高贵、吉祥的还有传说中的龙,因此有"龙凤呈祥""龙飞凤舞""凤骨龙姿"等成语。凤凰的高贵还在于,它只栖息在梧桐树上,因此,民间有"没有梧桐树,引不来金凤凰"的谚语。

总之,凤凰是高贵、吉祥、稀有的象征。在生活中,一个人出身贫寒,但是却能脱颖而出走向成功,人们会将其比喻为"鸡窝里飞出了金凤凰"。因为凤凰和麒麟都是传说中的动物,非常罕见,因此有成语叫"凤毛麟角",用来比喻人或事物十分珍贵稀少。而对于趋炎附势的势利之辈,人们则用"攀龙附凤"来形容,比喻一些人靠巴结投靠有权势的人来获取富贵。

正因为凤凰是高贵、吉祥、美好的象征,因此,千百年来凤凰一直备受人们的喜爱。而在《诗经》里,它也是那么高贵、那么吉祥,让百鸟俯首称臣，也让人们心生敬畏。家里来只金凤凰，那可是多少人梦寐以求但却又求之不得的啊！

咳咳，凤凰活该生活在传说中，真要降临凡间，落入哪一家，肯定是轰动世界的大新闻，大家不争破脑袋围观才怪！

鹥

鹥读 yī，是一种水鸟，现在叫沙鸥。它的形体较大，长翼蹼足，喙较厚，喙端略呈弯钩状，通常待在岸边或内陆水域附近，是食腐动物。沙鸥善飞翔，还能游水，常随着潮水飞翔，伺机捕捉水中的鱼类。

沙鸥的兄弟有海鸥、银鸥、燕鸥，不过，海鸥的名气比沙鸥、银鸥和燕鸥要大得多！在蔚蓝的大海上，帆影点点，一群群海鸥在海面上飞来飞去，它们伴随着帆船起舞。有海鸥追逐着急速行驶的大船，盯着船尾翻动的海水，伺机寻找被海水卷动上来的鱼儿，这是海鸥最省力的捕食方法。而沙鸥与海鸥不同，海鸥生活在大海，沙鸥则生活在内陆的河流湖泊。

对于鸥类，明代医学家李时珍在《本草纲目》里是这样说的："鸥着浮水上，轻漾如沤也。鹥者，鸣声也。鹢者，形似也。在海者名海鸥，在江者名江鸥，江夏人误为江鹅也。"由此看来，海鸥和江鸥、沙鸥都是一家，只不过随着生活环境的不同，人们对它们的叫法也不同罢了。

在《诗经》中，有一篇是专门来描写沙鸥和野鸭的。

"凫鹥在泾，公尸来燕来宁。尔酒既清，尔肴既馨。公尸燕饮，福禄来成。

凫鹥在沙，公尸来燕来宜。尔酒既多，尔肴既嘉。公尸燕饮，福禄来为。

凫鹥在渚，公尸来燕来处。尔酒既湑，尔肴伊脯。公尸燕饮，福禄来下。

凫鹥在潨，公尸来燕来宗，既燕于宗，福禄攸降。公尸燕饮，福禄来崇。

凫鹥在亹，公尸来止熏熏。旨酒欣欣，燔炙芬芬。公尸燕饮，无有后艰。"——《大雅·凫鹥》

这里的凫是指野鸭，鹥就是指沙鸥。

这首《大雅·凫鹥》，用了较多的篇幅来描写凫和鹥，在《诗经》中，描写动物的篇什有很多，不过，多数都是一带而过，花费如此篇幅来描写动物的篇章并不多见，所以这对于野鸭和沙鸥来说，实在是大幸也！

中华文化博大精深，古人给动物起名字，也是很有文艺范儿，比如给水鸭起名叫凫。你看，叫凫可是比叫野鸭文艺多了，哪像野鸭那么直白粗俗？沙鸥不叫沙鸥，叫鹥，叫鹥可比叫沙鸥有文化有内涵多了。

《诗经》里，"凫鹥在泾""凫鹥在沙""凫鹥在渚""凫鹥在潨""凫鹥在亹"指的都是沙鸥的生活环境，"凫鹥在泾"是指野鸭和沙鸥嬉戏在河的中央；"凫鹥在沙"是指水鸭和沙鸥停息在水滩上；"凫鹥在渚"是指水鸭和沙鸥生活在沙洲上；"凫鹥在潨"是指水鸭和沙鸥浮游在水流汇合处。这首《大雅·凫鹥》点明了野鸭和沙鸥的生活环境，它们都是水鸟，喜欢生活在水里和岸边。

从某种角度来说，"凫鹥在泾""凫鹥在沙""凫鹥在渚""凫鹥在潨""凫鹥在亹"其实就是水鸭和沙鸥的几种生活方式，它们悠闲、快乐。就像人类一样，各有各的生活方式，有的生活在农村，有的生活在城市；有的在家乡生产劳作，有的外出打工打拼。

无论是动物还是人类，都要生存，也都会在生存中寻找到属于自己的快乐！

飞虫

按照字面理解，飞虫是指会飞的昆虫。然而，在《诗经》里，飞虫并不是指会飞的昆虫，而是指飞鸟。

古人用"虫"来泛指一切动物，如鸟为羽虫，也叫飞虫，兽为毛虫，龟为甲虫，鱼为鳞虫，人则为倮虫。人们称老虎为"大虫"，对于比较霸道凶恶的女人，则称为母老虎，又称"母大虫"。比如《水浒传》里的地阴星顾大嫂，绰号就叫"母大虫"。

而飞虫也并不是指具体的某一种鸟，而是泛指飞鸟。

> "嗟尔朋友，予岂不知而作。如彼飞虫，时亦弋获。既之阴女，反予来赫。"——《大雅·桑柔》

这里的飞虫，就是指飞鸟的意思。在《诗经》里，有时候也会用鸟来泛指一切鸟类，如《小雅·菀柳》有诗曰："有鸟高飞，亦傅于天。"这里的鸟就是泛指，它并不是指具体的某一种鸟。

古人真是奇怪，鸟是虫，兽是虫，鱼是虫，就连人也是虫，看来所有动物的祖先应该是虫类。如此一来，我们口里所说的昆虫，是不是感到自豪和骄傲了些？不管你是天上飞的，地上跑的，水里游的，也不管你多么强大，多么聪明，多么智慧，大家都一样，都是虫！

虽然动物和人类被古人称为虫，有点让人瘆得慌，不过想想，古人这么叫也没有错，就像今天我们把所有的动物称为动物一样，古人把所有的动物称为虫，好像也没有什么不妥，都不过是一种称谓，是为了便于认识和分辨。

不过，在我们的印象中，虫常常被赋予贬义。比蛀虫、害虫可都不是好词。还有汉字"蠢"字，是由虫子组成的，蠢的本义是指冬眠的虫蛇在回暖的春天里苏醒、蠕动，后引申为迟钝、愚笨等含义。

在《诗经》里，飞虫也是被用来作类比，"如彼飞虫，时亦弋获。既之阴女，反予来赫"，诗的意思是说，好比那些高飞的鸟，有时也会被射落。我本是来庇护你，你反而对我发脾气。真是狗咬吕洞宾不识好人心啊！

由于鸟类长有翅膀，善于飞翔，所以在古人的眼里，飞鸟是不易捕捉到的。然而聪明的人类还是发明了弓箭和网，即使鸟类高高飞翔在天上，人们也能张弓搭箭把它射落下来；即使鸟类本领再强大，有时候也会落入人们布下的天罗地网之中，成为人们的囊中之物。所以再狡猾的飞鸟，它最终也逃不过人类的魔掌，这也是鸟之大不幸了！

枭

枭读 xiāo，是一种鸟。虽然大家未必熟悉枭这种鸟，但是，对于枭这个字，估计大家都知道，因为我们常常会用枭来形容一个人的骁勇强横，比如枭雄。对于那些贩毒集团的头目首领，我们则用大毒枭来形容。

由此可知，枭虽然代表骁勇，但是它被我们使用时，却往往是一个贬义词。

枭作为一种鸟，同样没有好名声，传说它是长大后食母的恶鸟。你看，母亲辛辛苦苦将自己抚养大，长大后不但不报恩，竟然连自己的母亲也要吃掉，还有比这更恶毒的吗？古人向来提倡孝道，认为百善孝为先，孝敬父母、尊敬长辈是最大的善，一个人连自己的父母都不孝顺，连自己的长辈都不尊敬，很难相信他能是一个善良之辈，估计就是无恶不作的坏人。所以，古人对于长大后食母的枭，自然把它当作恶鸟。枭遭到古人的鄙视唾弃，也就在情理之中。

在《诗经》里，枭也被认为是恶鸟。

"懿厥哲妇，为枭为鸱。妇有长舌，维厉之阶！乱匪降自天，生自妇人。匪教匪诲，时维妇寺。"——《大雅·瞻卬》

这里提到了枭和鸱，鸱是猫头鹰，古人认为它也是一种不祥之鸟。枭和鸱可谓是臭名昭著。这句诗用枭和鸱来比喻花言巧语善于说谎的妇人，描写了一个善于说谎善于在背后说别人坏话的长舌妇的形象，她就像枭和猫头鹰一样坏，制造出很多祸端。

你看，枭和鸱在古人的眼里，就不是什么好东西，那些背后说人坏话的坏人，也被古人比喻就像枭和鸱一样坏和凶恶。

枭和鸱都是夜间进行活动的猛禽，人们的作息规律是白天劳作，夜晚休息。枭和鸱正好相反，是昼伏夜出，而夜间因为黑暗而让人感到恐惧和心生害怕，所以对于习惯在夜间活动的枭和鸱，人们就将其视为是不祥之鸟，是恶鸟。

《大雅·瞻卬》是一首讽刺周幽王乱政亡国的诗，诗歌的写作背景是周幽王昏庸腐朽，宠幸褒姒，荒淫无度，败坏纪纲。不仅如此，周幽王还任用奸人，斥逐贤良，倒行逆施，招致天怒人怨，最终导致了西周的灭亡。关于周幽王宠幸褒姒，有一个"烽火戏诸侯"的故事，说的就是周幽王为了能博得褒姒的欢心，就命手下点燃烽火台。烽火台是古时传递战争信息的工具，通过点燃烽火，让远处的人们知道发生了警情，从而做好保卫和备战的准备。各地诸侯看到烽火台冒起浓烟后，就纷纷带兵前来护卫周幽王，然而，到近前才知道这是周幽王为了博取美人欢心的恶作剧，大家非常气愤。因为多次戏弄诸侯，后来，外敌真的入侵，诸侯就不再来勤王了，最终导致了周王朝的覆灭。

《诗经》里用枭和鸱来比喻周幽王宠幸的褒姒，可以说诗人对褒姒这个扰乱朝纲的女人是恨之入骨。其实，人之恶，有时候比枭和鸱更甚！

桃虫

　　看到桃虫这个名字，还以为是桃树上生的一种虫子。其实不然，古人所说的桃虫，是一种小鸟。现在我们叫它为鹪鹩，鹪鹩读 jiāo liáo。

　　鹪鹩又名黄脰鸟、桃雀、桑飞等，是一种体形很小的鸟类。呵呵，桃虫原来是鸟类！不仅如此，它还是鸟类中的歌唱家呢！

　　桃虫的歌声清脆、嘹亮、动听，它的歌喉与黄鹂鸟有得一拼。在夏季天气炎热的时候，桃虫主要生活在高山潮湿的密林和灌木丛中，等到冬天，它们就会迁移到低山区和平原地带生活。

　　桃虫不仅歌唱得好，它还聪明伶俐。桃虫喜欢用茅苇以及动物和人的毛发做巢，这样增加了巢的韧性，使自己的巢变得更加结实、耐用。然后于一侧开孔出入，充分发挥了巢遮风挡雨的作用。桃虫做的巢非常精巧，所以它又被人们称为"巧妇鸟"。可惜桃虫是鸟不是人，如果是人类，我想它一定是一位小巧玲珑、聪明美丽、勤劳贤惠的女人呢！

　　不过，尽管桃虫是一位音色不错的歌唱家，也尽管它聪明勤劳如巧妇，但是古人对于桃虫却似乎很不待见。虽然桃虫小如麻雀，人畜无害，但是，古人却非常担心，担心小小的桃虫转眼变成凶恶的大鸟，从而危及自己的安全。

《诗经》里就是这样说桃虫的：

> "予其惩，而毖后患，莫予荓蜂，自求辛螫。肇允彼桃虫，拼飞维鸟。未堪家多难，予又集于蓼。"——《周颂·小毖》

这首诗是什么意思呢？就是莫要轻视小草和细蜂，等到你受毒被螫全身酸痛你才知道它们也会给你带来烦恼。如今才相信小小的桃虫，转眼便化为凶恶的大鸟。

其实，桃虫是体形非常小的鸟类，它不可能长成体形巨大的恶鸟。但是古人却认为，桃虫的雏鸟会变成雕，所以就用桃虫来作为比喻，就是告诫人们，不要轻视那些看起来弱小甚至可怜的恶人，因为他们性之恶，所以我们得提防他们哪一天行凶作恶，祸害我们。

你看，古人真会比喻啊，桃虫那么弱小，那么微不足道，但是古人却夸大其词，称它们有一天会长成凶恶的大鸟，这不是朝桃虫身上泼脏水么？真是玷污了桃虫的一世清白。只是桃虫有冤无处申，有苦无处诉，只能任由古人评说了！

然而，尽管桃虫不可能变成大鸟，也不会变成恶鸟，但是，人却能变成恶人。虽然古人曾经说过"人之初，性本善"，但是这不过是古人的一厢情愿罢了。我认为，实际上应该是"人之初，性本纯"。人一出生到这个世界上，除了肉体，啥也没有带来，可谓是两手空空，一身清白。但是人长大后却分善恶美丑，形形色色的人都有。私下认为，人的善恶应该是后天环境造成的结果，人一出生不善不恶，思想和灵魂就是一张干净的大白纸，用一尘不染来形容并不为过。然而，成长环境的好坏，直接决定了一个人人性的好坏。在恶人堆里长大的孩子，很难善良。在好人圈里生活的孩子，很难去作恶。当然，也有好人，最后变成了坏人，也有坏人，良心发现，改过自新，变成了好人的例子。但这还是后天环境潜移默化教育所起的作用，人们常说时势造英雄，造化弄人，这其实都是环境使然。

其实，不管环境对人有多大的影响，人有多大的改变，都不能把罪恶推在鸟类的身上。只是，古人不问青红皂白，将凶、恶、坏的帽子扣在了桃虫的头上，这是桃虫这只小小的鸟儿不能承受之重。

玄鸟

　　玄鸟，看名字就非常神秘。可不是吗？从字面理解，玄是深奥的不容易理解的。比如我们常说的玄妙、玄奥，还有玄机，有神秘的意思。现在还有玄幻小说，受到很多年轻人的追捧。

　　既然玄代表着神秘、深奥，那么玄鸟，是不是一种很神圣很神秘的鸟呢？

　　《诗经》也提到了玄鸟。

　　　　"天命玄鸟，降而生商，宅殷土芒芒。古帝命武汤，正域彼四方。方命厥后，奄有九有。"——《商颂·玄鸟》

　　这句诗的意思是：上天安排玄鸟，来到人间生下商王，住居在广茫的殷地。古时上帝命成汤，征服四海治理四方。遍告天下众诸侯，九州全部归商邦。

　　"天命玄鸟，降而生商"这句诗是有出处的，据《史记·殷本纪》记载，"殷契，母曰简狄……三人行浴，见玄鸟堕其卵，简狄取吞之，因孕生契"。

简狄是上古时代中国传说中商始祖契的母亲，是帝喾的次妃。传说简狄成为帝喾最宠爱的妃子后，两年多都没有怀孕。简狄的母亲见女儿久未有喜，心里焦急，就带她还有简狄的妹妹一起去女娲娘娘庙烧香求子。回来路过玄丘的时候，她们一起到山丘下的玄池去洗澡。三人正在洗浴的时候，忽然一只玄鸟在玄池里下了一个鸟蛋。这是一颗五色彩卵，简狄就将鸟蛋含在嘴里，结果却不小心吞进了肚子里，最后生下了契。后人就把玄鸟当成是商的祖先。

《诗经》里提到的玄鸟，也有解释称其是燕子。不过，我总觉得，燕子虽然机灵，但是还称不上神秘，而且，燕子那么可爱，与玄似乎沾不上边呢。不过有一种解释，玄是指黑色、深黑色，这样倒是符合燕子的外表特征。但是，我还是很难把燕子与玄鸟联系在一起。我总觉得，玄鸟，应该是一种神圣、神秘的鸟，它也许不是我们所解释的燕子！

确实，玄鸟是古代中国神话传说中的神鸟，它最早出自《山海经》："北海之内有山，名曰幽都之山。黑水出焉，其上有玄鸟、玄蛇、玄豹、玄虎，玄狐蓬尾。"在《山海经》里，玄鸟与玄蛇、玄豹、玄虎、玄狐并列，都是神物。不过，后人并没有将山海经里的玄鸟解释为确指燕子，而只是说，玄鸟的初始形象类似燕子。类似并非确指，因此，据此来看，玄鸟应该不是有的解释所说的燕子。

根据《山海经》里的记载，玄鸟不是普通的鸟，而应该是一种神鸟，因此，它不会是我们所解释的燕子。不过，谁也没有见到玄鸟长什么样子，因为它是神鸟，所以不是普通人轻易就能见到的。正如龙、凤、麒麟一样，它们都不是凡间之物，是神物呢！

乌

　　《诗经》里提到的乌，就是乌鸦，乌鸦又叫老鸹。乌有时候也是雀形目鸦科鸦属中多种黑色鸟类的俗称。

　　在民间，乌鸦可不是什么好鸟。不知道是因为乌鸦生得黑而不讨人喜欢，还是因为乌鸦在远古的时候就得罪了我们人类的祖先，总之，从古至今，人们都不怎么待见乌鸦。比如，一个人因为快嘴而说中了某件不好的事情，人们称其为"乌鸦嘴"；形容某些人的恶、坏和贪婪，人们会说"天下乌鸦一般黑"；形容一些临时凑集、没有组织纪律的人，人们就将其称为"乌合之众"。

　　《诗经》提到了乌鸦，也没有"好颜色"给它！

　　　　"莫赤匪狐，莫黑匪乌。惠而好我，携手同车。其虚其邪？既亟只且！"——《邶风·北风》

　　这句诗的意思是：没有不红的狐狸，没有不黑的乌鸦。狐狸是奸诈、

102

狡猾的代名词，古人将乌鸦与狐狸相提并论，可见对乌鸦的厌恶！

乌鸦代表黑色，而黑色是冷色。在民间，黑色不是吉祥的颜色。比如人们会用黑纱来祭奠逝去的人。在《诗经》里，乌鸦扮演的就是黑色的角色，你看，古人可是说了"莫黑匪乌"，天下可是没有不黑的乌鸦，这与现代人所说的"天下乌鸦一般黑"大概是一个意思。

不过，尽管乌鸦没有什么好名声，人们也不喜欢和不怎么待见它，但是，乌鸦也并非一无是处，人们也并非一直给它"差评"，偶尔也会给乌鸦来一个"好评"。比如，有成语叫"乌栖一枝"，意思是很多乌鸦栖宿在同一个树枝上，用来比喻一家人住在一起。而"乌鹊通巢"说的则是乌鸦和喜鹊住在一个巢里，用来比喻不同的人能够和睦相处。最典型的成语则是"羊羔跪乳，乌鸦反哺"，意思是小羊羔吃奶时总是跪着，仿佛是在感谢母羊对自己的养育之恩，而乌鸦长大了，会本能地喂养照顾自己的母亲。人们常常用"羊羔跪乳，乌鸦反哺"来教育子女要尊敬父母、孝顺父母。小羊羔和乌鸦变成了孝敬父母的榜样和典范，这应该是人们给予它们最好和最高的评价了！

乌鸦除了反哺，也是智力较高的鸟类。小时候在课本上学习了乌鸦喝水的文章，一只非常口渴的乌鸦，见到了一个口径很小的瓶子里有水，乌鸦想喝瓶子里的水，可是自己的嘴怎么也够不着，聪明的乌鸦就从附近衔来了石子，将小石子丢进瓶子了。随着石子越来越多，瓶子里的水位也越来越高，最后，乌鸦终于可以够到瓶子里的水，解决了一时的口渴。你看，乌鸦多么聪明？就凭这一点，让人对它就有了一些好感！

乌鸦的聪明，也是有科学实验的，据加拿大蒙特利尔麦吉尔大学动物行为学专家路易斯·莱菲伯弗尔对鸟类进行 IQ 测验，得出乌鸦是除人类以外具有第一流智商的鸟类的结论。据说，乌鸦的综合智力与家犬的智力水平大致相当。乌鸦可以借助石块砸开坚果，从而解决自己的吃饭问题。它们还能够根据容器的形状来准确判断所需食物的位置和体积，所以，小时候课本里的乌鸦喝水的故事，并非作者杜撰，而是有一定科学依据的。

只是尽管乌鸦如此聪明，但非常遗憾的是，人们对它是毁誉参半，人们既表现了对乌鸦的厌恶，也表现了对乌鸦的尊敬。由此可见，人啊，真是非常复杂的动物！

虽然人们不怎么喜欢乌鸦，但是有时候也会爱屋及乌。成语爱屋及乌，说的就是喜欢一个人而连带喜欢上他屋上的乌鸦。你看，人是多么复杂，喜欢一个人不打紧，还连带喜欢上与自己喜欢的人有关的人和物，充分体现了爱的力量。不过，爱屋及乌到底是真喜欢还是假喜欢呢？估计只有这个人自己知道了！

鹝

鹝读 yì，古书上指吐绶鸡。鹝又叫绶鸟。

绶鸟是什么？宋代学者陆佃在《埤雅·释鸟》一书里解释："绶鸟，一名鹝，抑或谓之吐绶。咽下有囊如小绶，五色彪炳。"由此可见，这种鸟的咽下有囊，如同小绶。绶是绶带，古代用来系佩玉、官印等。因为这种鸟咽下的囊如同绶带，所以人们将其称为绶鸟，又叫吐绶鸡。

在《诗经》里，也提到了鹝，不过，《诗经》里提到的鹝其实并不是指动物鹝鸟，而是指一种植物，这种植物又叫绶草。

"中唐有甓，邛有旨鹝。谁侜予美？心焉惕惕。"——《陈风·防有鹊巢》

这里的鹝是指绶草，绶草的叶片呈宽线形或宽线状披针形，生于海拔 200—3400 米的山坡林下、灌木丛下、草地或河滩沼泽草甸中。

由此可见，在古代，鹝有两种含义，一种是指动物绶鸟，一种是指植物绶草。对于古人的这种称呼，其实并不奇怪，在《诗经》里，一种植物或者动物有两个甚至更多的名字，并不鲜见。几种植物或几种动物拥有一个名字，也不罕见。

《诗经》里提到了很多动物的名字，绝大多数都是指这个动物的本身。但是也有一些篇章里，虽然提到了动物的名字，却不是实指该动物，一是名字有两重含义，一种指动物，一种指植物。《陈风·防有鹊巢》里的鹝就是这种情况，这里的鹝并不是指动物，而是指植物绶草。还有一种是用作比喻，比如莺，本义是指动物黄莺，但是在《小雅·桑扈》里，莺却是被用来比喻有文采的样子。《小雅·桑扈》有诗曰："交交桑扈，有莺其羽。""交交桑扈，有莺其领。"这里的莺，并不是指动物莺，而是被用来形容桑扈鸟华丽的羽毛和颈间的羽毛非常美丽。还有《召南·羔羊》有诗曰："退食自公，委蛇委蛇。"这里的蛇也不是指动物蛇，而是形容悠闲自得的样子。

尽管诗经里提到的鹝并不是指动物鹝，而是指植物，但是，我们还是要介绍一下鹝，因为从字面来看，其名字带有鸟部，说明鹝原本就是动物，是一种鸟。

吐绶鸡又叫吐锦鸡、真珠鸡、七面鸟，俗称火鸡，它的头部有红色肉质突起，羽毛有黑、白、深黄等色，今多饲作家禽。而对于这种鸟，李时珍是这样说的："出巴峡及闽、广山中，人多畜玩。大者如家鸡，小者如鸲鹆。头颈似雉，羽色多黑，杂以黄白圆点，如真珠斑。项有嗉囊，内藏肉绶，常时不见，每春夏晴明，则向日摆之。顶上先出两翠角，二寸许，乃徐舒其颔下之绶，长阔近尺，红碧相间，采色焕烂……此鸟生亦反哺。行则避草木，故《禽经》谓之避株，《食物本草》谓之吐锦鸡，《古今注》谓之锦囊，《蔡氏诗话》谓之真珠鸡，《倦游录》谓之孝鸟，《诗经》谓之鹝。"

你看，根据李时珍的介绍，吐绶鸡真是一种调皮可爱的鸟，它"项有嗉囊，内藏肉绶，常时不见，春夏清明则向日摆之"。吐绶鸡的肉绶，可不是想看就能看到的，想看它的肉绶，须到春夏交接之际。有句俗话叫真人不露相，我想，吐绶鸡大概也属于此类吧！

莺

　　莺是黄莺，又叫黄鹂，它的叫声清脆悦耳，被誉为鸟类歌唱家。

　　虽然《诗经》里提到了莺，但是却不是指动物莺，而是比喻有文采的样子。

　　　　"交交桑扈，有莺其羽。君子乐胥，受天之祜。交交桑扈，有莺其领。君子乐胥，万邦之屏。"——《小雅·桑扈》

　　这首诗写的是桑扈这种鸟，但是却又"有莺其羽""有莺其领"。有注释称莺是有文采的样子，用莺来形容桑扈鸟的美丽，可见，在古人的眼里，莺是美好的！

　　莺是小型鸣禽，体形纤细瘦小，嘴细小，羽色大多比较单纯。对于莺，明代医学家李时珍是这样说的："《禽经》云莺鸣嘤嘤，故云。或云，莺项有文，故从賏，賏，项饰集也。或作鸎，鸟羽有文也。"

　　在《诗经》里，莺被用来形容别的鸟羽毛的美丽，而《诗经》真正指莺这种动物的时候并不叫莺，而是叫仓庚。《豳风·七月》有诗曰："七月流火，九月授衣。春日载阳，有鸣仓庚。"这里的仓庚就是指黄莺。

在苏北，我们称黄莺也不叫黄莺，而是叫它黄鹂鸟，因为它的鸣叫嘹亮悦耳、干脆利落，不拖泥带水。在夏季，在苏北的树林子里，黄鹂鸟穿梭于林间。树林是黄鹂鸟的乐园，在这里，它可以觅食、休息。渴了，它就飞到靠近树林的小河边喝上几口。还可以到林子里寻找果树，啄食它们爱吃的果实。

也许，在古代，黄莺不叫黄莺，因为在《诗经》里提到的名叫仓庚的鸟，现代解释为黄莺，而以莺名字出现，又不是指鸟，而是指有文采的样子。根据李时珍"莺，鸟羽有文也"的说法，黄莺的羽毛非常美丽，所以，它应该是一种美丽的鸟，被古人用来形容有文采，大概也算是情理之中的事情了。

黄莺除了是指动物，是指一种鸟以外，它还是一种植物的名字。有一种植物叫"加拿大一枝黄花"，据说它的别名就叫黄莺。不过，"加拿大一枝黄花"严重破坏入侵地的植被生态平衡，所以被我们认为是一种恶花。但也有科学家为黄莺花"平反"，认为黄莺花与加拿大一枝黄花虽然同属一枝黄花科目，但它并不是加拿大一枝黄花，而是一种观赏性植物，不会对其他植物和环境造成任何危害。你看，黄莺是如此美丽，它怎么可能变成坏种呢？！

而即便《诗经》里提到的莺不是指黄莺，但是这并不影响黄莺的美丽，也不影响它在《诗经》里生活。"春日载阳，有鸣仓庚。"这里的仓庚就是指黄莺。你看，它不过是换了一个名字在《诗经》里生活而已！

鸐

鸐读 jiāo，鸐是野鸡的一种，又名长尾雉，是我国的特产鸟，共有 4 种。其中较为常见的为白冠长尾雉，俗称"长尾野鸡"，又叫"地鸡"。

长尾野鸡身体大小近似野鸡，但尾羽极长，雄鸟的尾羽长达一到两米，尾巴非常绚丽，长尾野鸡有"小凤凰"之称。

"依彼平林，有集维鸐，辰彼硕女，令德来教。"——《小雅·车辖》

这句诗什么意思呢？意思是说：平地树林多茂密，长尾野鸡树上栖。漂亮姑娘及时嫁，带来美德好教益。《小雅·车辖》是一首咏诵新婚的诗歌，这句诗描写了迎娶新娘途中看到树林茂密，长尾野鸡栖息在树上的美丽画面。诗歌由物及人，如此美丽的场景，自然需要美丽善良的主人翁新娘出场，美丽善良的新娘不仅带来了她的美丽，也带来了她的贤惠与美德。

俗话说物以类聚，人以群分。显然，这里的鸐也就是长尾野鸡是

110

美丽的象征，它的出现，既是迎接同样美丽的新娘，也是为了衬托新娘的美。诗人是用美丽的长尾野鸡来衬托新娘的美，渲染了喜庆、美好的气氛。

长尾野鸡虽然是野鸡的一种，但是它又与普通野鸡不同。长尾野鸡活动仅限在海拔 600 米到 2000 米的高山地区，而不在海拔 300 米以下的地方生活，这种特性也突显了与普通野鸡的不同，长尾野鸡栖息地都是悬崖峭壁的山谷，生活环境比较恶劣。长尾野鸡主要以松、柏等树木的果实为食。因为长尾野鸡生活在山区，周围都是悬崖峭壁，因此，它练就了一种特殊的飞行本领，当它由一棵树飞向另一棵并准备降落时，它可以骤然停止，一下子平平稳稳地落在树枝上。

长尾野鸡善斗，它经常边走边叫，特别是进入繁殖期时，雄性之间为争夺配偶经常展开格斗，最终胜出者才有交配权，而落败者只能拍拍翅膀，非常沮丧地离去。

在《诗经》中，长尾野鸡又叫乔，比如《郑风·清人》里有这样的诗句："清人在消，驷介麃麃。二矛重乔，河上乎逍遥。"这里的重乔指的就是长尾野鸡。二矛指的是周代的武器矛，一种是酋矛，一种是夷矛。酋矛是短矛，柄长 2 丈（周制）；夷矛是长矛，柄长 2 丈 4 尺（周制）。二矛重乔是指这两种矛都用长尾野鸡的羽毛来做红缨。

由此我们不难看出，古人也很爱美，即使在兵器上，也要配上美丽的长尾野鸡羽毛。我想，这不仅是为了武器好看，也是一种气氛的渲染，以此来炫耀武器的精良，首先在气势上就胜出一筹，从心理上给对方造成压力，从而在战场上可以为自己觅得先机而战胜对方。

由长尾野鸡羽毛在长矛上的使用，以及迎亲途中"偶遇"长尾野鸡，都说明长尾野鸡是一种美丽的鸟，深得古人的喜欢。其实，不仅古人喜欢，今天的我们也是无比的喜欢啊，只是，生活中的我们很少能看到长尾野鸡了。再说长尾野鸡的生活环境也不同，人家可是生活在海拔 600 米到 2000 米的高山地区，我们平原地区，真的是难见其真容啊！

翚

　　翚，读 huī。对于翚这个名字，我们感觉很陌生，但其实它并不少见。翚指五彩山雉，又叫锦鸡。

　　由此可见，翚其实也是野鸡的一种，但是它的羽毛五彩斑斓，非常漂亮，是一种非常艳丽的鸟。既然翚如此美丽，那它当然地要活在《诗经》里。

　　"如跂斯翼，如矢斯棘，如鸟斯革，如翚斯飞，君子攸跻。"——《小雅·斯干》

　　这句诗的意思是：宫殿宏大庄严如人之高竦，规制严整如急矢向上直冲，飞檐造型如大鸟振翅翱翔，色彩斑斓远看如锦鸡飞腾。这就是咱君主听政的王宫！

　　这句诗是用来形容宫殿建筑的精致与宏伟的，"如翚斯飞"这里的翚就是锦鸡，意思是像美丽的锦鸡飞翔一样。翚被用来形容建筑，由此可见，这既是对建筑的赞美，也是对动物翚的赞美。

对于翚，东汉末年儒家学者郑玄是这样说的："伊洛而南，素质，五色皆备成章，曰翚。翚者，鸟之奇异者也。"在郑玄看来，翚是"鸟之奇异者也"。对于一个人有特殊的本领和长处，我们常常会称其为"天赋异禀"，属于异人。而翚是"鸟之奇异者也"，当属于异鸟了。

由此可见，翚是不同一般的鸟类。

翚是野鸡的一种，不过，叫野鸡有点难听，翚还有比野鸡好听得多的名字，叫锦鸡。你看，锦衣玉帛是贵族才能够拥有的，但锦鸡拥有了，说明它可是鸟中贵族呢。由此看来，野鸡这个名字，一点也配不上它！

锦鸡的外形有点类似喜鹊和鹦鹉，它的背部有黄、红两种纹理。更特别的是，它红嘴、绿顶、红肚，羽毛五彩斑斓，非常艳丽，所以非常好看，让人喜欢。不过，锦鸡虽然非常美丽，但是却并不温柔，它特别喜欢打斗。锦鸡的腿上功夫了得，特别是脚爪子，非常锋利，对付同伴，是拳打脚踢，不像家鸡，斗殴只知道用嘴啄。不过，家鸡斗殴也是非常凶悍的，有的鸡头上的羽毛都能被啄光，可见，鸡虽然弱小，但是它们也是有点脾气的呢！

锦鸡以农作物、草籽、竹笋等为食，也吃昆虫。锦鸡的孵卵期为21天，这与家鸡是一样的，说明锦鸡与家鸡有近亲关系。家鸡是从野鸡演化而来的，经过漫长的岁月，家鸡脾气好多了，而野鸡因为无拘无束，所以，依然保持着野性。尽管它们的野性对于那些大型动物来说是小儿科，对于人类来说也是微不足道，但毕竟它们还是有野性的，毕竟它们是野生动物！

近年来，锦鸡的种群数量大为减少，这其实并不单单是锦鸡面临的窘境，也是很多动物面临的窘境。所以保护动物，任重道远，我们应该保护如此美丽的锦鸡，因为它就像我们人类一样，也是大自然的一员啊！

流离

　　流离，顾名思义，就是流转离散的意思。这是一个带有悲剧色彩的词，与它搭配的词，多数是让人伤心难受的，比如，流离颠沛，一路上颠簸不安；流离失所，在奔波中失去了住所；流离转栖，在奔波中迁移到另一处栖息的地方。这些词，没有一个能让人心情舒畅，没有一个能让人安下心来！

　　在《诗经》里，也提到了流离。

　　　"琐兮尾兮，流离之子。叔兮伯兮，褎如充耳。"——《邶风·旄丘》

　　这句诗的意思是：我们卑微低贱，如同流离鸟儿。各位大臣啊，你们却充耳不闻让人生怨。

　　《诗经》里所说的流离，有解释是一种鸟。倘若如此，那么，它也是一只带有悲剧色彩的鸟。

　　关于《诗经》里的流离，现代有两种解释，一种解释说，流离是一

114

种鸟，指黄鹂，黄鹂是一种美丽的鸟。还有一种解释说流离即枭，而枭则是一种恶鸟。

从"琐兮尾兮，流离之子。叔兮伯兮，褎如充耳"这句诗来看，流离代表着低微、卑贱和弱小，所以流离应该是弱者的代名词。由此看来，将流离解释为枭与诗歌的意境不符。而将流离解释为黄鹂，似乎也有点牵强。黄鹂是一种美丽的鸟，它的歌喉婉转动听，是鸟类歌唱家。它弱小是事实，但是黄鹂并不是悲剧式鸟类。《诗经》里的流离代表弱小和低贱，流离颠沛、居无定所应该是流离的真实写照。

对于流离，后人还有一种解释，说流离并不是指一种鸟，而是指转徙离散。我更倾向于这种解释，因为它非常符合诗歌的意境。子是古时对人的一种称呼，比如士子、才子、舟子（船夫）等。有时候也是一种尊称，比如孔子、老子、孙子等。"流离之子"我们完全可以将其解释为流离颠沛的人，结合上一句"琐兮尾兮"，连起来就是：我们卑贱低微，都是流离颠沛的人，这种解释似乎更为贴切。

说流离是黄鹂或者枭，只是后人的解释。将流离解释为枭，并不符合诗歌的意境。说是黄鹂，也没有依据支持，除非本来就有流离这种鸟。然而事实上，现代并没有找出与流离对应的鸟，所以说流离是黄鹂或者枭，只是后人的一种猜测而已。

不过，流离是黄鹂也好，是枭也罢，或者解释为转徙离散之人，他们都是属于低微、卑贱的，都是带有悲剧色彩的。原来，生活在《诗经》里的动物，就像我们人类一样，也有高贵低贱之分，也有贫穷富有之别！

第二辑 匪兕匪虎，率彼旷野——兽类

兽

兽一般是指具有四足的哺乳动物,《尔雅·释鸟》中称"四足而毛谓之兽",由此看来,兽的一般特征是有四条腿且身体有毛,这也是兽与鸟、昆虫、鱼类的基本区别。

动物的分类有很多,如折叠海绵动物、折叠腔肠动物、折叠软体动物门等。常见的动物分类有兽类、鸟类、鱼类、昆虫类,它们基本涵盖了所有的动物。

　　"吉日庚午,既差我马。兽之所同,麀鹿麌麌。"——《小雅·吉日》

这里提到的兽不是指具体的某种动物,而是一个笼统的概念,它包含了所有的兽类动物。就像《诗经》里提到的另外三大类动物鸟、鱼和虫一样,它们也是比较大的概念,鸟包括了所有的飞鸟,鱼包括了所有的游鱼,虫包括了所有的昆虫。

不过与鸟、兽、鱼不同的是,古人也会用"虫"来泛指一切动物,如鸟为羽虫，兽为毛虫，龟为甲虫，鱼为鳞虫。古人也会将老虎称为大虫。如文学名著《水浒传》里的顾大嫂，绰号就叫"母大虫"，就是"母老虎"的意思。说明顾大嫂这个人是一个非常厉害的角色，就像老虎一样凶猛。直到现在，人们还会把脾气暴躁或者比较强势的女人称为"母老虎"。

"兽之所同，麀鹿麌麌"，这里的同是聚集的意思，麀鹿是母鹿的意思，这里用麀鹿来代表野兽。这句诗的意思是：兽类聚集的地方，有众多的母鹿。

人类社会，早期茹毛饮血，人们依靠吃树上的果子和狩猎获取食物，后来人类学会了使用火，人类开始远离野蛮。进入农耕社会后，人们学会了种植作物，实现了自给自足，人们才得以安居乐业。但是狩猎仍然是人们的重要的生存方式，在《诗经》里，就大量记录了人类狩猎活动。《小雅·吉日》记录了古人的狩猎场景："既张我弓，既挟我矢。发彼小豝，殪此大兕。"你看，古人一边拉开弓弦，一边把箭拿在手里，张弓搭箭，一箭射死小野猪，又奋力射死了大野牛。

《豳风·七月》里也记述了古人的狩猎习俗："一之日于貉，取彼狐狸，为公子裘。二之日其同，载缵武功，言私其豵，献豜于公。"在不同的月份，捕获不同的动物。这也是古人根据动物的季节性活动来进行狩猎。

《小雅·车攻》里，也记载了古人狩猎的情况："东有甫草，驾言行狩""建旐设旄，搏兽于敖"，这都是记述了古人狩猎的场景。

古人还把比较大的兽称为特。《魏风·伐檀》里有"不狩不猎，胡瞻尔庭有县特兮？"这里的特是指三岁的兽。动物的寿命一般比较短，三岁的兽应该是非常强壮的成年兽类了。比如老虎，虎的寿命一般 20—25 年，雌虎在 3 岁时性已经成熟。比如野牛，野牛的寿命为 20—30 年，2—4 岁时性成熟，性成熟意味着动物已经成年。

《诗经》里提到了很多动物，狼、豺、虎、豹，马、牛、猪、羊，等等，没有具体指明某一种动物或者不需要具体指明某一种动物时，就用兽来代替。在《诗经》里，除了鸟类，兽是被提到第二多的动物种类。这与古人的狩猎生活有关，狩猎主要猎捕兽类和鸟类，所以兽类和鸟类进入《诗经》也就比较多。

貔

貔就是貔貅，读 pí xiū，是中国古书记载和民间神话传说中的一种凶猛的瑞兽。

据说，貔貅就像凤凰一样，雌雄叫法不同。凤凰雄性为凤，雌性为凰。貔貅雄性名貔，雌性名貅。

貔貅又名天禄、辟邪、百解，它龙头、马身、麟脚，形似狮子，毛色灰白，会飞。传说貔貅在天庭负责巡视工作，阻止妖魔鬼怪、瘟疫疾病扰乱天庭，是瑞兽，所以在民间貔貅深受人们的喜爱。人们用它驱邪、挡煞、镇宅，也会以佩戴貔貅，希望貔貅能避灾辟邪，为自己带来祥瑞和好运。

在民间，还有一种传说，说貔貅以金银珠宝为食，其他的东西都难入它的法眼，而且貔貅是只吃不屙，可见貔貅有多贪婪！貔貅吃的是金银珠宝，而且只进不出，自然就被视为招财进宝的祥兽了。关于貔貅的传说有很多，还有的说貔貅是龙的儿子。所以貔貅的形象也是"身形如虎豹，其首尾似龙状，其色亦金亦玉"。

虽然貔貅是以瑞兽的形象出现的，人们对其也是敬畏有加，但是在《诗经》中，貔貅的出现却非常不幸，它只是人们的猎物，它的皮毛，成为献给权贵的礼物。

"实墉实壑，实亩实籍，献其貔皮，赤豹黄罴。"——《大雅·韩奕》

你看，貔貅和豹、罴等猛兽一样，成为人们的猎物，它们的皮被拿来献给了权贵。不过，也有一种解释，称貔是黄鼬，黄鼬就是黄鼠狼。用黄鼠狼的皮来献给权贵，这也说得通，而且也更切合实际。不过，从"献其貔皮，赤豹黄罴"的句式来看，豹和罴都是猛兽，那么貔也应该是猛兽才是，所以貔是猛兽更为合适一些。对于《诗经》里的貔，也有解释是指大熊猫，大熊猫虽然看起来憨态可掬，但是它其实也是一种猛兽。野生的大熊猫能与老虎狮子对战。在熊家族中，大熊猫的"功力"名列第三，估计老虎也未必是它的对手！

作为一种传说中的动物，貔貅的出现远远没有同样是传说中的动物龙、凤那样家喻户晓，甚至连麒麟也不及，龙凤呈祥、龙飞凤舞、攀龙附凤这些成语的使用，足见人们对龙与凤的熟悉。而凤毛麟角、凤雏麟子、麒麟送子等成语的使用，也足见麒麟在民间被深受喜爱。而与貔貅有关的成语，却基本没有，这说明貔貅虽然是瑞兽，但是在民间，在百姓的心中，对它的熟悉程度和喜欢程度，均远远不及龙、凤和麒麟。虽然貔貅代表着招财进宝，代表着财气和好运，但是，人们好像不买它的账。我们常见的更多的是龙、凤和麒麟。而貔貅的形象，生活中见到的则比较少。

对于《诗经》里的貔是黄鼠狼、貔貅和大熊猫的解释，由于年代久远，又缺乏相关资料，因此，是见仁见智。不过，还有一种传说中的动物叫貔子，这种动物生性凶猛，身体大于猫而小于狗，但是却能吃猫、狗，这种动物倒是和"赤豹黄罴"的句式相称。也许，《诗经》里的"献其貔皮"，就是貔子的皮吧？再说，貔狳是瑞兽，谁又能舍得杀它们？谁又能杀得了它们呢？

马

　　在《诗经》中，提到的动物最多的既不是象征着精神图腾的龙、凤和麒麟，也不是凶猛的老虎、豹子，更不是狡猾的狐狸，也不是我们常见的家禽家畜鸡、鹅、猪、狗，而是马！

　　马也是《诗经》里继斑鸠、黄鸟后第三个出场的动物。《周南·大叔于田》《周南·卷耳》《周南·汉广》《郑风·清人》《秦风·小戎》《豳风·东山》《邶风·击鼓》《邶风·载驰》《邶风·定之方中》《齐风·载驱》《小雅·皇皇者华》《小雅·白驹》《小雅·六月》《小雅·车攻》《大雅·大明》《周颂·有駜》《鲁颂·駉》等诸多篇章，都提到了马，并且都给予了马非常重要的位置。可见，古人对马是多么喜爱与重视。

　　马是一种草食性动物，它的心肺发达，适于奔跑和强烈劳动。早在四千多年前，马就被人类所驯服，为人所用。在古代，马普遍被用于军事和劳动生产，在军事上，马可以被用来运输粮草，还可以作为坐骑，古代的骑兵，他们的坐骑就是马。马力大无比，也被用作交通运输和农业生产，古人用马作为运输动力，因此产生了马车。古代帝王将相出行，也是以马作为车辆的运输动力的。

对于马，不同的颜色，不同的年龄，古人对它们的称谓也不同，比如，叫母马为牝，公马为牡，牝与牡也被广泛用于称呼雌雄动物。古人称马高七尺为騋，五尺以上六尺以下为驹，现代人也称未成年的马叫小马驹。而乘坐马与驹也是有身份区别的，马驹为大夫所乘，而马则为君王所乘。

对于马的颜色不同，古人的称谓也不同，黑色的马叫骊，黑白杂毛的马叫骃，黄白相间的马叫皇，红白相间的马叫驳，青黑色如棋盘格子纹的马叫骐，赤身黑鬃的马叫骝，黄色黑嘴的马叫騧，黑鬃的白马叫骆，杂色的马叫驳，左后蹄为白色，或四蹄皆白色的马叫馵，馵读 zhù，对于毛色似铁的好马则叫騤。騤读 tiě。

不仅在马的颜色上古人对马的叫法不同，就是马的数量不同，叫法也不同，如同驾一辆车的四匹马叫驷，同驾一辆车的四匹雄马叫四牡，四匹赤毛白腹的驾辕马叫騵，在车前两侧的马叫骖。对于比较肥壮的马，古人则叫駉。你看，马有这么多的称呼，足可见马对于古人来说是多么重要，马已经深入古人的每一处生活之中。

在科技不发达的原始年代，人们没有掌握相关的科学技术，只能因地制宜，因物利用，利用马和牛的力量为自己的生产所用；利用鸡、鹅、鸭来解决自己的吃肉吃蛋问题；利用犬来为自己看家护院；利用猫来帮自己捕捉老鼠。而马因为善于奔跑和力大无比，所以帮助古人解决了交通问题。马既为车辆提供了强大的动力，又提高了车辆的速度，可以说是力量与速度的完美结合。牛相比于马，力量虽然更大，但是牛的速度远远不及马，而驴虽然速度很快，但是力量却远远不及马，而且驴也缺少马持久的耐力。所以马是古代交通运输的最佳选择，马在古人的生活之中无处不在。

一匹马的力量有限，人们就用两匹马、三匹马、四匹马……马的匹数越多力量越大，所以，古时候常常是多匹马拉一辆车。社会发展到后来，出现了汽车、火车、飞机等交通工具，由于它们的运输力巨大，是马无法企及的，所以后来马的运输作用也就渐渐消退。但是一些偏僻的山区，因为道路不通，一些地方仍然用马作为运输动力。由于几千年来马一直主宰着运输，是运输的主要动力，所以直到现在，人们在发动机动力的力量级别认定上，也是用马力来认定的。

其实，在生活中，马既是作为一种力量的象征，也是作为一种精神的图腾，比如我们用"万马奔腾"来形容声势浩大或热烈壮观的场面；形容一个人的积极和勇敢用"一马当先"来形容；做好各种战斗准备则用"厉兵秣马"来形容；形容一个人的功劳巨大称其为"汗马功劳"；祝贺一个人能够完成任务则叫"马到成功"！

马还被人们称为骏马、宝马，骏马是指跑得快的好马。那些丹青妙手，也喜欢以马作画，很多画家画了《八骏图》，根据晋王嘉《拾遗记》中记载："八骏之名，一曰绝地，二曰翻羽，三曰奔霄，四曰越影，五曰逾晖，六曰超光，七曰腾雾，八曰挟翼。"另有《穆天子传》中记载为："骅骝、骡耳、赤骥、白羲、渠黄、逾轮、盗骊、山子"。近代画家徐悲鸿也创作了《八骏图》，徐悲鸿的《八骏图》也成为画中珍品。

有一种枣红色或栗色毛的马，其肩部和颈部汗腺发达，出汗后局部颜色会显得更加鲜艳，给人以"流血"的错觉，因此人们称之为"汗血宝马"。德国还有一种汽车品牌叫"宝马"，因为宝马的总部在德国的巴伐利亚州，而宝马的名字又是巴伐利亚发动机公司，所以宝马就代表了巴伐利亚，代表了德国最精湛的发动机技术。宝马在中国大陆早年被翻译为巴依尔，由此可见，宝马在德国的含义，与马其实并没有关系，后来渐渐演变翻译为宝马，大概是受到中国千里马的影响吧。

马作为《诗经》里出现最多的动物，足可见它具有非常现实的意义。可以说，马与人类的繁衍生息息息相关，没有马的帮助，古代的人们虽然不能说寸步难行，但是，生产和出行变得非常困难应该是无法否认的。也许正因为如此，古人对马怀有非常深厚的感情，他们在《诗经》里赞美马、歌颂马实属情理之中的事情，而马在《诗经》里自由自在地驰骋、生活，也是马应得的荣誉!

兔

对于兔子，大家是再熟悉不过的了。它大大的耳朵，红红的眼睛，是孩子们喜欢的一种小动物。

兔子行动敏捷，善于奔跑，民间比喻一个人跑得快常常会说"比兔子跑得还快"，可见，兔子是善于奔跑的动物代表。还有一个成语，也是对兔子的褒奖，这就是"静如处子，动如狡兔"，充分说明了兔子奔跑之快。

大家对兔子的印象最深的，莫过于《伊索寓言》里的《龟兔赛跑》，说的是兔子和乌龟进行赛跑。大家知道，乌龟是行动缓慢的爬行动物，人们形容速度慢，常常会用"龟速"来比喻。乌龟和兔子赛跑，结果不言而喻。然而，事实却出人意料，龟兔赛跑的结局是兔子输了，乌龟赢了，这个结果让人大跌眼镜。

兔子之所以输给乌龟，原因是兔子面对慢腾腾的乌龟自信心爆棚，认为自己稳操胜券。于是在比赛的途中竟然睡起了大觉，兔子是一点也没把乌龟放在眼里。而乌龟呢，虽然行动迟缓，但是它坚持不懈一步一步朝前爬，最终超越了兔子。

当然，龟兔赛跑只是一个寓言故事，是为了警醒那些能力超强但是却又骄傲自满的人。龟兔真正赛跑起来，乌龟肯定不是兔子的对手，这其实哪是赛跑啊？简直是以己之短比人之长，哪有不败的道理？傻子才去这样做。

在《诗经》里，也有很多篇章提到了兔子，《王风·兔爰》有诗曰："有兔爰爰，雉离于罗""有兔爰爰，雉离于罦""有兔爰爰，雉离于罿"。诗的意思是：野兔儿自由自在，雉鸡儿落进网里。

在这首诗里，兔子就是狡猾的象征，它自由自在，但是野鸡却落入了人们布置的天罗地网里。

其实，古人不但捕捉野鸡，也捕捉兔子。

"肃肃兔罝，椓之丁丁。赳赳武夫，公侯干城。肃肃兔罝，施于中逵。赳赳武夫，公侯好仇。肃肃兔罝，施于中林。赳赳武夫，公侯腹心。"——《周南·兔罝》

你看，兔网布置得结实又紧密，等待兔子自投罗网。兔子其实并没有像《王风·兔爰》里所说的那样高枕无忧，它也和野鸡一样，危机四伏，随时都可能落入人类设置的陷阱。

除了人类捕捉的天罗地网，兔子还面临着敌手猎犬的威胁。《小雅·巧言》有诗曰："跃跃毚兔，遇犬获之。"你看，兔子虽然行动敏捷，善于奔跑和跳跃，但是，当它遇到了猎犬，就会面临着被捕获的命运。

无疑，人们捕捉兔子，是垂涎于兔肉的美味，《小雅·瓠叶》里是这样说的："有兔斯首，炮之燔之。君子有酒，酌言献之。有兔斯首，燔之炙之。君子有酒，酌言酢之。有兔斯首，燔之炮之。君子有酒，酌言酬之。"你看，如此美味的兔肉，怎么不让人垂涎？再配上美酒，人们是一杯接着一杯。

兔子分家兔和野兔，家兔因为人工饲养，安于现状，其敏捷程度远远不及野兔。而在《诗经》里，兔子还有一个称呼叫仆，仆是指停伏，意思是兔子停下来趴伏着不动。《小雅·正月》有诗曰："屡顾尔仆，不输尔载。"这里的仆就是指兔子，这时候的兔子已经是人们的囊中之物了，它已经无处可逃，只能匍匐着不动了。

兔也是中国的十二生肖之一，在十二生肖排名中，兔排名第四，对应地支中的卯，所以又称卯兔。兔子性格温顺，惹人喜爱，是很受欢迎的动物。在《诗经》里，兔子一直是以弱小的形象出现的，所以它始终逃脱不了被其他食肉动物捕食的命运！

麟

麟是麒麟，它和龙、凤凰等一样，都是传说中的动物。既然是传说中的动物，那么，说明就没有人见到过它们的真容。有句成语叫"凤毛麟角"，意思是指凤凰的羽毛，麒麟的角，说明十分稀少。凤毛麟角常被用来比喻珍稀之物，也被用来比喻稀少罕见而又可贵的人才。

麒麟性情温和，传说能活两千年。麒麟如此长寿，因此也被人们认为是瑞兽。古人认为，麒麟出没处，必有祥瑞。这说明麒麟能给人们带来好运，所以，麒麟和龙、凤一样，千百年来备受人们的喜爱和欢迎。对于传说中的凤凰，人们把雄性的叫凤，雌性的叫凰。和凤凰一样，对于麒麟，古人把雄性的称为麒，雌性的称为麟。在《诗经》中，也提到了麒麟这个瑞兽。

"麟之趾，振振公子，于嗟麟兮。麟之定，振振公姓，于嗟麟兮。麟之角，振振公族，于嗟麟兮！"——《周南·麟之趾》

这首诗很简短，诗的意思是：麒麟脚蹄不踢人，仁厚有为公子们。你们个个像麒麟！麒麟额头不撞人，仁厚有为公姓们。你们个个像麒麟！麒麟尖角不伤人，仁厚有为公族们。你们个个像麒麟！

在诗人看来，麒麟性格温和，吉祥仁厚，它虽然有蹄，但是却不像驴那样去踢人；它虽然有额头，却没有像调皮的山羊那样去撞人；它虽然有角，但是却不像牛那样去顶人。诗人用麒麟来比喻人的仁厚，足可见对麒麟的喜爱。

因为麒麟是传说中的动物，所以谁也没有见过它长什么模样，只能凭借想象，想象出麒麟的模样。据说麒麟集狮头、鹿角、虎眼、麋身、龙鳞、牛尾于一体，这倒有点像四不像，四不像的头和脸像马、角像鹿、颈像骆驼、尾像驴。不过所不同的是，四不像是现实中的动物，它就是我们所说的麋鹿，人们可以见到它。而麒麟是传说中的动物，人们难以见其真容。

《礼记·礼运第九》将麟、凤、龟、龙称之为"四灵"，古人认为它们有祛邪、避灾、祈福的作用。正是因为如此，所以，很多人佩戴玉麒麟来祛邪、避灾，认为佩戴玉麒麟能给自己带来好的运气和福气，由此可见人们对麒麟的喜爱与敬畏。

在民间，有麒麟送子之说。起源是传说孔子的父母到尼山祈子，一天夜里有一头麒麟踱进阙里，不慌不忙地从嘴里吐出一方帛，上面还写着文字："水精之子孙，衰周而素王，征在贤明"，后来就诞生了孔子。当然，这只是传说，有没有这回事，谁也不知道。但是因为孔子是经世良材，学识渊博，后来人们就用麒麟送子来为那些希望生子的家庭祈福。而这也是麒麟与龙、凤的区别之处。

在民间，人们一般把龙比作男孩出人头地，把凤比作女孩高傲尊贵，麒麟可以为人们送来男孩或女孩，没有麒麟送子，当然也就没有后来的龙和凤！所以麒麟能走进《诗经》，也算是实至名归吧！

鼠

对于老鼠，相信大多数人对它是没有好感的，甚至用厌恶来形容也不为过。有句成语叫老鼠过街——人人喊打。到了人人喊打的地步，由此可见人们对老鼠是多么讨厌与憎恨。

老鼠是一种啮齿动物，它的本能就是啃东西，偷吃人们的食物，啃噬人们的物品，糟蹋人们的庄稼。另外它还能传播鼠疫、流行性出血热、钩端螺旋体病等病源，所以老鼠的形象在人类面前很是不佳。

在《诗经》中，老鼠也是以破坏者的形象出现的。

"硕鼠硕鼠，无食我黍！三岁贯女，莫我肯顾。逝将去女，适彼乐土。乐土乐土，爰得我所。

硕鼠硕鼠，无食我麦！三岁贯女，莫我肯德。逝将去女，适彼乐国。乐国乐国，爰得我直。

硕鼠硕鼠，无食我苗！三岁贯女，莫我肯劳。逝将去女，适彼乐郊。乐郊乐郊，谁之永号？"——《魏风·硕鼠》

古人说：大老鼠呀大老鼠，不许吃我种的黍！大老鼠呀大老鼠，不许吃我种的麦！大老鼠呀大老鼠，不许吃我种的苗！阅读《诗经》，我隔着纸张，隔着千年的岁月，似乎还能看到硕大的老鼠在啃噬先人的庄稼，人们辛辛苦苦种植庄稼，却养肥了老鼠，这怎么不让先人生气？怎么不让先人对老鼠无比厌恶？

老鼠如此猥琐讨厌，也催生了一些与它有关的成语，比如人们形容一个人相貌猥琐，就用"贼眉鼠眼"来形容；说一个人遇到危险狼狈逃跑，就用"抱头鼠窜"来形容；说一个人眼光短视，就用"鼠目寸光"来形容。总之，与老鼠有关的成语，都是以负面形象出现的。人们对老鼠是如此厌恶，人人喊打，但是有时候也会顾及其他而对老鼠下不了手，所以有句成语叫"投鼠忌器"，说的就是本来想打老鼠，但是又怕失手砸坏了老鼠近旁的器物。投鼠忌器比喻做事有顾忌，不敢放开手脚。

其实老鼠虽小，但是它的牙齿却特别厉害，什么物品它都敢啃。所以，《召南·行露》里有诗说："谁谓鼠无牙？何以穿我墉？"意思是谁说老鼠没有牙齿？那么它何以钻透我的墙？这句诗也让老鼠善于打洞的本领一览无遗。

老鼠的生存和适应能力很强，它不但会打洞，而且还会上树，而老鼠掌握的逃生的本领，直到现在还被我们人类所学习模仿。比如遇到火灾，看不到眼前景物时，要求人们贴着墙脚走，这样能容易找到门窗。老鼠总是贴着墙脚走，这让它遇到危险时便于逃跑。

尽管老鼠让人厌恶憎恨，但是相比一些没有廉耻的人来说，老鼠还不算最肮脏最无耻的。《鄘风·相鼠》里说"相鼠有皮，人而无仪""相鼠有齿，人而无止""相鼠有体，人而无礼"，意思是那些寡廉鲜耻的人，还不如老鼠。

其实，尽管老鼠不受人喜欢，但是在十二生肖当中，它却能稳坐"第一把交椅"。我国的十二生肖将老鼠列在第一位，名列"六畜"（马、牛、羊、鸡、狗、猪）和"六兽"（鼠、虎、兔、龙、蛇、猴）之首，这无疑是非常奇怪的。

在六畜中，马能帮助人们运输，牛能帮助人们犁地，羊能为人们提供羊绒，鸡能为人们提供鸡蛋，狗能帮助人们看家，猪能为人们提供鲜肉。在六兽中，虎是百兽之王，是威猛的象征，兔子善于奔跑，龙是中国人精神的图腾，蛇是狠毒的象征，猴子代表聪明淘气，唯有老鼠，生得猥琐，对人类没有一点帮助，但是它却能打败马、牛、羊、鸡、狗和虎、兔、龙、蛇、猴，名列第一，确实让人意外。

论体形、论作用，论人们的喜好，老鼠都是十二生肖中最差的一个，我们不知道古人是根据什么来排序的。但既然老鼠能够名列第一，自有它的道理，也说明老鼠还是具有一定的本领的。

老鼠繁殖速度极快，适应能力很强，几乎什么都吃，什么地方都能住，因此，老鼠的这种本领是其他的动物无法企及的。近年来，由于环境恶化和人类的捕食，很多动物数量急剧减少，有的甚至濒临灭绝，而唯有老鼠，数量好像一直不见减少，尽管人们对老鼠是恨之入骨，但是面对老鼠的骚扰，却又无可奈何，毫无办法。可能正是因为老鼠赶不尽灭不绝，所以人们对其是又恨又怕，心生畏惧，所以才将它排在十二生肖之首的吧？要知道，在《诗经》里，人们对老鼠也可都是没有好印象的呢！

羊

　　在诗经中，羊是除了马以外上榜最多的动物。《召南·羔羊》《王风·君子于役》《郑风·风雨》《郑风·羔裘》《豳风·七月》《桧风·羔裘》《齐风·鸡鸣》《小雅·宾之初筵》等诗篇都提到了羊。在动物中，羊在《诗经》中的"出镜率"与鸡并行第二！

　　羊如此受到古人的厚爱，是不无道理的。古人以羊为美。汉字"美"字上面是羊字，下面是大字，按照字面理解，羊大为美。如此美好的动物，经常出现在《诗经》里也就不奇怪了。

　　羊是羊亚科的统称，哺乳纲偶蹄目牛科羊亚科，是人类的家畜之一。我们比较常见的有绵羊和山羊。

　　羊是一种很温顺的动物，比如人们常常说某一个人温顺得像一只小绵羊。作为一种很温顺的动物，羊与人类为伴，是人类的好朋友。可以说，羊的全身都是宝，羊毛、羊皮可以用来制作衣服，羊皮还可以用来制作鞋子、皮袋等。至于羊肉，更是人类的美食。古人以烤羊肉为食，今天的人们吃的花样可就多了，什么烤全羊、羊肉火锅、羊杂汤、羊肉串、羊肉泡馍……简直是数不胜数。估计古人没有这么多吃法，不过，这不妨碍古人对羊的喜爱。

在《诗经》里，羊也是美好的存在。比如《郑风·羔裘》里说"羔裘豹饰"，说明古人早就将羊皮制作成了昂贵的裘皮大衣，古人还用豹子的皮和毛制作成佩饰。

> "羔羊之皮，素丝五紽；退食自公，委蛇委蛇。
>
> 羔羊之革，素丝五緎；委蛇委蛇，自公退食。
>
> 羔羊之缝，素丝五总；委蛇委蛇，退食自公。"——《召南·羔羊》

对于用羊皮制作成衣服，《诗经》里说得很清楚，古人将羊皮制作成羔皮裘、羔皮袄、羔皮袍，羊皮结实耐用，无疑，羊皮制作成的衣服高贵而有品位，直到现在，羊皮大衣依然是高贵的象征。

当然，作为家畜，羊为人类提供了肉的美味。《豳风·七月》诗曰："朋酒斯飨，曰杀羔羊。"你看，古人来了朋友，就用美酒和宰杀羔羊来款待。今天的人们依然如此。餐桌上的酒肉，肉包含了猪肉、牛肉、羊肉等一切肉类。古人还用羊来作为祭祀祖先的供品。《豳风·七月》里就有"折叠献羔祭韭"之说，说的是用羊羔和韭菜一起来祭祀祖宗。

不同的羊，有不同的称呼，比如羊羔为未成年的羊，牂为母羊，羝为公羊，童羖则是指没有角的公山羊。《小雅·苕之华》有诗曰："牂羊坟首，三星在罶。人可以食，鲜可以饱。"这里的牂羊指的就是母羊，而坟首指的是头大。"牂羊坟首"意思是母羊的头很大。

在羊的种类中，山羊具有非常独特的本领，它们生活在悬崖峭壁上，尽管山壁陡峭，下面是万丈深渊，但是它们却如履平地，丝毫不把万丈深渊放在眼里。也许是生活环境使然，山羊不像绵羊那样温顺，山羊调皮好斗，恭曰："山羊大如牛，或名野羊，善斗至死，角堪为鞍桥。"你

137

看，善斗至死，山羊是不是具有不服输不怕死的精神？这种好斗不怕死的精神，无愧于生活在悬崖峭壁上的习性，也无愧于山羊这个名字。

羊的肠子特别细，而且弯弯曲曲，所以有一个成语叫"羊肠小道"，用来指道路狭窄弯曲和险峻。与羊有关的故事，我们最熟悉的莫过于"亡羊补牢"的故事。是的，因为羊圈破损，丢掉一只羊虽然给我们造成了一定的损失，但是如果我们能及时将破损的羊圈补好，羊就不会再丢失，就不会继续给我们造成更大的损失。所以才有亡羊补牢，犹未晚矣之说。

羊作为一种食草动物，一直是以弱者的形象存在的。比如，我们常说待宰的羔羊，羔羊只有挨宰的份。在《诗经》中，羊也是出现在人们的餐桌上，成为人们的食物或者祭品，这也许是所有动物的宿命吧。

麕

麕读 jūn，又叫獐子，与鹿相似，没有角。

据古书记载，麕的身躯与麒麟的身躯十分相像。由此可见，獐子这个名字虽然俗气，但是因为它与人们喜欢的麒麟相似，虽然不能被人们称为神兽，但也算是与众不同的动物了。

麕的别名除了獐子，还有原麕、香獐、山驴、林獐。除了原麕好听一点，其他的名字都俗不可耐。你看，山驴这个名字，让人还以为獐子就是一种驴呢。即使叫香獐，也掩盖不了獐子身上的俗气。

麕是麝科麕属动物，它的头小、眼大、耳长而直立，尾短，四肢细长，后肢长于前肢，雌雄均无角，全身暗褐色。耳长而直立与驴的形态相似，难怪它又叫山驴，原来，麕的模样与驴有得一拼啊！

作为野生食草性动物，它们面对的危险不仅仅是生病，还要面临食肉动物的猎杀。弱肉强食是大自然的法则，也是一种淘汰机制。如果你不具备食肉动物那种捕猎其他动物的本领，那么你就要学会逃生来保护自己。而逃生的首选技能就是奔跑，所以很多动物的特长就是善于奔跑。

不论是体形较大的马、牛、羊，还是体形较小的猫、兔，它们的奔跑本领都是数一数二的，只是一些动物被人类家养后，奔跑的本领才逐渐退化。

在《诗经》里，麕的出现也比较凄惨，其他的动物出现在《诗经》里，多数都是活蹦乱跳的，但是，麕却是以死尸的形象出现的。

"野有死麕，白茅包之。有女怀春，吉士诱之。" ——《小雅·野有死麕》

这首诗记录了麕遭到食肉动物的攻击，或者老死、病死后，被茅草所包围的凄惨情景。因果轮回，作为食草动物，反过来，也被草儿所食用。它们死后尸体腐烂，成为植物的养料，"野有死麕，白茅包之"对此作了诠释。

麕是森林里的生灵，它主要在森林和岩石山地中栖居。麕也为山地动物，和山羊一样，具有在险峻的悬崖峭壁上活动的本领。尽管麕具有攀爬岩石，在恶劣的环境中生存的本领，但是它却被人们视为狡猾丑陋的象征。有句成语叫"獐头鼠目"，意思是头像獐子那样又小又尖，眼睛像老鼠那样又小又圆。还有一句成语叫"獐麇马鹿"，这里的獐和麇都是指獐子，三种动物聚集在一起，也没有好词意，獐麇马鹿被用来比喻举动匆忙慌乱的人。

之所以将獐麇马鹿用来比喻举动匆忙慌乱的人，是因为獐子生性怯弱，容易受到惊吓，鹿也一样，而马受惊后，更是拼命狂奔。这其实也反映出作为食草动物的弱势，面对食肉动物，只有待宰的份，所以它们要时刻警惕着周边的危险，一旦发现风吹草动，就三十六计走为上。

是的，它们不像大象那样力大无比，也不像老虎那样具有锋利的牙齿和爪子，它们没有防御武器，更没有进攻性武器，遇到威胁和危险，只能一逃了之。除了逃跑，它们还能做什么呢？那些跑不动跑不掉的，就只能像《诗经》里的那只麕那样，死于非命，抛尸荒野，最终被茅草所吞噬。

鹿

对于鹿，相信大家并不陌生，常见的有梅花鹿，动物园里可以见到它们美丽的身影。

鹿属于哺乳纲偶蹄目鹿科动物，鹿的外形是马身羊尾，头窄，善于奔跑。雄性的鹿有角，到了夏至，鹿角就分开。雌性的鹿没有角，体形比雄性的小，而且没有斑。

因为外形美丽，鹿一直深受人们的喜爱。《埤雅》云："鹿乃仙兽，自能乐性，六十年必怀琼于角下，角有斑痕，紫色如点，行则有涎，不复急走。"你看，鹿可是被古人视为仙兽的，它可不是凡间之物，之所以来到人间，大概是为了愉悦人们的视觉享受吧？

在鹿科动物中，有一种鹿非常非常珍贵稀有，它就是麋鹿。与普通的鹿相比，麋鹿的外形更加引人注目，它的头脸像马、角像鹿、蹄像牛、尾像驴，像马非马、像鹿非鹿、像牛非牛、像驴非驴，因此麋鹿又名"四不像"。"四不像"可是神一样的存在，相传"四不像"可以日行千里。在神话小说《封神榜》中，姜子牙的坐骑就是"四不像"，而《封神榜》里的人物可都是仙界人物，"四不像"当属于神兽了。这也验证了《埤雅》所说的"鹿乃仙兽"之说。

麋鹿是受到保护的珍稀动物，在江苏大丰建有麋鹿保护区。20世纪60—80年代，大丰沿海陆续出土了麋鹿的骨骼，引起了学术界的关注。经过大量的考证，确认包括大丰在内的苏北南部沿海是麋鹿的故乡。而因为大丰建有麋鹿保护区，所以大丰也被称为是麋鹿之乡。

不过，尽管古时候有麋鹿，但是麋鹿在中国早已绝迹。1986年，我国从英国伦敦引进39头麋鹿，把它们全部放入大丰麋鹿自然保护区内，经过多年的饲养和保护，到2013年，大丰麋鹿保护区麋鹿总数已经达到2027头，突破2000头大关。麋鹿数量的增长，说明我们对麋鹿的保护是卓有成效的。

鹿天生就是弱者，有成语叫"鹿死谁手"，说明鹿是被捕食对象。而"群雄逐鹿"，则表现了一场壮观的千军万马角逐的场面，鹿依然是被捕食对象。

在《诗经》中，有一篇专门描写鹿的诗篇，它就是《小雅·鹿鸣》。

"呦呦鹿鸣，食野之苹。我有嘉宾，鼓瑟吹笙。吹笙鼓簧，承筐是将。人之好我，示我周行。呦呦鹿鸣，食野之蒿。我有嘉宾，德音孔昭。视民不恌，君子是则是效。我有旨酒，嘉宾式燕以敖。呦呦鹿鸣，食野之芩。我有嘉宾，鼓瑟鼓琴。鼓瑟鼓琴，和乐且湛。我有旨酒，以燕乐嘉宾之心。"——《小雅·鹿鸣》

这首诗充分体现了鹿的食性，鹿是以苹、蒿、芩等杂草为食的动物，说明鹿是食草动物。而作为食草动物，鹿一直都是弱者形象出现的。在《诗经》里，鹿也是以弱者的形象存在的。《小雅·野有死麕》有诗曰："林有朴樕，野有死鹿。白茅纯束，有女如玉。"

诗里说林中有灌木，野地里有死鹿。可以说这是一幅凄凉的原生态场景了。只是不知道这只死去的鹿儿，是离群独居，还是从群体中掉队？是生病而死，还是劳累而亡？抑或是被老虎、豹子等猛兽咬死？我们不得而知，不过，它终究终结了自己的生命。

尽管生老病死是自然规律，但是，面对这只可怜的死去的鹿儿，我还是心生悲凉，要是它还活着，也许和它的伙伴们嬉戏玩耍，也许它会依偎在它母亲的怀抱里，让母亲舔着自己，享受母爱的爱抚。可是这只是假设，它毕竟还是离去了，让人难免有怅然若失之感！

不过，作为一种食草动物，作为弱者形象出现的美丽的鹿儿，能在《诗经》里占据一席之地，也是它的荣幸了。直到现在，我仿佛依然能从《诗经》里，听到呦呦鹿鸣，千百年来，一直不曾停息……

豕

豕念 shǐ，就是现在的猪。豕是猪古时候的名字。

应该说，猪是人类最好的伙伴，它为人类提供了高营养肉类，满足了人们的美味要求和身体营养要求。在人类的健康成长中，猪做出了不可磨灭的贡献，当然，这是以猪献出自己的生命代价换来的。但是没办法，大自然的生存法则就是弱肉强食，人类作为万物的主宰，掌握着很多动物的命运！谁叫人类那么聪明，谁叫动物那么愚笨呢！

作为家畜，猪在《诗经》中是以食物的形象出现的。

"执豕于牢，酌之用匏。食之饮之，君之宗之。"——《大雅·公刘》

这句诗的意思是：在猪圈里抓来猪儿做成美味，用瓢儿盛来美酒，大家喝着美酒吃着猪肉，然后推选（公刘）来当领袖。

猪古时又名豚，读 tún、彘，读：zhì。

在《说文》里，对不同年龄的猪进行了解读，三个月的猪称豯，豯读 xī；六个月的猪称豵，豵读 zōng；小猪称豰，豰读 bó；三岁的猪称豜，豜读 jiān。三岁的猪也泛指大猪。现在的猪经过人类家养后，不到一年就能成为大猪。在《说文》中，称母猪为豝，豝读 bā；公猪为豭，豭读 jiā；阉割过的猪为豶。豶读 fén。你看，古人可是把猪分得很细啊！

在《诗经》中，提到雌性的猪，《小雅·吉日》有诗曰："发彼小豝，殪此大兕。以御宾客，且以酌醴。"这里的小豝就是指小母猪。

现代的家猪是从野猪演变而来，猪很早就被古人圈养，古人对猪也有着深厚的感情。比如我们的家，就与猪有关。家是会意字，上面的"宀"，读 mián，表示与房室有关，下面是"豕"，即猪。你看，房屋里面有猪就代表是"家"了，古人没把人放在房屋下面作为家，而是把豕放在房屋下面作为家，这可是把猪看得比人还重要啊！

猪是家畜，也是人们的美味，所以古人将其作为供物，用其来祭祀祖先。古时候，最隆重的祭祀就是用猪来祭祀，直到今天，我们还有拿猪肉祭祀逝去的长辈的习俗。

猪是杂食类哺乳动物，很好喂养。被古人圈养后，猪除了吃了就是睡，也不逃走，所以人们认为猪很蠢，说一个人愚笨时常常用"蠢猪"来代替。而猪也成了好吃懒做的代名词，人们常常用"猪朋狗友"来比喻那些好吃懒做、不务正业的人。对于一些做坏事的人，则用"猪狗不如"来形容。

在长期的生活中，人们经常会宰杀猪。宰杀猪的时候，需要用开水烫其全身，这样猪毛就很容易刮干净。后来人们就用"死猪不怕开水烫"来比喻一些赖皮之人。

作为为人类提供肉制品的家畜，猪一旦长大，就意味着它将走上人们的餐桌，也意味着它的生命即将走到尽头。而一些人出名以后，会给自己招来一些麻烦，所以有一句俗语叫"人怕出名猪怕壮"，所以，猪希望自己永远也长不大才好。

146

尽管猪是人们的供品，是餐桌上的美味，但是在《诗经》里，猪一样活得滋润，《小雅·渐渐之石》里有诗曰："有豕白蹢，烝涉波矣。"你看，一群白蹄子的猪们，成群涉水踏波而过，它们去往远方，因为远方有植物美食在等着它们，它们奔往远方，就如我们中的一些人向往远方一样，因为在远方，有诗和梦想……

虎

　　对于老虎，我们是熟悉得不能再熟悉了，虽然现在野生老虎已经很稀少了，但是我们在动物园，还是可以一睹老虎的真容的！

　　老虎是食肉动物，处于食物链的顶端，被称为百兽之王。而它威严的外形，额头上的"王"字，也让老虎不怒自威。你看，人家可是敢把"王"字写在头顶的，试问，还有哪种动物敢如此霸道？还有哪种动物敢如此嚣张？就是我们人类，也没有敢把自己的野心写在自己的脑袋瓜上的吧？！

　　老虎作为百兽之王，是力量的象征，比如成语"虎背熊腰"，说明这个人身体强壮；"如虎添翼"则是在威猛的基础上，又得到了新的帮助，从而变得更加威猛有力。老虎也被视为人才的象征，比如有句成语叫"藏龙卧虎"，说明一个地方或者一个团队有隐藏不露的人才。所以，作为猛兽的老虎，也是受到人们顶礼膜拜的！

　　而在《诗经》里，古人对老虎也是满怀敬畏和膜拜的。《邶风·简兮》有诗曰："有力如虎，执辔如组。"这句诗的意思是：力大如猛虎，手握

148

缰绳如丝足。《邶风·简兮》这首诗是赞美舞师的，"有力如虎，执辔如组"是用来比喻这些舞师身体威猛有力。

《诗经》里还用老虎来形容将士的勇猛。

　　　　"王奋厥武，如震如怒。进厥虎臣，阚于虓虎。"——《大雅·常武》

这句诗形容将士勇如猛虎，击鼓挺进杀声震天如同怒虎。你看，这是何等英勇威猛的将士？这是何等波澜壮阔的战争场面？

古人对老虎是畏惧的，《小雅·小旻》有诗曰："不敢暴虎，不敢冯河。"意思是：不敢空手去打虎，不敢徒步去过河。因为面对力大无比，且牙齿和爪子无比锋利的老虎，人们赤手空拳是没有丝毫胜算的。与老虎拼力量，人类无疑处于下风，甚至是不堪一击的。所以，人类在落单的情况，根本就不是老虎的对手。面对老虎这样的猛兽，人类只能利用智慧来取胜，比如借助陷阱或者猎枪，巧妙地捕捉到老虎。"不敢冯河"是在过河时，因为水中可能有深渊，或者有鳄鱼等凶猛的鱼类也会对人类构成威胁，所以，面对大的河流，人们在过河时也是心生畏惧的。

当然，尽管老虎贵为百兽之王，但在《诗经》里提到的动物中，它未必就能名列第一，比它更神圣更霸气的还有龙、麒麟、貔等神兽，与老虎相比，估计它们会技胜一筹。毕竟，老虎只是凡间之物，它们可是天上的神兽啊。不过，估计老虎与它们相遇的概率非常渺小，所以，我们也不必担心它们之间会有得一拼！

即使除了这些神兽，《诗经》里提到的动物还有大象，它的存在也足以灭掉老虎一半的威风。

作为百兽之王，虎经常被与龙相提并论，比如龙盘虎踞、潜龙伏虎、龙翔虎跃、龙潭虎穴、龙江虎浪、龙斗虎争、风虎云龙等，这些成语，无不体现了虎与龙的力量与威猛，与它们相比，人类则无疑弱小得多，以至于古人在《诗经》中哀叹"匪兕匪虎，率彼旷野。哀我征夫，朝夕不暇"（《小雅·何草不黄》）。

古人被抓壮丁，一路上历尽艰难辛酸，苦不堪言，哀叹自己不能像野牛和老虎那样有力气，但是，却不停地穿行在旷野中，随时都有生命的危险，这是何等得悲哀？

无论是在现实中，还是在《诗经》中，老虎都是以强者的面貌出现，这是大自然决定的，面对凶狠残忍的老虎，我们不服不行、不躲不行啊！

狐

"有狐绥绥，在彼淇梁。心之忧矣，之子无裳。有狐绥绥，在彼淇厉。心之忧矣，之子无带。有狐绥绥，在彼淇侧。心之忧矣，之子无服。"——《卫风·有狐》

绥绥是指慢慢行走的样子。《诗经》里的狐狸慢慢地行走石桥上，行走在淇水的浅滩上，行走在淇水的河岸边。狐狸不慌不忙，大摇大摆，一副悠闲自得的样子，让古人羡慕不已。为什么呢？因为古人有自己的忧愁，看到狐狸悠闲自得的样子，古人心里的忧伤更加突出。

一直以来，狐狸给人们留下的印象是狡猾无比，而且还被人们看得很神秘，是阴险、奸诈、邪恶的象征。狐狸虽然体形很小，但是，人们对狐狸是害怕和畏惧的。在民间，狐狸被冠以"狐大仙"的称呼，人们对狐狸是敬而远之，担心惹到狐狸，会给自己带来疾病和噩运。所以人们见到狐狸，一般都不敢伤害它。

在蒲松龄的《聊斋志异》中，狐狸常常以美女的形象出来祸害人们，所以，对于一些美丽而妖娆的女人，人们往往会将其称为"狐狸精"。而女人作为狐狸精的典型，则是《封神演义》里的苏妲己，商纣王因为轻薄女娲娘娘，女娲娘娘为了惩罚商纣王，就派了狐狸精苏妲己去扰乱商汤朝纲，最终，在武王的讨伐下，商纣王最终国破家亡，付出了惨重的代价。

正是因为文学作品中常常用狐狸化作美女的形象来祸害男人，所以，人们对于"狐狸精"是憎恨的，往往"狐狸精"三个字也难解人们的心头之恨，人们会将那些妖艳无比、用美色诱惑男人的女人称作"骚狐狸精"。

狐狸的狡猾也是众所周知的，有一则故事，将狐狸的狡猾刻画得淋漓尽致：因为体形较小，在诸多动物中，狐狸无疑不占上风，但是，狐狸为了显示自己的存在，就告诉老虎，森林里的动物都惧怕自己，老虎不信，于是狐狸走在老虎的前面，和老虎一起来到森林。森林里的动物见到老虎，吓得纷纷逃窜。狐狸得意扬扬地对老虎说，怎么样，还是我狐狸厉害吧？老虎见到这一幕，表示心悦诚服。这就是成语"狐假虎威"的来历，狡猾的狐狸借助老虎的威风，达到了自己的目的。

狐狸藐视森林里的一切动物，甚至连百兽之王老虎也不放在眼里，说明了狐狸的狡猾，也说明了狐狸的智慧。相比其他动物，狐狸无疑是聪明的。

在《诗经》里，狐狸经常以一副悠闲自得的形象出现，除了《卫风·有狐》说"有狐绥绥"，《齐风·南山》也描写了狐狸悠闲的模样："南山崔崔，雄狐绥绥。"你看，南山巍峨高峻，雄狐缓步独行。在狐狸的世界里，生活平静而安闲，它与世无争，就像具有旷世奇才的隐士，隐居于田园山野，过着与世无争的生活。

不过，正可谓树欲静而风不止，尽管狐狸与世无争，但是它却逃不掉人类的杀戮，与世无争的狐狸成为人类的猎物。《豳风·七月》有诗曰：

"一之日于貉，取彼狐狸，为公子裘。"这里的裘即用狗獾和狐狸的皮制成的衣服。古人在十一月里猎取狗獾和狐狸，取下它们的皮制作成衣服。可怜的狐狸，还没弄明白是怎么回事就死于非命。

虽然狐狸非常狡猾，虽然人们对狐狸也很敬畏，但是人类中也有天不怕地不怕的狠角色，遇到这样的狠角色，狐狸只有自认倒霉的份了。

虽然狐狸可以借助老虎的威风，在动物面前炫耀装酷，但是在人类面前，可就不能那么放肆了，有民谚说，"再狡猾的狐狸也躲不过猎人的猎枪"。所以狐狸可以在《诗经》里绥绥而行，但是在现实中，还得提防人类设下的陷阱和猎枪，一不小心，就会变成冤魂呢。即使在《诗经》里，狐狸也不总是悠闲从容，和其他动物一样，它无法做到高枕无忧，得时刻提防着人类对它们的杀害！

鸿

在《诗经》中，鸿是两种不同的动物，一种是指鸟类天鹅，一种则是指地上的爬行动物蛤蟆。你看，天鹅在天上高高飞翔，蛤蟆只能在地上慢慢爬行，一高一低，一快一慢，这种反差是不是太大了？更有意思的是，有一句俗语叫"癞蛤蟆想吃天鹅肉"，更是将两种动物的反差突显得更加强烈。而古人将它们的名字取得相同，称它们为"鸿"，不知道是有意为之，还是无意中的巧合？

从名字来看，鸿可谓是高大上，鸿鹄之志，鸿雁传书，这些都是对鸿的褒奖，不过这是针对鸟类的鸿，而不是爬行动物的鸿。作为爬行动物的鸿，名字可就俗气多了，你看蛤蟆多么让人厌恶，所以人们称蛤蟆为癞蛤蟆，一看就是贬义词！

在《诗经》中，蛤蟆也是以一种丑陋的面目出现的。

"鱼网之设，鸿则离之。燕婉之求，得此戚施。"——《邶风·新台》

你看，古人设立渔网本来是准备捕鱼的，但是不曾想却游进来很多蛤蟆。古人本想嫁个如意郎君的，但是没想到的是所嫁的人竟然像蛤蟆一样生得如此丑陋。真是让人失望之至、伤心欲绝啊！

这里的戚施也是蛤蟆的别名，虽然这个名字酷似西施，但是却南辕北辙，代表不同的事物。西施可是古时的美人，是美丽漂亮的象征，戚施只是蛤蟆的别名，可是丑陋的代名词。戚施的施与西施的施读音也不同，戚施的施读 yì。

对于戚施是蛤蟆的别名，李时珍在《本草纲目》是这样说的："《韩诗》注云：戚施，蟾蜍也。"蟾蜍是蛤蟆的学名。

蛤蟆属于两栖动物，它的体表有许多疙瘩，内有毒腺，所以俗称癞蛤蟆、癞刺、癞疙宝。癞蛤蟆是一种常见的动物，在乡村，它和青蛙一样常见。也许正因为它俗、低贱，所以生命力也就特别顽强。就像乡野里那些无名的卑微的小草，没有惊艳的身姿，没有鲜艳的花朵，没有鲜嫩的枝叶，但是它们的生命力却非常顽强，甚至野火都烧不尽，等到来年的春风一吹，它的根又从地底下坚强地冒出来，完成了生命的涅槃，实现了生命的再一次轮回。

蛤蟆的生命力也像野草那样顽强。在乡村，到处都可以见到蛤蟆，家前屋后，沟渠河塘，随处都可见到蛤蟆的身影。

蛤蟆生得丑陋，活得卑贱，所以人们对蛤蟆基本没有什么好评，除了癞蛤蟆想吃天鹅肉外，还有蛤蟆夜哭、蛙蟆胜负等成语，对于蛤蟆来说都不是好词儿。没办法，谁叫自己生得那么丑陋那么让人厌恶呢？

蛤蟆的全身长满了疙瘩，让人看了就不舒服，而且它的皮肤表面还能分泌出毒液，人碰到它，或者遇到危险，蛤蟆就喷射出白色的毒液。所以，对于蛤蟆，农村的小孩子还是特别小心的。蛤蟆知道放出毒液来保卫自己，农村孩子也知道远离它来保护自己。我们常常逗弄蛤蟆，用小树枝敲打它的脊背，让它不停地喷射出白色的毒液。对于蛤蟆，农村孩子很少去伤害它的生命，虽然它生得丑，对于人们并没有危害，再加上它是益虫，可以吃蚊子等害虫，所以在人们面前，蛤蟆的安全还是能够得到保证的。

不过，癞蛤蟆想改变自己留给人们的不好的印象，估计再做出多少努力也不会有效果，人们的观念根深蒂固，想一下子改变，估计比登天还难。其实，这也不能怪蛤蟆，万物皆有定数，生得丑不是蛤蟆的错，人们对蛤蟆没有好印象，是人的原因，所以需要人们来改变自己对蛤蟆的印象。

而蛤蟆也并非一无是处，它对于人类还是很有帮助的。蛤蟆全身都是宝，是重要的中药材。干蛤蟆有解毒散肿之功效，主治痈肿疮毒、小儿疳积等；蛤蟆的胆可以镇咳、祛痰、平喘、消炎，可以用于治疗气管炎。

对于蛤蟆，李时珍是这样说的："蟾蜍，土之精也。上应月魄而性灵异，穴土食虫，又伏山精，制蜈蚣，故能入阳明经，退虚热，行湿气，杀虫，而为疳病痈疽诸疮要药也。"由此看来，蛤蟆不仅可以入药，还是蜈蚣的克星，而蛤蟆的克星是蛇，蛇的克星又是蜈蚣，看来也是一物降一物啊！

牛

在家畜中，包括在所有的动物中，牛给人的印象就是勤勤恳恳、踏踏实实做事和勤于奉献的代名词。著名文学家鲁迅先生说，"俯首甘为孺子牛""吃进去的是草，挤出来的是奶"，充分说明了牛的勤于劳作和甘于奉献的品质。

与狼、豺、虎、豹相比，牛显得温和、敦厚。牛很早就成为人类生产生活的帮手，是人类的好朋友。在马、牛、羊、鸡、犬、豕六畜中，牛也是最勤劳的一个，在劳动生产中，牛无疑是为人类做出贡献最大的一个。

在生产生活中，牛的地位与马不分伯仲，牛的力气与马也不相上下。只是因为奔跑速度的不同，人们用其长，马一般被用于运输，牛一般被用于耕作。古人早就对六畜有了非常精辟的总结："牛能耕田，马能负重致远，羊能供备祭器。鸡能司晨报晓，犬能守夜防患，猪能宴飨速宾。"

牛和马作为六畜中体形较大的动物，自然为人们的生产生活发挥了极其重要的作用。虽然分工不同，牛和马一样，为人类的生息繁衍做出了不可磨灭的贡献。

人类很早就驯养了六畜，在《诗经》中，经常能够看到这一幕。

"谁谓尔无羊？三百维群。谁谓尔无牛？九十其犉。尔羊来思，其角濈濈。尔牛来思，其耳湿湿。"——《小雅·无羊》

犉指的是大牛。诗的意思是说：谁说你们没有羊？一群就有三百只。谁说你们没有牛？七尺高的有九十。你的羊群到来时，只见羊角齐簇集。你的牛群到来时，只见牛耳摆动急。你看，这是一幅多么壮观的放牧图啊！古人养的羊多到只能见到"其角濈濈"，让人看到的都是羊角簇拥在一起。养的牛多到"其耳湿湿"，让人看到的都是牛的耳朵在摆动。

《王风·君子于役》也记录了古人饲养牛羊的一幕："鸡栖于埘，日之夕矣，羊牛下来。""鸡栖于桀，日之夕矣，羊牛下括。"这句诗的意思是鸡开始进窝栖息时，天就晚了夕阳西沉了，牛羊也开始走下山岗了。

古人饲养六畜，除了是为了让这些家畜帮助自己干活，还会将其作为食物和祭祀供品，因此，六畜很多时候就是供人们食用的。《诗经》也记载了人们将六畜作为祭祀供品和食用事例，《小雅·楚茨》有诗曰："济济跄跄，絜尔牛羊，以往烝尝。或剥或亨，或肆或将。祝祭于祊，祀事孔明。先祖是皇，神保是飨。孝孙有庆，报以介福，万寿无疆！"

你看，古人将牛羊洗刷干净，在冬季和秋季进行祭祀，人们"或剥或亨，或肆或将"，也就是宰杀烹煮，将牛羊陈列在祭祀用的供桌上。看到这段文字，我仿佛看到了古人在杀牛宰羊，忙着祭祀的场景，现场一派繁忙，热气腾腾，生活安乐祥和，一派丰收景象。

另一首《小雅·信南山》也记载了用牛羊祭祀的场景："祭以清酒，从以骍牡，享于祖考。"这里的牡是指雄性的牛。骍是颜色，指赤黄色，由此可见，这里祭祀用的牛应该是黄牛。

牛作为人类的好帮手好朋友，人们对其也是极尽赞美，比如牛气冲天、力大如牛、老牛舐犊、犁牛之子等成语，可以说都是对牛的褒奖。牛刀小试则是比喻有本领的人在一些小事情上就显示出不凡的才能。

我们对牛的熟悉，还有它为我们提供了重要的营养，这就是牛奶。牛奶是奶牛的乳汁，它营养全面，是适合长期饮用的饮品，也是现代乳品工业的重要原料。奶牛属于牛科牛属偶蹄目动物，是牛的一种。不过，中国的奶牛，是后来引进的，《诗经》里的古人应该并没有缘分一睹奶牛的真容，也就更没有喝牛奶的福分了。所以相比《诗经》里的古人，我们是不是幸福了许多呢？

豹

豹是大型猫科动物，它身材矫健，动作灵活，善于奔跑。在大型猫科动物中，豹既会游泳，又会爬树，是其他猫科动物狮子和老虎所不能比拟的。面对身手敏捷，迅速爬上树的豹子，估计狮子和老虎也只有望"豹"兴叹的份。

作为大型猛兽，豹子在《诗经》里的出镜率并不高，其实，另一个比它更凶猛的老虎，在《诗经》里出镜率同样也不多。这可能是因为这些大型猛兽生活在深山老林里，远离人们的生活区域，人们很少见到它们。抑或是古人在写诗的时候，没有过多地去关注它们。《诗经》在提到它们的时候，只是作为一种修饰，而没有对它们本身给予过多的关注。比如写老虎，也只是说"有力如虎，执辔如组""进厥虎臣，阚于虓虎""不敢暴虎，不敢冯河"，只是把人比喻成老虎一样有力气和勇猛，或者说不敢去空手抓老虎。对于豹同样如此：

"羔裘豹饰，孔武有力。"——《郑风·羔裘》

160

这句诗的意思是：穿着有豹子纹饰的羔皮袄，显得非常强壮而又有力气。这里，我们看不到豹子的凶猛，而是看到了它的花纹的美丽。

作为大型猫科动物，豹子的体形要比老虎和狮子小，所以它的力气比老虎和狮子要小得多，因此，尽管豹子是猛兽，处在食物链的顶端，但是它却得罪不起老虎和狮子，也很少去攻击牛、马、骡、鹿等大型有蹄类动物。豹子的猎物主要是麂、羊等体形较小的有蹄类动物。豹子虽然性情凶猛，处于食物链顶端，但它却天生怕蛇，《淮南子》里说："蝟使虎申，蛇令豹止，物有所制也。"别看豹子凶狠敏捷，但是遇到蛇，它也只能乖乖地避而远之。

其实，万物相克，相克相生，即使猛如老虎，也有自己的克星。时珍曰："虎害人、兽，而鼠能制之，智无大小也！"你看，小小的老鼠可以制服老虎呢！

对于豹，李时珍是这样说的："豹性暴，故曰豹。按许氏《说文》云：'豹之脊长，行则脊隆豸豸然，具司杀之形，故字从豸、从勺。'"豹子名字的由来，是因为它性情暴躁。时珍又说："豹，辽东及西南诸山时有之。状似虎而小，白面团头，自惜其毛采。其纹如钱者，曰金钱豹，宜为裘。如艾叶者，曰艾叶豹，次之。又西域有金线豹，纹如金线。海中有水豹，上应箕宿。"你看，豹子对于自己还是非常自信非常珍惜的，它非常爱惜自己的皮毛。但是豹子却逃脱不了被人们猎杀的命运。《大雅·韩奕》里有"献其貔皮，赤豹黄罴"的诗句，说明豹子和貔、罴一样成为人们的猎物。

作为猛兽，人们既害怕又喜欢，害怕猛兽会给自己带来伤害。但是，却又喜欢猛兽的凶猛和力量。对于一些人做事大胆而又无所顾忌，会用"吃了熊心豹子胆"来形容，意思是胆子比熊和豹子还大。因为豹子全身都有花纹，因此，人们会说"窥一斑可见全豹"，意思是看到一个豹纹，就可以推断出整个豹子，从一点可以推断出全部。"窥一斑可见全豹"与

"管中窥豹"的意思正好相反，"管中窥豹"是指只看到事物的一部分，所见不全面或略有所得。

豹子主要生活在深山老林，与人们接触不多，所以，即便是古人，也不常见到豹子，所以南北朝大医士陶弘景说"豹至稀有"。而从《诗经》里对虎、豹等大型猛兽的描述并不多来看，可以推断出即便是《诗经》那个年代的古人，对于这些大型猛兽也是不多见的，至于今人，生活中对这些猛兽更是难得一见。不过，好在一些地方的动物园里倒是养有老虎、狮子、豹子等大型猛兽，才让人们得以一见这些猛兽的真容。

弱肉强食，物竞天择，大自然是残酷的，无法适应环境，只能被环境淘汰。对于动物如此，植物如此，对于我们人类来说，同样如此！

狼

　　狼是最凶残最有野性的动物之一，也是最有团队精神的一种动物。狼捕食，一般依靠团队的力量，采取团队合作的方式捕获猎物。狼一般很少单打独斗，因为它们明白，虽然自己是食肉动物，处于食物链的高端，但是强中还有强中手，还有比它们力量更大、更为凶狠的动物，如果落单，自己就可能变成其他动物的口中美食。所以即便是孤单的狼，发现猎物，它也会呼唤附近的同伴来一起捕猎。因此，在深山老林，听到狼的嚎叫也就不奇怪，它们是在召唤同伴呢！

　　狼是狡猾的，清代文学家蒲松龄在《聊斋志异》里记载了这样一则故事：

　　"一屠晚归，担中肉尽，止有剩骨。途中两狼，缀行甚远。屠惧，投以骨。一狼得骨止，一狼仍从。复投之，后狼止而前狼又至。"你看，狼多聪明，当屠夫"投以骨"时，两只狼并没有像其他动物那样一拥而上，争儿抢之，而是留下一只狼啃食骨头，另一只狼继续跟踪。当屠夫"复投之"，则"后狼止而前狼又至。"一句话，两只狼是想鱼与熊掌兼得，既没有丢弃屠夫丢下的骨头，也没有舍弃屠夫这个肥目标。

等到"骨已尽矣，而两狼之并驱如故。屠大窘，恐前后受其敌。顾野有麦场，场主积薪其中，苫蔽成丘。屠乃奔倚其下，弛担持刀。狼不敢前，眈眈相向。"你看，在两只狼的紧追不舍下，丢掉了所有骨头的屠夫终于无计可施，只能与两只狼"眈眈相向"，用以自卫。

不过，聪明的狼并没有与屠夫打持久战，而是"少时，一狼径去，其一犬坐于前。久之，目似瞑，意暇甚"。不想坐以待毙的屠夫见到有机可趁，该出手时就出手，于是"屠暴起，以刀劈狼首，又数刀毙之"。击毙了一只狼的屠夫心中非常疑惑，为什么好好的那只狼会离去呢？于是"转视积薪后，一狼洞其中，意将隧入以攻其后也。身已半入，止露尻尾。屠自后断其股，亦毙之。乃悟前狼假寐，盖以诱敌"。

原来，两只狼留下一只假寐用来迷惑敌人，另一只狼则另辟蹊径，意欲从屠夫的背后发起进攻。然而，狼的计谋还未得逞，就被屠夫各个击破，最终，屠夫笑到了最后。

蒲松龄在文章最后总结说"狼亦黠矣，而顷刻两毙，禽兽之变诈几何哉？止增笑耳。"蒲松龄认为，狼的欺骗手段能有多少，不过是徒增笑料而已。

实际上，从这两只狼的合伙追击以及分工是非常科学的，狼无疑是非常聪明的。只是道高一尺魔高一丈，在人类面前，狼的聪明就变成了小儿科。分头行事的狼最终被各个击破，死在了人类的手里，狼也算是死得其所了，屠夫要是换成其他动物，恐怕早就变成了狼的腹中餐了。

在人们的眼里，狼是凶残的，所以人们对于狼也就没有好的评价，诸如狼心狗肺、豺狼成性、豺狼当道、豺狼野心、狼狈不堪、狼狈为奸等成语，无不是给狼的差评。不过，狼虽然凶残，在《诗经》中，却塑造了一只憨态可掬的肥狼形象。

"狼跋其胡，载疐其尾。公孙硕肤，赤舄几几。狼疐其尾，载跋其胡。公孙硕肤，德音不瑕？"——《豳风·狼跋》

一只狼因为肥胖，前行时踩到了自己的下巴，后退又踩到自己的尾巴。赶紧换姿势吧：后退时踩到自己的尾巴，前行时又踩到了自己的下巴。你看，是不是非常搞笑呢？

《诗经》里提到狼的诗篇并不多，还有一首《齐风·还》也提到了狼："子之昌兮，遭我乎峱之阳兮。并驱从两狼兮，揖我谓我臧兮。"这里的狼被两个人一起追赶，惶惶如丧家之犬，狼的凶残和狡猾荡然无存。在人类面前，即使狼凶残狡猾无比，也不是人类的对手，面对人类的追杀，狼只有甘拜下风，只有逃跑的份。

200万年前，狼、泰坦鸟和剑齿虎曾是地球上最凶猛的食物链顶级杀手，按照威力从大到小，分别是泰坦鸟、剑齿虎和狼，但是泰坦鸟和剑齿虎均已灭绝，只有狼存活了下来，这主要得益于狼的群体生活和团队作战习性。群体生活可以很好地保护自己的幼崽，从而实现了持续繁衍。而团队作战则确保能捕获到足够的食物。所以集体的力量是无穷的。

狼虽然是比较凶残的动物，但是，因为它的勇敢、团结，所以，近年来很多人提倡学习狼的精神，学习狼的勇敢、执着、忠诚、团结精神。看来，即使凶残如狼，也有值得我们人类学习的地方！

犬

　　犬就是狗，作为六畜之一的狗，无疑是人类最忠实的朋友，它对人类最衷心。千百年来，狗一直扮演着为主人看家护院的角色。还有的被培养成为猎犬、警犬，成为人们打猎和破案的好帮手。

　　据科学家考证，狗是由狼驯化而来。早在4万年前到1.5万年前，人类将灰狼驯化成为看家护院的帮手，守护着人类的财产与安全。

　　正因为狗与人类休戚相关，在《诗经》里，很多诗篇都提到了狗。比如《秦风·驷驖》《齐风·卢令》《小雅·巧言》等篇章，都提到了狗。

　　古人驯养狗，一是帮助自己看家护院，二是帮助自己捕获猎物。这在《诗经》里就能反映出来。比如"跃跃毚兔，遇犬获之"（《小雅·巧言》），你看，跑得很快的兔子再狡猾，遇到了猎狗也会被擒获。

　　对于狗，古人根据其形体、颜色，起了不同的名字，比如长嘴的猎犬叫猃、短嘴的猎犬叫歇骄、黑毛的猎犬叫卢、多毛的狗叫尨。

　　"輶车鸾镳，载猃歇骄。"——《秦风·驷驖》

《秦风·驷骥》这首诗描写了古人打猎归来的情景，古人驾着马车归来，车上载着长嘴的和短嘴的猎犬，古人狩猎满载而归，心情无疑是开心无比的。

而《诗经》中最短的一首诗《齐风·卢令》写的也是狗这种人类最忠实的动物："卢令令，其人美且仁。卢重环，其人美且鬈。卢重锔，其人美且偲。"这里的令读 líng，卢是指黑色的犬。诗歌用比兴的手法，以狗喻人，全诗各句上半句写犬，下半句写人。诗人用猎犬的迅捷、灵便、矫疾来衬托人的勇猛、强壮和威仪。诗歌直接赞美"人美且仁"（人美心肠好）、"人美且鬈"（人美又强悍）、"人美且偲"（人美又能干），这里的黑犬完全成了人的衬托。

狗和鸡是人饲养的家畜家禽，只要有村庄的地方就有鸡和狗，所以人们用"鸡犬相闻"来比喻两个村庄相距很近，也指人烟比较稠密。而"一人得道，鸡犬升天"这句成语，更体现了鸡犬与人类的亲密关系，你看，随着人的得道成仙，他家的鸡和狗也都跟着上天成为神鸡神犬，这可是其他动物所不能享受的待遇。

人离家出远门远行，或者下田劳作，狗就在家帮助主人看家护院。宋代诗人陆游的"犬喜人归迎野路，鹊营巢稳占低枝"描述了狗欣喜地迎接主人归来的情景。主人归来，狗远远地嗅到主人的气息，于是就欣喜地跑出去很远，到小路上去迎接主人，可见狗与人的感情是多么深厚。而现代的人则把狗当成宠物来养，他们宠着狗，娇惯着狗，宝贝着狗，甚至比对自己的孩子还亲！

狗是聪明的动物，它能明白主人的心思，主人的一举一动，狗都能察觉到主人的意图。而狗作为人类的好伙伴好朋友，甚至被当作了家庭的一员。有句成语叫"打狗看主人"，就是狗做了坏事，人本想惩罚它，但是还要看看它的主人是谁，主人地位、身份显赫的话，或者与其主人有交情的话，还得给主人面子，这样就使狗免于被打。还有一句"狗仗人势"的成语，说的是狗依仗着主人的势力而恣意妄为。这也道出一个道理，就是主人强，狗才强，主人弱，狗也跟着变得胆小。看来，苏北民间"物像主人形"的说法，还是有一定道理的！

　　尽管狗对人类忠心耿耿，但是，也有一些人忘恩负义，只能共苦而不能同甘，最后"飞鸟尽，良弓藏；狡兔死，走狗烹"，做出了"鸟尽弓藏，兔死狗烹"的不义之举。不过，在《诗经》里的狗还是有善报的，不像猪、鸡和牛、羊，动不动就被宰杀送上餐桌，变成人们的口中美味，这也是狗之大幸了！

特

在《诗经》里，特是指兽类动物，不过，它并没有指具体的哪种动物，而是指三岁的野兽。

　　"不狩不猎，胡瞻尔庭有县特兮？"——《魏风·伐檀》

这里的特，是指动物，但是并没有具体所指，而是指 3 岁的兽。

《魏风·伐檀》这首诗里，和"不狩不猎，胡瞻尔庭有县特兮？"句式相同的还有两句，它们分别是"不狩不猎，胡瞻尔庭有县貆兮？"和"不狩不猎，胡瞻尔庭有县鹑兮？"这三句诗的意思分别是：从来不见你去狩猎，为何你的庭院里却悬挂着大野兽；从来不见你去狩猎，为何你的庭院里却悬挂着猪獾；从来不见你去狩猎，为何你的庭院却悬挂着鹌鹑？

这三句诗，"不狩不猎，胡瞻尔庭有县貆兮"和"不狩不猎，胡瞻尔庭有县鹑兮"都明确指出了猎获的具体的动物，它们是猪獾和鹌鹑，唯独"不狩不猎，胡瞻尔庭有县特兮"没有指出具体是哪种动物，而是以"特"来代指。

特是指3岁的野兽。在动物中，3岁的野兽已经是成年的大兽了，所以特代指成年的大兽。至于是什么兽，是老虎、野牛，还是山羊、绵羊，那就靠读者去猜想了。

对于特，还有一种解释是公牛。在《诗经》另一首诗里，也提到了特，有解释是指公牛。因为特属于形声字，"牛"为形旁，"寺"为声旁。从字面上理解，特就是牛的意思。然而，由于语音的演变，现代汉语"特"的读音与"寺"相去甚远，特本指公牛，现在的意思也变了，而是指奇特，"特"字虽然有"牛"字旁，但与"牛"已经没有多少关系了。

"瞻彼阪田，有菀其特。"——《小雅·正月》

这句诗后人有两种解释，一种解释是：那山坡上的梯田里，有蒲草等待着牛儿。这里的特，被指是公牛的意思。还有一种解释是：那山上的梯田，蒲草长得多么突出茂盛。这里的特，有两种释义，一种是指牛，一种是指特别的意思。

对于《诗经》里诗句的解释，根据各人的理解不同，解释也不同，我们不能说谁对谁错。因为年代久远，我们也无法与作者联系对质，你说是吧？只要有根有据，意思大概差不多，就不能说错，这也是古今语言与文字的演变带来的无法避免的问题。我认为，解读《诗经》里的诗句，只要与上下句，只要与整个诗的意境相符合，即使出现不同的解释，也没有对错之分。当然，这种理解要参考相关史料，并结合诗歌的整体意境，而不是独出心裁和哗众取宠。

貆

貆读 huán。

"不狩不猎，胡瞻尔庭有县貆兮？彼君子兮，不素餐兮！"——
《魏风·伐檀》

这句诗的意思是：不狩猎，但是却满院挂着猪獾？你们这些人，就
是不劳而获啊！

这里的貆，后人有两种解释，一种解释是猪獾，猪獾是獾科猪獾属
哺乳动物。还有一种解释是貉，貉是犬科貉属哺乳动物。显然，这是两
种不同的动物。

可以肯定的是，"不狩不猎，胡瞻尔庭有县貆兮"里提到的貆，应该
只是一种动物的名字，不可能同时指两种动物。因此，对于《诗经》里
提到的貆，后人有两种解释，应该只是今人的猜测，并不代表古人的
意思。因为年代久远，无法考证。所以我们无法考证貆到底是猪獾还

171

是貉。

不过，我更倾向于貆是猪獾的解释，因为在《诗经》的另一首诗里，明确提到了貉。《豳风·七月》有诗曰："四月秀葽，五月鸣蜩。一之日于貉，取彼狐狸。"所以，如果貆是指貉，要么它古时就是一种动物两种名字，要么它就不是貉。另外，查《现代汉语词典》，对于貆有两种解释，一是指幼小的貉，二是指豪猪。而从"不狩不猎，胡瞻尔庭有县貆兮"的语境来看，貆是古人捕获的猎物，幼小的貉应该不是猎取的目标，因为幼小的貉价值不大。古人捕猎的，应该是体形较大的成年的动物，无论是食用还是利用其皮毛，成年动物的价值都比幼体要高得多。再说，"不狩不猎，胡瞻尔庭有县貆兮"，也不会拿捕获的小动物来作为质疑对方的佐证。所以貉也可能指豪猪。

另外，《现代汉语词典》又指出，貆古通獾。所以"不狩不猎，胡瞻尔庭有县貆兮"里的貆，应该是指獾。当然，古人没有给我们留下可供鉴定的资料，《诗经》里的年代又这么久远，我们已经无法考证，所以，我们姑且还是把貆当作是猪獾吧。

猪獾体形粗壮，四肢粗短，吻鼻部裸露突出似猪拱嘴，故名猪獾。它喜欢生活在山区阔叶林、针阔混交林、灌草丛、平原、丘陵等环境中。猪獾喜欢穴居，它们会选择天然岩石裂缝、树洞作为栖息地，也会在荒丘、路旁、田埂等处挖掘洞穴。猪獾也欺软怕硬，偶尔也会侵占比自己弱小的兽类的洞穴，看来和鸠占鹊巢一样，猪獾也不算个好东西呢！

猪獾性情凶猛，但它主要以蚯蚓、青蛙、蜥蜴、甲壳动物、昆虫、蜈蚣、小鸟和鼠类等动物为食，也会吃玉米、小麦、土豆、花生等农作物，对人基本不构成威胁。

猪獾的名字里带有猪，它与野猪、家猪可能是近亲。而不管是野猪还是猪獾，都是人们的猎物，所以《诗经》里出现"不狩不猎，胡瞻尔庭有县貆兮"也就不奇怪，因为貆作为动物，就是人们的猎物之一。

貉

"四月秀葽，五月鸣蜩。一之日于貉，取彼狐狸，五月斯螽动股，六月莎鸡振羽。"——《豳风·七月》

貉又叫貉子、狸、椿尾巴、毛狗。在生活中，貉这个家伙可没有留下什么好名声，有一句成语叫"一丘之貉"，意思是一个土山里的貉。比喻彼此都是坏家伙，没有什么差别。

可以说，一丘之貉是人们对貉的基本评价，也给貉下了身份定义，它就是坏家伙！那么貉到底有多坏呢？

先让我们来看看貉的食性，貉主要取食小动物，包括小鸟、鱼、蛙、蛇、昆虫等，也会食浆果等植物性食料。作为犬科动物，貉具有一般犬科动物所不具备的本领，这就是它可以像猫科动物那样可以爬树。

貉很少攻击人，所以从我们的安全角度来说，貉其实并不坏。它给人留下不好的印象，估计是因为它面相不好。貉的脸部有一块黑色，看起来就像"海盗的面罩"，这让人心生惧怕。也许，正是因为这张"海盗

173

脸"，貉才给人留下了坏的印象吧？

说貉并不坏，也是有报道的。2018年，《武汉晚报》曾经报道，当地市民在路边拾到一只小动物，经过专家鉴定，这是一只貉。据捡到貉的市民讲，这个小家伙很温顺。因此，《武汉晚报》的报道标题是《市民路边拾到一只貉，不是坏家伙很温顺》。报道对貉进行了重新"定义"——不是坏家伙，很温顺。这改变了千百年来人们对貉的印象，不知道这算不算是为貉平反呢？

对于貉，明代医学家李时珍是这样说的："貉生山野间。状如狸，头锐鼻尖，斑色。其毛深浓温滑，可为裘服。与獾同穴而异处，日伏夜出，捕食虫物，出则獾随之。"貉与獾同住同行，可能是猎食的需要，在捕猎时，它们互相配合，一起围猎。

时珍又说："其性好睡，人或蓄之，以竹叩醒，已而复寐，故人好睡者谓之貉睡。俗作渴睡，谬矣。俚人又言其非好睡，乃耳聋也，故见人乃知趋走。"你看，貉是不是很可爱？因为贪睡，虽然被人们用竹子敲击的声音惊醒，但是不久又睡着了，面对危险却能酣然入睡，貉真是临危不惧啊！

因为犯困，我们常说的"打渴睡"，原来不是"渴睡"，而是"貉睡"，"渴睡"只是误传，是不是长知识了？这下我们知道"渴睡"的由来了吧？由此看来，貉是不是有点小可爱呢！

兕

兕读 sì，兕现代解释是大野牛，是上古神兽，其状如水牛，全身呈现青黑色，头顶有独角。而一般水牛都是一对犄角，所以兕被古人认为是异兽，传言逢天下将盛之际，它就会出现。这说明，古时候兕就已经是非常稀有的动物。

《山海经·海内南经》有这样的记载："兕在舜葬东，湘水南。其状如牛，苍黑，一角。"这里描述的兕的形状就像一般的牛，通身是青黑色，只是长着一只角。

关于兕，很多古典名著中也都有描述，比如古典名著《西游记》里兕是太上老君的坐骑下凡。《西游记》里有这样的描写："独角参差，双眸幌亮。顶上粗皮突，耳根黑肉光。舌长时搅鼻，口阔板牙黄。毛皮青似靛，筋挛硬如钢。比犀难照水，象牯不耕荒。全无喘月犁云用，倒有欺天振地强。两只焦筋蓝靛手，雄威直挺点钢枪。细看这等凶模样，不枉名称兕大王！"神话小说《封神榜》中也有这样的描写："只听得半空中一派仙乐之声，异香缥缈，板角青牛上坐一圣人，有玄都大法师牵住此牛，飘飘落下来。"这里的青牛就是兕。

175

在《诗经》里，也提到了兕。

"既张我弓，既挟我矢。发彼小豝，殪此大兕。以御宾客，且以酌醴。"——《小雅·吉日》

这句诗描写了古人打猎的场景：弓弦已经拉开，箭也拿在手。一箭射死小野猪，奋力射死大野牛。用野味来招待宾客，一起品尝佳肴和美酒。你看，《诗经》里的古人过着狩猎生活，无论是小野猪这样普通的动物，还是大野牛这样的猛兽，都是古人的猎物。

想想早期的古人也真是辛苦，要靠狩猎去俘获食物。人类是杂食动物，无论是肉食还是素食，都来之不拒。而狩猎是人类早就具有的本领，从单打独斗，到集体狩猎；从与野兽徒手搏斗，到利用工具进行猎杀，人类依靠自己的智慧和集体的力量，让老虎、豹子等大型猛兽都成为自己的猎物，更是让牛、马等体形比自己大得多动物被驯养成为家畜，从而为自己所利用。如果仅靠单打独斗，人类肯定不是老虎、豹子这样的猛兽的对手，就是马、牛这样的温和型大型动物，人类的力气也远远不及，要想制服它们，需要依靠智慧和集体的力量。

兕作为与牛相似的大型动物，要想制服它，也是需要依靠智慧和集体的力量的。兕除了出现在《诗经》里外，多数出现在神话小说中，这与它的神兽身份相符。要知道，兕可不是凡间之物。古人认为，兕的出现将预示着一个盛世的即将来临。

《诗经》里提到兕的诗篇还有"我姑酌彼兕觥，维以不永伤"（周南·卷耳）；"跻彼公堂，称彼兕觥，万寿无疆"（豳风·七月）；"兕觥其觩，旨酒思柔"（小雅·桑扈）；"匪兕匪虎，率彼旷野"（小雅·何草不黄）。

不过，因为人类的狩猎，兕早就灭绝了，因而，《诗经》里描述的捕猎兕的场景，对于今天的我们来说，犹如梦幻一般。不知道生活在《诗经》那个年代的古人，是不是经常能够见到兕呢？

罴

　　罴读 pí。罴是熊的一种，也叫棕熊、马熊或人熊。这个家伙虽然是熊的一种，但是它比普通熊的体形更大，性格也更为暴躁。

　　罴能爬树游水，是陆地上体形第二大的食肉动物，陆地上体形第一大的食肉动物同样被熊家族所占有，它就是生活在极寒地区的北极熊。罴力大无比，它可以掠取牛、马等体形较大的动物为食。罴皮糙肉厚，据说即使弹丸洞胸穿腹，血流肠出，它尚且能够掘出泥土松脂塞住伤口，继而奋力伤人致命，可见，罴是一个不怕死不要命的狠角色。

　　　　"吉梦维何？维熊维罴，维虺维蛇。大人占之：维熊维罴，男子
　　　之祥；维虺维蛇，女子之祥。"——《小雅·斯干》

　　罴和熊都是凶猛的动物，体形巨大且力大无比，因此，古人将它们视为是雄性的象征。而虺和蛇的体形细而软长，则被古人视为是女性的象征。直到今天，人们形容男性身体魁梧强壮经常会用"虎背熊腰"来

形容。而对于女性的纤纤细腰，则会用"水蛇腰"来形容，比喻女子的身体柔软婀娜。

《诗经》里，对人们的梦境进行了解读，梦见罴和熊，说明是生男孩的预兆。梦见虺和蛇，则是生女孩的预兆。可见，罴是以代表男性的形象出现在《诗经》里的，这可不是一般的荣誉。一般的动物出现在《诗经》里，是以猎物的形象出现的，比如"发彼小豝，殪此大兕"（《小雅·吉日》）等；还有是用来祭祀的祭品，比如"四之日其蚤，献羔祭韭"（《豳风·七月》）、"我将我享，维羊维牛，维天其右之"（《周颂·我将》）等；也有是以人类的帮手出现的，比如鸡是用来报时的，"鸡既鸣矣，朝既盈矣"（《齐风·鸡鸣》），狗是用来捕猎的，"跃跃毚兔，遇犬获之"（《小雅巧言》），马是用来骑乘运输的，"駉駉牡马，在坰之野"（《鲁颂·駉》）。

在人类面前，很多动物只是待宰的羔羊，不过是人们口中的美味，果腹的食物，如"朋酒斯飨，曰杀羔羊"（《豳风·七月》）。不过，也有一些神兽、神鸟，人们将其奉为神灵，顶礼膜拜，比如龙、凤、麒麟等，它们代表着神圣和美好，人们对它们是敬畏而又喜欢的。

罴作为一种大型猛兽，人们自然也是害怕的。人们倒不是害怕罴巨大的体形，无穷的力量，也不是害怕它锋利的牙齿，人们惧怕的是罴不怕死的精神，面对危险，罴不会后退，也不会逃跑，而是与你血战到底，拼死相搏。就像人们常说的"横的怕愣的，愣的怕不要命的"，一个人如果连命都不要了，还能有什么可畏惧的呢？

罴具有人们所说的"一不怕死，二不怕苦"的精神，罴的这种临危不惧、顽强抗争的精神，无疑是值得我们学习的。

熊

　　熊也是我们比较熟悉的动物，虽然在生活中不一定见到它，但是在影视剧和动画片中，熊还是经常出现的。特别是生活在北极极寒地带的北极熊，给我们留下了深刻的印象。而给孩子们留下深刻印象的，无疑是动画片中《熊出没》中熊大和熊二的憨厚形象了。

　　在《诗经》中，熊的出现有几种形象，一是男性的象征，比如《小雅·斯干》有诗曰："吉梦维何？维熊维罴，维虺维蛇。"这里的熊代表着男性。还有就是代表着猛兽，如《大雅·韩奕》有诗曰："有熊有罴，有猫有虎。"这里的熊与罴、猫、虎，都是猛兽。还有就是变成人们的猎物，如《小雅·大东》有诗曰："舟人之子，熊罴是裘。"人们用熊与罴的皮毛制作成裘服，这里的熊与罴早已成为人们的刀下冤魂。

　　熊是食肉目熊科动物的通称，食肉动物一般都比较凶猛，熊既然是食肉动物，自然也是凶猛异常。不过，尽管熊比较凶猛，但是，因为它憨态可掬的样子，还是备受人们的喜欢。而熊虽然是猛兽，但是在平时还算温和，只有遇到危险或者挑衅的时候，它才会发怒。俗话说"老虎不发威当成病猫"，熊不发威时看起来很可爱，但是要是发起威来也是相当得怕人。熊一巴掌可以将一些动物的脑袋拍碎，甚至可以拍倒一棵树，可见熊的力量是多么威猛。所以我们最好还是别去招惹它。不过，因为熊的数量的减少，我们一般都见不到它，所以也就不用担心熊对我们构成伤害。

对于熊，明代医学家李时珍是这样说的："熊者雄也。熊字篆文象形。俗呼熊为猪熊，罴为人熊、马熊，各因形似以为别也。"熊者雄也，熊代表着雄，是雄性的象征。所以《小雅·斯干》才会说"吉梦维何？维熊维罴，维虺维蛇"，熊和罴可是代表着男性的。

不过，民间有句话叫"做英雄还是做狗熊"，却把熊贬低得一无是处。这是因为熊一般不主动攻击人，所以给人一种懦夫的感觉。事实上，这是人们的一种"错觉"。熊只是不主动攻击人而已，但是它要是受到威胁，也会一怒冲天，一巴掌扇死一个人应该没问题。除了老虎、狮子，一般的动物也不是熊的对手。所以说狗熊并不孬种，不信，你惹它试试？

人们喜欢熊，是因为它的模样可爱。而在熊科动物中，最可爱的当然是大熊猫！大熊猫已在地球上生存了至少 800 万年，被誉为"活化石"和"国宝"，你看，它带着一副"黑色眼镜"，模样憨态可掬，深受小朋友的喜爱。可以说，在熊科动物中，大熊猫是最受人们喜爱的。不过，尽管大熊猫如此可爱，如此受到人们的喜欢，但是《诗经》却并没有关注到大熊猫，这也算是大熊猫的一大遗憾吧。

虺

虺读 huǐ，在《诗经》中，它是以女性的象征出现的。

"吉梦维何？维熊维羆，维虺维蛇。大人占之：维熊维羆，男子之祥。维虺维蛇，女子之祥。"——《小雅·斯干》

人以婀娜多姿为美。这里的虺与蛇，就被解释为代表着女性，因为虺与蛇身体柔软，而女性的身体也以柔软著称。虺、蛇与女性的身体有着惊人的相似，所以有人把柔软纤滑的女性身体形容成是水蛇腰。

对于虺，有人将其解释为是一种毒蛇，这说明虺是蛇的一种，但是，虺又与蛇不尽相同。《楚辞·天问》中说："雄虺九首，儵忽焉在？"意思是雄性的虺有九个头，这就是传说中的九头蛇。九头蛇每被砍掉一个头，还能迅速生长出来一个新头，因此，要想除掉它非常不容易。《山海经·海外北经》描述了九头蛇："共工之臣曰相柳氏，九首，以食于九山。相柳之所抵，厥为泽溪。禹杀相柳，其血腥，不可以树五谷种。禹厥之，三仞三沮，乃以为众帝之台。在昆仑之北，柔利之东。相柳者，九首人面，蛇身面青。不敢北射，畏共工之台。台在其东。台四方，隅有一蛇，虎色，首冲南方。"

在《山海经》中，大禹杀死了九头蛇相柳，它的血流经的地方，草木不生，五谷不长，足见九头蛇之毒！所以，古人认定虺是一种特别毒的蛇。

还有解释，说虺是古代汉族传说中龙的一种，它生活在水中。南朝时期著作《述异记》中称："虺五百年化为蛟，蛟千年化为龙，龙五百年为角龙，千年为应龙。"由此推断，虺是龙的前身，经过数百年的修炼，可以转化为蛟龙，再经过千年的修炼，才可以转化为龙。龙在传说中是一种善变化、能兴云雨、利万物的神异动物，被国人视为一种精神信仰。历代皇帝也都以龙子自居，所以称皇帝为真龙天子，他们也用龙的形象代表着自己的权威。

龙图腾是中国人的精神信仰，所以国人也称自己是龙的传人。

尽管古书上将虺解释为是一种毒蛇，蛇给人留下的印象也并不好，但在《小雅·斯干》中，虺与蛇却是美的象征，它代表着女性，代表着女性的美。对于虺，还有一种解释是小蛇。有句成语叫"为虺弗摧，为蛇若何"，这里的虺解释为小蛇，意思是小蛇不打死，长成大蛇怎么办？

在《诗经》里，虺与蛇其实很难与剧毒联系起来，因为它们代表着女性，代表着美！这其实也颠覆了我们对虺与蛇的认知。不过，我们是不是应该因《诗经》而改变我们多年来固有的看法呢？爱屋及乌嘛，爱《诗经》是不是同样也可以及虺与蛇呢？

蛇

对于蛇，我们一直怀着畏惧的心理，因为它的模样是那样让人恐惧。而且，一些蛇因有剧毒，更是让人谈"蛇"色变。比如眼镜蛇、眼镜王蛇、银环蛇、金环蛇等，都是剧毒的蛇。

因为一些蛇有剧毒，所以我们会用毒蛇来称呼它们，我们还常常将蛇与同样有剧毒的蝎子相提并论，称一个人的坏、狠为蛇蝎心肠。

因为蛇的剧毒，所以人们对于蛇非常害怕。古时候有一个人到人家去做客，在饮酒时因为墙上的弓倒映在酒杯里，很像是一条蛇，所以，这个人以为饮了蛇毒，回家后就生病了。主人得知情况后，就将其带回家中，让其重新坐回到之前的位置，倒上酒后，酒杯里再次出现了蛇影，主人大笑着指着墙上的弯弓，说不过是弓的倒映而已。这个人得知真相后，病立刻好了。

杯弓蛇影说明一个人疑神疑鬼，已经到了无以复加的地步。

蛇是爬行类动物，但它又没有脚，蛇的全身布满鳞片，它依靠身体的收缩来完成前行，所以，蛇都是蜿蜒前行。正是因为蛇没有脚，所以，如果哪一天蛇有了脚，那就变成了笑话了。有句成语叫画蛇添足，意思是一个人画好了蛇后，又为它画上了四只脚，结果闹了笑话。画蛇添足比喻多此一举，也比喻无中生有。

蛇是肉食动物，它们主要以捕食鼠类为主，也会猎杀一些小动物。除了眼镜蛇，蛇一般不主动攻击人类，人们对于蛇的畏惧，主要还是缘于它的模样以及它的毒性。很多人对于黄鳝也很害怕，就是因为黄鳝的外形与蛇非常相似。

虽然蛇给人的印象并不美好，人们见到蛇会害怕、恐惧，但是在《诗经》里，蛇的出现却是代表着女性的形象，因此，《诗经》中的蛇无疑是美好的象征。

　　"吉梦维何？维熊维罴，维虺维蛇。大人占之：维熊维罴，男子之祥；维虺维蛇，女子之祥。"——《小雅·斯干》

这句诗的意思是：做的好梦是什么？梦见熊和罴，还有虺和蛇。卜官解梦道：有熊有罴预示着男婴要降生；有虺有蛇预示着即将产下女婴。这里的虺有解释是毒蛇的一种。

虽然人们畏惧蛇，但是在《诗经》里，虺和蛇的形象并不坏，它们代表着女性，而女性代表着温柔、美丽和贤惠。而因为很多蛇是毒蛇，身有剧毒，而蛇又常常被人们与女人联系到一起，所以就有了"美女蛇"的说法。"美女蛇"常被用来比喻姿色特别漂亮，但是心肠却又特别狠毒的女人。这与《诗经》里"维虺维蛇，女子之祥"意思大相径庭。

蛇让人心生恐惧，人们对蛇的印象并不好，但是《诗经》里的古人却用虺和蛇来代表女性，这颠覆了人们对蛇的传统认知，这算不算是为虺和蛇平反呢？虺和蛇是不是应该感谢我们的祖先呢？而蛇虽然有毒，但是由于它们主要捕食鼠类，所以早就被我们列入了有益动物的行列。

蜴

蜴就是蜥蜴，一种常见的爬行小动物。

蜥蜴有四肢，外形又像蛇，多以人们又将其称为"四脚蛇"。蜥蜴生活在草丛里，以捕食昆虫和其他小动物为生。遇到危险时，蜥蜴会折断自己的尾巴来逃生，这一点与壁虎非常相似，而壁虎也有"四脚蛇"的美称。

蜥蜴是胆小的，也是无毒的一种小动物。但是在《诗经》里，蜥蜴却被与虺相提并论，被古人视为是一种有毒的动物。

　　"维号斯言，有伦有脊。哀今之人，胡为虺蜴？"——《小雅·正月》

这里的蜴就是蜥蜴，古人认为蜥蜴和蛇一样毒。

古人视蜥蜴有毒，这其实与古人的认知有关，因为蜥蜴的外形与蛇非常相似，古人又缺少实践，所以想当然地将蜥蜴与毒蛇联系在一起。不过，据说蛇是由蜥蜴进化来的，在民间，蜥蜴又有"蛇舅母"的别称。

如此看来，古人将蜥蜴与毒蛇联系在一起，似乎又有一定的道理。

蜥蜴并不稀缺，在田野里，在草丛中，我们经常可以看到这种小动物，它们以极快的速度在地上爬行，看起来像缩小版的鳄鱼。和鳄鱼一样，蜥蜴也是肉食动物，它们多数以昆虫、蚯蚓、蜗牛为食，不过也有少数种类兼食植物，这也是蜥蜴在找寻不到食物时，为了生存下去而所做出的无奈选择。人饿极了也是什么都吃，更何况蜥蜴这种冷血动物？

在蜥蜴类动物中，有的蜥蜴能变换它们身体的颜色，以适应环境的变化，或者用来保护自己。其中最出名的当然是大名鼎鼎的变色龙。而很多人对变色龙的了解，缘于俄国著名作家契诃夫的一篇讽刺小说《变色龙》。在这篇著名的小说里，契诃夫以精湛的艺术手法，塑造了一个专横跋扈、欺下媚上、看风使舵的沙皇专制制度走狗的典型形象，他们就像变色龙一样，善于改变自己，对上谄媚阿谀奉承，对下则声色俱厉，飞扬跋扈，作威作福。当然，契诃夫说的是人类之中的"变色龙"，而现实中的变色龙，和契诃夫笔下的变色龙一样，善于跟随着环境的颜色而改变自己身体的颜色，让自己身体的颜色与四周的环境一样，达到隐藏自己保护自己的目的。另外，身体颜色与周围颜色一样，也有利于变色龙捕捉猎物，要知道天敌不易发现自己，猎物当然也不易发现自己。

蜥蜴体形很小，常见的蜥蜴身长只有十几厘米，不过，也有的蜥蜴体形较大，身体长达八九十厘米，有的甚至长达两三米，这种蜥蜴叫巨蜥。巨蜥在广西、广东、云南的南部、海南等地有分布。

蜥蜴在《诗经》里出现并不多，但是它的出现，在古人的眼里并不美好。"哀今之人，胡为虺蜴"，古人用虺和蜴的来做比喻，哀叹人心之坏坏如虺蜴。原来，古人的"人之初，性本善"也不过是一种理想，性本善其实也只是人们的想当然，古人的心也未必就是善良的。你看，《诗经》里的古人不是在"哀今之人，胡为虺蜴"吗？所以遇到一些人和一些事，我们也不必哀叹人心不古，因为古人就"哀今之人，胡为虺蜴"，更何况今天的我们？

猱

　　猱读 náo。猱属于猿属动物，又名狨或猕猴，因其牙齿尖锐，又称之为锐齿猱。

　　猱善于攀缘，因此，在《诗经》里出现的猱，也是以攀缘形象出现的。

　　"毋教猱升木，如涂涂附。君子有徽猷，小人与属。"——《小雅·角弓》

　　诗的意思是：猱不用教也会爬树，泥巴涂墙自然容易粘牢。君子有美德，小民自然会跟随。

　　《小雅·角弓》用"毋教猱升木，如涂涂附"来比喻小人善于攀附，而"君子有徽猷，小人与属"则与之形成了鲜明的对比，君子有美德、善行，民众自然会去学习，这就好比民谚"跟着好人学好事，跟着坏人学不良"是一样的道理。

在《诗经》中，猱是最接近人类的一种动物，和我们人类一样，猱也有喜怒哀乐。高兴时它会咧着嘴笑，发怒时会眉毛倒竖，调皮时它会对你龇牙咧嘴。所以，猱是人们喜欢的一种动物。

猱就是猕猴，善于攀缘，生性调皮，和所有的猴子一样，猱也善于模仿，惹它生气时，还会举物投掷你，所以，与猱相处，切记小心，千万不要惹恼了它。

对于猕猴，我们最熟悉的莫过于一种水果——猕猴桃。猕猴桃表皮覆盖浓密绒毛，它的外形和猕猴极其相似。因此被称为猕猴桃。还有一种说法是，因为猕猴喜欢吃这种桃，所以称为猕猴桃。猕猴桃的外形，与猕猴相似。所以，我们看到猕猴桃，也就可以想象出猕猴的模样。

对于猕猴，四大名著之一的《西游记》也有描述。《西游记》中有一只六耳猕猴，具有与孙悟空一样的本领，也会七十二变，与孙悟空不分上下。由于六耳猕猴与孙悟空长得一模一样，连玉帝、观音等神仙都难以分辨出真假，可见，六耳猕猴也算本领了得了。不过，最终，还是被如来佛所降服。《西游记》中的六耳猕猴，加深了我们对猕猴的印象。

猕猴喜欢模仿人，但是它最终还是猴子，即使穿上人的衣服，戴上人的帽子，它也成不了人。所以有句成语叫"沐猴而冠"，用来比喻虚有其表，形同傀儡的人。

沐猴即猕猴，沐猴而冠出自《史记·项羽本纪》："项王见秦宫皆以烧残破，又心怀思欲东归，曰：'富贵不归故乡，如衣绣夜行，谁知之者！'说者曰：'人言楚人沐猴而冠耳，果然。'"

写的是项羽打败秦朝军队后，火烧咸阳，项羽看看秦宫已烧毁，残破不堪，同时又怀念故乡，一心想回东方，便说："人富贵了，应归故乡，富贵不归故乡，好比锦衣夜行，谁看得见？"项羽手下有一个人，建议项羽说，关中地区，有险可守，而且土地肥沃，在此建都，可以奠定霸业。但是项羽并未采纳这个人的意见，这个人见项羽如此短视，就以沐猴而冠来比喻项羽。项羽得知后，命人将这个人投入沸水中，这个人因言惹祸上身，是典型的祸从口出。

而事实证明，项羽思乡而归，确实属于短视行为。最终，项羽被刘邦打败，被迫在乌江边自刎。假如项羽能够定都咸阳，收拾旧山河，也许能够成就一番霸业。当然，这只是假设，历史不可能改写。

《史记》里的"沐猴而冠"也好，《诗经》里的"毋教猱升木"也罢，对于猱来说，都是贬义词，猴子再聪明，在人类的智慧面前，不过是小儿科，相形见绌之下，反倒成为人们茶余饭后的笑料。

龙

在所有的动物中，龙无疑是最受国人崇拜的一种动物。虽然龙是动物，但是它已经脱离了动物的本义，成为国人一种精神信仰，也成为中华民族的图腾。所以今天的国人常常以龙的传人自称。

龙是古人想象中的一种神物，它能兴云降雨。《说文解字》称龙是"鳞虫之长。能幽，能明，能细，能巨，能短，能长；春分而登天，秋分而潜渊。"由此看来，龙具有的本领，不是一般动物所能具备的。而"春分而登天，秋分而潜渊"则说明，龙可以上天，也可以潜水。

龙后来渐渐也被演变为是权利和地位的象征，古代皇帝以龙子自居，称自己是真龙天子。其实，这是统治者的一种手段。他们利用国人对龙的敬畏与崇拜，用龙的身份来神化自己，让人们甘愿接受其统治而已。

皇帝将自己自喻为真龙天子以后，他的衣服称之为"龙袍"，皇帝的身体称之为"龙体"。而与之对应，皇后则自称为凤，皇后的衣服称之为"凤袍"，皇后的身体称之为"凤体"。不过，尽管皇权将龙垄断在自己的身边，但是却无法阻止国人对龙的信仰。在民间，人们会以赛龙舟、舞龙灯等来欢庆节日，可见，龙的形象不仅仅是皇权贵族的象征，更是国人的一种精神信仰。

虽然龙被国人尊为神物，但是因为它是人们想象中的一种动物，谁也没有见过，所以在《诗经》里，也没有对龙进行直接的描写，龙的出现，一般都是以图腾的形象出现的。如《周颂·载见》有诗曰："龙旗阳阳，和铃央央。鞗革有鸧，休有烈光。"《商颂·玄鸟》有诗曰："武丁孙子，或王靡不胜，龙旗十乘，大禧是承。"这里的龙，都是出现在旗帜上，是一种图案，代表着一种威权与气势。还有就是以天子、上天的形象出现的，如《小雅·蓼萧》有诗曰："既见君子，为龙为光。其德不爽，寿考不忘。"这里的龙，代表天子的一种恩宠。

还有《商颂·长发》有诗曰："受小共大共，为下国骏厖。何天之龙，敷奏其勇。不震不动，不戁不竦，百禄是総。"以及《周颂·酌》有诗曰："于铄王师，遵养时晦。时纯熙矣，是用大介。我龙受之，蹻蹻王之造。载用有嗣，实维尔公允师。"这里的龙，都是代表上天的恩宠与关爱。

对于龙，最熟悉的莫过于叶公好龙的故事了：古时候有一位叫叶公的人非常喜欢龙，家里到处都是龙的图案，龙听说后，有一天就到叶公家去拜访他，结果叶公见到真龙以后，吓得魂飞魄散。叶公好龙说明一个人表里不一，思想与言行不一致。

龙更多的时候其实是国人的一种精神信仰与灵魂寄托，比如龙腾虎跃、龙盘虎踞、藏龙卧虎、龙凤呈祥、鱼跃龙门等成语，都是对龙的崇拜与赞美。

然而，虽然龙为动物之首，百兽之尊，但是我们却谁也没有见过它。所以龙其实一直活在我们的想象中，从古至今，莫不如是！

象

　　在猛兽中，象是唯一可以碾压老虎、狮子等大型猛兽的动物。即使老虎号称森林之王，也不敢招惹大象，即使狮威胜龙，在大象面前也只能乖乖地俯首听命。像豹子、熊等其他的猛兽，就更不用说了。

　　象是哺乳纲长鼻目象科动物，也是陆地上最大的哺乳动物。因为体形巨大，象力大无比，所以，象是力量的象征。虽然其他的动物也力大无比，像老虎、狮子、豹子、熊等猛兽，在象的面前不值一提。马、牛等大型动物，也一度被视为力量的象征，但是它们的力量在象面前，也只能自叹弗如，力大如牛在象的面前，只能算是小儿科。

　　在《诗经》里，有多篇诗篇提到了象，如《鄘风·与子偕老》《魏风·葛屦》《小雅·采薇》《鲁颂·泮水》等。不过，虽然象体形巨大，力大无比，但是它在《诗经》里的出现，却并不是力量的象征，也不是强者，象在《诗经》里的出现非常凄惨。

　　象出现在《诗经》里，更多的时候，是以象制品出现的。也就是说，象遭到了人们的捕猎杀戮，人们用它们的牙齿和皮，做成了服装或饰品。

192

如"四牡翼翼，象弭鱼服"(《小雅·采薇》)，这里出现的象，就是用象牙镶饰的弓；"元龟象齿，大赂南金"《鲁颂·泮水》，这里的象齿就是象牙；"好人提提，宛然左辟，佩其象揥"(《魏风·葛屦》)，这里的象是用象牙做成的发钗。另外，《鄘风·君子偕老》也提到了用象牙制成的发钗："子之不淑，云如之何？玉之瑱也，象之揥也，扬且之皙也。"《鄘风·君子偕老》另一句"君子偕老，副笄六珈。委委佗佗，如山如河，象服是宜。"这里的象服则是指镶满珠宝的华丽的衣服。

一句话，在《诗经》里，象的出现极其悲凉，它不是力量的象征，也不是猛兽的首领，而是人们的饰品。作为体形、力量最大的猛兽，还有比成为人们的牺牲品更为悲哀的么？

对于象，我们最熟悉的莫过于历史典故曹冲称象了。三国时期，孙权送了一头大象给曹操，曹操手下的人都没有见过大象，见到这个庞然大物，都议论纷纷。曹操想知道这头象有多重，但是手下却没有办法称出这头象的重量。五六岁的曹冲，却胸有成竹，表示自己有办法可以称出这头象有多重。曹冲称象的方法是"置象大船之上，而刻其水痕所至，称物以载之，则校可知矣"。最终，称出了这头大象的重量。曹冲称象的时候，只有五六岁，可见曹冲是多么聪明。可惜，天妒英才，曹冲在十几岁的时候，因为生了一场重病而不治身亡。

因为象的体形较大，所以有句成语叫盲人摸象，"其触牙者即言象形如芦菔根，其触耳者言象如箕，其触头者言象如石，其触鼻者言象如杵，其触脚者言象如木臼，其触脊者言象如床，其触腹者言象如甕，其触尾者言象如绳"。

因为眼睛不能看见大象，因此，盲人摸象确实有它的局限性，但是，盲人摸到大象的某一处身体，就对象的形体做出了判断，由此也可见象的体形之大。确实，作为陆地上最大的哺乳动物，对于盲人摸象，我们也不能完全怪罪那些做出了错误判断的盲人，要是一只小麻雀，盲人摸了，估计也不会做出胡乱猜测，对吧？

　　尽管象体形最大，可以秒杀老虎、狮子等大型猛兽，但是在《诗经》里，象的出场并没有那么威风，而是成为人们的猎物，成为牺牲品，这无疑是象的悲哀！但是没办法，自然界的法则就是弱肉强食，适者生存，其实，我们人类也一样无法逃离这个法则。

狸

狸是哺乳动物，形状与猫相似，毛皮可制衣物。亦称狸子、狸猫、山猫、豹猫。

　　"一之日于貉，取彼狐狸，为公子裘。"——《豳风·七月》

这里的狐狸，并不是现代意义上的狐狸，是一种动物，而是狐和狸，是两种动物。狐指狐狸，狸则指山猫。

狸外形与猫相似，所以它才会有狸猫、山猫、豹猫的别称，但是狸比猫更为凶猛，战斗力远胜于猫。狸捕捉鸟、鼠等小动物为食，在缺乏食物时，它们也会到村庄去盗食家禽。所以人们对于狸并无好感。狸像猫一样，身体敏捷，善于奔跑和跳跃，可以说，没有狸翻不了的墙，没有狸过不了的坎。正因为狸身手敏捷，一眨眼的工夫就可以消失得无影无踪，所以它来偷猎家禽的时候，人们对其也是无可奈何。

和猫一样，狸最擅长的本领就是爬树，这让狸可以躲避大型猛兽对自己的危害。狸的毛皮可制成裘，所以《诗经》里才有"一之日于貉，取彼狐狸，为公子裘"的诗句。古人捕猎狐和狸，取其毛皮制作成裘衣。裘衣可是名贵的衣服，在古代，那可是贵族穿着的服饰，而普通百姓，只能穿着用麻制成的衣服。后来人们发明了纺织，利用棉花和丝绸织成布，就有了更为柔滑、更为温暖的衣服。时至今日，人类的衣着材料更为丰富，制成的服装也形形色色，不仅满足了人类保暖和遮羞的需要，也满足了人类爱美之心的需要。

对于狸，李时珍是这样说的："狸有数种：大小如狐，毛杂黄黑有斑，如猫而圆头大尾者为猫狸，善窃鸡鸭，其气臭，肉不可食。有斑如虎，而尖头方口者为虎狸，善食虫鼠果实，其肉不臭，可食；似虎狸而尾有黑白钱文相间者，为九节狸，皮可供裘领，《宋史》安陆州贡野猫、花猫，即此二种也。有纹如豹，而作麝香气者为香狸，即灵猫也。南方有白面而尾似牛者，为牛尾狸，亦曰玉面狸，专上树木食百果，冬月极肥，人多糟为珍品，大能醒酒。"

由此可见，虎狸的肉可食用，猫狸的肉则不能食用。不过，尽管人类喜欢食肉，但是对于猫、狸、狐这类小动物的肉，其实兴趣不大，原因就是这些小动物的肉并不像猪、马、牛、羊，也不像鱼、鸡、鹅、鸭的肉那样鲜美。人们捕猎狸、狐，更多的时候是取其皮毛，用来制作服饰和饰品。

在苏北，狸被称为是山狸猫，被视为一种凶猛的动物。小孩子不听话爱哭闹的时候，大人常常用山狸猫来吓唬孩子，称再哭闹山狸猫就来了，把小孩叼走。一些孩子因为惧怕，一听说山狸猫来了，立马就会乖乖地停止哭闹。尽管苏北人并没有见到山狸猫，但是这种方式吓唬孩子，却屡试不爽。原因就是孩子还小，并不懂什么是山狸猫，只是听大人说山狸猫能把自己叼走，当然不敢再继续胡闹了。其实，类似的还有拿恶人来吓唬孩子的，比如一些地方出土匪，人们就会用土匪的名字来吓唬小孩。前几年，某地一位官员作风霸道，犹如凶神恶煞，也曾被地方百姓拿来吓唬小孩，只要小孩哭闹，大人就称"某某"来了，小孩立马停止了哭闹，你看，我们中的一些人，是不是比动物还可怕？

　　尽管狸身手敏捷，动作迅速，也尽管人们并不喜欢食用狸，但是它依然难逃被人类捕猎杀戮的命运。在《诗经》里，狸就是人们的猎物，它的皮毛，成为人们的服饰材料。人类才是动物的最大的天敌，所以遇到人类的时候，狸，你还是赶紧逃吧！

猫

与狗一样，猫也是人类所喜欢的小动物，它与人们的生活密切相关。

不过，与狗不同的是，狗是"六畜"之一，但是猫却在"六畜"之外。而在民间十二生肖里，猫也榜上无名。然而这不妨碍人们对猫的喜爱，也不妨碍猫与人类和平共处。

猫虽然体形很小，但是像老虎、狮子、豹子等大型猛兽，却都属于猫科。可见，猫科家族还是有"能人"的。

猫是老鼠的天敌，人们养猫，也正是利用它天生的本领来灭杀老鼠。不过，在《诗经》里提到的猫，应该并没有为人们所驯养。

"有熊有罴，有猫有虎，庆既令居，韩姞燕誉。"——《大雅·韩奕》

你看，这里的猫，可是与熊、罴和虎相提并论的，而熊、罴和虎都是猛兽，所以这里的猫，虽然它的体形不及熊、罴和虎，但其凶猛，应该与熊、罴和虎有得一拼。

猫被与熊、罴和虎相提并论，说明古时的猫也是一种凶猛的动物，即便在今天，猫也是有脾气的，它要是发起怒来，也是让人敬而远之的。

对于猫，明代医学家李时珍是这样说的："猫，捕鼠小兽也，处处畜之。有黄、黑、白、驳数色，狸身而虎面，柔毛而利齿。"可见，猫的数量还是比较多的，也是我们常见的一种小动物。

家猫是野猫驯化而来，所以它的性情不再像野猫那样暴躁、凶猛，家猫的本领就是捕捉老鼠，当然它也捕食其他小动物。不过古时的猫，本领可不只是捕捉老鼠这一样，它可能也会对人类构成威胁，所以才与熊、罴和虎一样，被古人视为是一种猛兽。

不过，人类是这个世界的主宰，人类的强大，不是因为人类的体形巨大，也不是因为人类的力气很大，而是因为人类具有无穷的智慧。人类依靠自己的智慧统治了这个世界，他们能够将这个世界上的一切都为我所用。一些猛兽，就被人类所驯化，从而被人们所利用，比如牛、马、猪、狗等，猫同样如此，也被人们驯化，渐渐消除了野性，从而变得平易近人，成为人类的好朋友。

在《大雅·韩奕》里提到的熊、罴、猫、虎中，只有猫被驯化成为家猫，熊、罴、虎均未被人类驯服，可见，猫还是孺子可教的。这也说明它有野性的一面，也有温和的一面，所以人类才能成功将其驯化。只不过，猫未能像狗一样被完全驯化，所以猫也不像狗那样完全服从于主人，它要是耍起脾气，可是连主人都奈何它不得的。不像狗，犯了错，主人无论怎么打它，都不会反抗，也不会逃跑，只会呜呜地表示认错。而主人若是对猫进行惩罚，它可是溜得比兔子还快，惹急了，它也会对你"施以拳脚"。

苏北民间有句俗话叫"猫狗识依顺"，意思是猫和狗，你只要对它温柔、友好，它同样也会对你温柔、友好。所以，在家畜家禽中，人们最喜欢的就是猫和狗，即便猫有野性，并不全部顺从人，但是这并不妨碍人们对猫的喜爱。只是，《诗经》里的猫，估计古人是不大喜欢的，对它可是敬而远之，要知道，猫可是被古人打入熊、罴、虎一列的，所以对于体形弱小的猫，我们可千万不能小看它！

豺

　　对于豺，虽然我们并不一定见过它，但是却都知道它，因为它早已就恶名远扬。因为它常常被与狼相提并论，人们称其为豺狼。电影《上甘岭》主题歌《一条大河》里面有这样一句歌词："若是那豺狼来了，迎接它的有猎枪！"你看，迎接豺狼的是猎枪，说明豺狼不是好东西，人们对它们是欲除之而后快！

　　豺是一种动物，又叫豺狗，它的体形与狼和狗差不多，比狼的体形要略小，与我们常见的狗差不多。豺是最强也是最凶残和最灵活的犬科动物，它的体形虽然比狼要小，但是战斗力要远远高于狼。对于豺，明代医学家李时珍是这样说的："豺，处处山中有之，野狼属也。俗名豺狗，其形似狗而颇白，前矮后高而长尾，其体细瘦而健猛，其毛黄褐色而其牙如锥而噬物，群行虎亦畏之，又喜食羊。"李时珍说，当豺成群在一起的时候，就连老虎都害怕它们。

　　豺行动敏捷，善于跳跃，据说豺在原地可跳到三米多远，借助于快跑，能跃过五六米宽的沟堑。可以说，豺是天生的跳高、跳远好手。在我们的《诗经》里，豺被与老虎相提并论。

> "彼谮人者，谁适与谋？取彼谮人，投畀豺虎。豺虎不食，投畀
> 有北。有北不受，投畀有昊！"——《小雅·巷伯》

这句诗的意思是：那个造谣害人者，是谁为他出计谋？抓住这个害人精，丢给野外喂豺虎。豺虎嫌他不肯吃，丢到北方不毛地。北方如果不接受，交给老天去发落。

从诗里我们可以看出，诗人非常憎恨造谣中伤的人，要将其投给豺狗与老虎，而豺狗与老虎因为嫌弃其恶，不愿意吃他。由此可见，造谣的人是多么让人憎恨，多么臭名昭著。

其实，"豺虎不食"只是诗人的一种假设，要知道，豺和虎都是凶猛的食肉动物，虽然豺的体形没有老虎的体形大，但是估计不影响它吃人。

虽然豺性情凶猛，但是，据说，我们家养的狗竟然还是豺的舅舅。宋代学者罗愿说："世传狗为豺之舅，见狗辄跪，亦相制耳。"按照这种说法，狗是豺的舅舅，豺见到狗，会下跪叩拜。而豺虽然生性凶残，但是，我们家养的狗却能够制服它。这个传说到底是不是真的，无法验证。也没有人见过豺遇到狗的场景，估计只是民间的一个传说吧？

豺、狼、虎、豹都是凶猛凶残的动物，它们处于食物链的顶端，豺的身形瘦小，但是它却能够被人们与狼、虎、豹相提并论，应该说豺还是有过人之处的。它的弹跳能力，是狼、虎、豹不能企及的，它的团队作战的精神，远远超过狼的团队。

有句成语叫"豺虎肆虐"，也是将豺与老虎放在一起。《诗经》里说"投畀豺虎"，说明古人也并没有小看豺，将其与猛虎相提并论，既是对豺较高的评价，也是豺当之无愧的荣誉。

第三辑　喓喓草虫，趯趯阜螽——昆虫

虫

　　虫的含义很广，就像鱼和所有鱼类的统称，鸟是所有鸟类的统称，兽是所有兽类的统称一样，虫是昆虫的统称，并不具体指某一种昆虫。

　　虫狭义上是指动物界中无脊椎动物的节肢动物门昆虫纲的动物，也是所有生物中种类及数量最多的一群，目前世界上已发现一百多万种昆虫。虫在广义上也可用于对某些生物的泛称，并不局限于节肢动物门。特别是古代，虫的概念更为广泛，古人用虫来泛指一切动物，如鸟为羽虫，兽为毛虫，龟为甲虫，鱼为鳞虫，人则为倮虫，古人就将老虎称为大虫。

　　在《诗经》里，虫同样是昆虫的统称。

　　　"虫飞薨薨，甘与子同梦。会且归矣，无庶予子憎。"——《齐风·鸡鸣》

　　诗的意思是：虫子飞来响嗡嗡，乐意与你温好梦。上朝官员快散啦，你我岂不让人恨！

这里的虫是指飞虫，但并没有指哪一种飞虫，所以我们也没有必要去分得那么清楚。薨薨是飞虫的振翅声，虫飞薨薨是指飞虫飞动的声音。

这首诗写的是丈夫贪睡，妻子催促丈夫早点起床，但是，丈夫却一直赖床不起。其实，妻子也想丈夫能够多睡一会，但是毕竟天亮还有天亮的事，总是贪睡也不是办法。所以妻子见丈夫不愿意起来，就一边催促丈夫早点起床，一边晓之以理，动之以情，自己又何尝不想与丈夫一起相拥而眠？但是如果是这样，耽误了正事，岂不是要被人耻笑和厌恶？

不知道是什么原因导致这名丈夫不想起床，也许是工作太累了，也许是贪恋床第之欢，总之，就是不想起床。就像现在的人，何尝不想多睡会？但是不行啊，还有工作等着自己，还有很多事情等着去处理呢，又怎么能一睡了之呢？

在《诗经》中，写了约三十种昆虫，但是飞虫其实并不多，除了这首《齐风·鸡鸣》提到的飞虫外，主要有宵行（萤火虫）、苍蝇、青蝇、蜩（蝉）、螗（一种蝉）等。螽、草虫、阜螽虽然有翅膀，但是它们以跳跃为主，还不能算是飞虫。有意思的是，《诗经》中明确提到飞虫，但是却不是我们所理解的飞虫，而是指飞鸟。《大雅·桑柔》有诗曰："嗟尔朋友，予岂不知而作。如彼飞虫，时亦弋获。既之阴女，反予来赫。"这里提到的飞虫，就是指飞鸟，而不是指会飞的昆虫。

当然，《齐风·鸡鸣》里提到的虫，也可以解释为飞鸟，因为"薨薨"是指翅膀扇动的声音，飞鸟一样可以扇动翅膀，而从"虫飞薨薨，甘与子同梦"的语境来看，虫更符合鸟的特征。因为飞鸟更符合入梦的意境，如果是一只虫子在振动翅膀嗡嗡作响，该多么扫兴，哪里还有情趣"甘与子同梦"？所以尽管一些书籍上将"虫飞薨薨"的虫解释为飞虫，但我更相信此虫非彼虫，希望它是飞鸟而不是飞虫。

飞鸟很多时候其实也代表着古人的一种梦想，他们希望能像飞鸟一样在天空飞翔，而很多飞鸟则代表着爱情，比如鸳鸯，人们用"鸳鸯戏水"来比如夫妻的恩爱和谐。唐代诗人白居易有诗叫"在天愿作比翼鸟，在地愿为连理枝"，后来人们就用比翼鸟、爱情鸟来比喻爱情，用比翼双飞来比喻夫妻相伴相守。

既然鸟有这么多的爱情比喻，古人又用飞虫来称呼飞鸟，"虫飞薨薨"里的虫是飞鸟更可信，这也与后一句"甘与子同梦"更切合意境。

草虫

"喓喓草虫，趯趯阜螽；未见君子，忧心忡忡。亦既见止，亦既觏止，我心则降。"——《召南·草虫》）

这里的草虫，有解释是蝈蝈，因为蝈蝈会叫。这句诗的意思是：听那蝈蝈蠷蠷叫，看那蚱蜢蹦蹦跳。没有见到那个人，我心忧愁又焦躁。如果我已见着他，如果我已偎着他，我的心中愁全消。

一看便知，这是一首爱情诗。描写了一位女子因为思念心上人而心潮涌动，寝食难安。古人用草虫和阜螽的自由、欢快，来衬托女子内心的骚动、不安。一边是欢乐，一边是思愁，无疑形成了鲜明的对比，也更加凸显了女子对心上人的思念之情。

喓喓是虫的叫声，趯趯是虫跳跃的动作。按照字面解释，草虫泛指草木间的昆虫，但在诗经里，草虫是有所指的。有解释草虫是草螽，一种鸣虫，一些地方也叫它蝈蝈。

说起蝈蝈，农村的孩子应该并不陌生，在夏季，是蝈蝈生长的季节，田野里，就是蝈蝈的天堂。既然是草虫，当然以草为食，而作为虫类，它们也无法去分辨庄稼，所以对于草虫来说，只要是草，便是自己的食物，哪管庄稼不庄稼的？

蝈蝈最喜欢的草，当属大豆莫属。小时候的农村田野里，种植了大量的大豆、红豆等豆科植物，这为蝈蝈提供了丰富的食物。广阔的田野，则为蝈蝈提供了表演的舞台。走进田野，到处都可以听到蝈蝈的鸣叫，走进庄稼地，你可以看到它们在地上、在植物间欢快地跳跃，它们就是这么自由，这么快乐，这么任性。想唱就唱，想跳就跳，哪像《诗经》里的那位女子，因为思念自己的心上人而愁眉不展，为自己的心上人牵肠挂肚。

小时候，农村的大孩子会到田野里捉一些蝈蝈回来，再到洋槐树上采摘一些洋槐枝，去掉洋槐叶，留下叶柄，用它们编织笼子，将蝈蝈放进去，然后提着笼子到小伙伴面前显摆。笼子里的蝈蝈会发出"唧、唧、唧"的叫声，吸引了小伙伴来围观。那时候我很小，一个人不敢到远离村庄的田野，所以，对于小伙伴提着这些会鸣叫的蝈蝈，是满脸的艳羡和眼馋。好在小伙伴并不吝啬，可以将他捉来的蝈蝈让我们提着玩一会，前提是我们不能随便打开笼子的门，要知道这些小家伙可鬼机灵得很，一有空隙，它们就会乘虚而"出"。跳出了笼子，再想捉它们回来可就不那么容易了呢。

尽管蝈蝈不是自己捉来的，也不属于自己，但是我们还是玩得很开心。小时候，农村的物质并不丰富，至于娱乐，更是极其匮乏。但是贫穷并没能限制住我们的想象，穷自有穷的办法，农村人自有农村人的快乐。那时候我们的娱乐节目基本上都是就地取材，自得其乐。比如，到田野里捉虫子，到小树林里用弹弓打鸟，用箩筐捉麻雀，用杏仁核玩游戏，用纸张折叠纸风车。纸风车是城里人的说法，农村人不这么叫，而是叫"风吹吹"。我们用一张硬一点的纸折叠成"风吹吹"后，找来一根粗一点的针，再找来一根苘麻秆，将"风吹吹"扎进苘麻秆的一头，然后拿着它迎风前进，"风吹吹"就"呼、呼、呼"地转动起来，我们可以玩得不亦乐乎。同样，到田野里去捉虫子，我们也可以玩上一天。

那时候，《诗经》里的草虫，也就是蝈蝈可是最常见的，不像现在，找一只蝈蝈还真让人犯难，就连蝈蝈都快变成珍稀动物，这社会变化得也太快了。

你看蝈蝈在古时候可是随处可见的，古时候的那位多情的女子，听着蝈蝈的叫声，看着蚱蜢在蹦跳，心里不由得就想起了在远方的心上人，那种惆怅啊，那种痛苦啊，那种滋味啊，只有她自己知道！

阜螽

"喓喓草虫，趯趯阜螽；未见君子，忧心忡忡。亦既见止，亦既觏止，我心则降。——《召南·草虫》

这里的阜螽就是蚱蜢，一种田野里常见的昆虫。

在田野里，蚱蜢可以说是随处可见，与蚱蜢一样常见的还有蚂蚱。但是很多人都傻傻分不清这两种昆虫，以为它们是同一种昆虫，只是名字不同而已。事实上，蚱蜢和蚂蚱是有区别的，首先是它们形体的区别。虽然说蚱蜢和蚂蚱都是昆虫，身体都比较小，但是没有比较就没有区别，将它们放在一起，区别就出来了，蚂蚱的身体比蚱蜢的身体要大些，对于蚱蜢来说，蚂蚱就是"大个子"。其次是颜色的区别。蚱蜢的翅膀颜色通常为褐色，而蚂蚱通常前翅为浅粉色，后翅为浅蓝色。还有就是头部的区别。蚱蜢的头是尖的，而蚂蚱的头是圆的。有了这些明显的身体特征区别，在蚱蜢和蚂蚱同时出现在我们面前的时候，我们就能分清谁是蚱蜢，谁是蚂蚱了。

"喓喓草虫，趯趯阜螽；未见君子，忧心忡忡"这句诗，不仅出在《召南·草虫》里，《小雅·出车》里也有同样的句式："喓喓草虫，趯趯阜螽。未见君子，忧心忡忡。既见君子，我心则降。赫赫南仲，薄伐西戎。"

　　在《诗经》里，我们经常可以见到在不同的诗篇里，存在相同的句式，比如，"山有乔松，隰有游龙""山有榛，隰有苓""山有苞棣，隰有树檖"等，这些相同的句式，有的存在于同一首诗里，有的则存在于不同的诗篇里。比如《召南·草虫》和《小雅·出车》都有"喓喓草虫，趯趯阜螽；未见君子，忧心忡忡"的诗句。这是古人写诗的一种格式，但是，如果用现代的标准来看，这就是赤裸裸的抄袭了。

　　《诗经》是我国最早的诗歌总集，是中国古代诗歌的开端，虽然那时候没有我们现在所说的文学刊物来发表诗歌，但是诗歌却伴随着人类文明在传播。思想、语言和文字，孕育了诗歌，它们在人与人之间传播。而从这些不同的诗篇存在相同的句式情况来看，显然是后来的诗歌受到了前面的诗歌的影响，从而模仿或者照搬前诗的句式。从另一种角度来看，诗歌的传播是广阔的，诗歌的创作是延续的，正是有了这些诗歌，我们的诗歌作品才得以延续和发展，直至有了后来的唐诗的兴盛、宋词的繁荣、元曲的兴起，再发展到今天，就有了现代诗歌的兴起。所以尽管《诗经》里存在模仿或者抄袭的现象，我们也应该感谢古人，是他们为我们的文学创作做出了尝试和提供了样板，在前人的延续和不断创作下，才有了今天的文学繁荣。

　　在《诗经》里，提到了螽、众、草虫、阜螽等几种食草的昆虫，它们属于近亲，外形非常相似，只是大小有点区别，因此，很容易混淆。有人解释这四种昆虫就是一种，尽管一种植物或者动物有不同的叫法，但是，我觉得螽、众、草虫、阜螽应该不是这样。比如，从"喓喓草虫，趯趯阜螽"的句式来看，草虫和阜螽显然应该是两种昆虫，而不是同一种昆虫。而从诗歌讲究对仗的手法来看，草虫和阜螽也应该不是同一种昆虫。

毒

毒是指有害的东西，比如毒药、毒蛇，有时候也指凶狠，比如狠毒、毒辣。

在《诗经》里，毒被用作是指动物，但是它并不是指具体的某种动物，而是泛指毒虫。

"既生既育，比予于毒。"——《邶风·谷风》

这句诗的意思是：如今生活好了，你看不上我了，嫌我好比嫌毒虫一样。这里的毒，就是泛指毒虫。

由诗歌的意思，我们不难看出，这是一首怨妇诗，"既生既育，比予于毒"其实不是男子说的，而是被抛弃的妻子以男人的口吻说的。这首诗写的是一位丈夫在生活好转以后，嫌弃并抛弃了结发妻子的事情。

显然，《诗经》里的这位抛弃结发妻子的男人，是典型的只能同甘不能共苦的代表。在家境贫困时，妻子并没有嫌弃男子的家庭条件，而是心甘情愿地与其一起生活一起打拼。然而，当在夫妻的一起努力下家庭经济条件逐渐好转以后，男人心生二心，对其他的女人动了心思，这是典型的"饱暖思淫欲"。饱暖思淫欲不说，还要抛弃结发妻子。而这名男子阴魂不散，直到今天，还有那么多的男人和古代的这名男子一样，在家庭条件好了以后，抛弃妻子去找情人。看来，古代的这名被丈夫抛弃的女子并不孤单，历朝历代，有多少女子同病相怜啊！

毒被泛指是毒虫，那么有多少毒虫呢？常见的有毒蛇、毒蜘蛛、蝎子、蜈蚣、马蜂等，还有一些不知名的昆虫，也不要轻易招惹它们。否则，弄不好它们就会给你点颜色看看，有你好瞧的！

毒往往也被用在人的身上，比如形容一个人狠毒称"五毒俱全"，残害百姓叫"荼毒生灵"。说一个人要成就大事业必须手段毒辣，称"无毒不丈夫"，用狠招对付狠招叫"以毒攻毒"。

除了动物有毒，很多植物也有毒，如夹竹桃的茎、叶乃至花朵都有毒，它能分泌的乳白色汁液含有一种夹竹桃苷，误食会中毒；曼陀罗全株有毒，种子毒性最强；毒箭木的液汁有毒，民间有"见血封喉"的说法。还有一些名字听起来很美的植物，也是有毒的，比如水仙花、虞美人、相思豆等，它们都是惹不起的植物。

相比动物，植物有毒我们可以预防，至少惹不起还躲得起。但是一些有毒的动物，可不是我们想躲就能躲得了的，特别是夏秋季，稍不注意就有可能中招。比如蝎子、蜈蚣，还有一些不知名的小昆虫，被它们咬一口或者蜇一下，轻者皮肤起包、红肿，重者可能危及生命。所以对于毒虫，我们轻视不得。

正是因为毒虫对人有害，所以《诗经》里的那个被抛弃的妻子用毒虫来自比，可见她该有多伤心有多无奈有多绝望，只是，我们看三国流眼泪替古人担忧也没有什么用处，挽回不了那个绝情的丈夫。

蝤蛴

蝤蛴念 qiú qí。

说蝤蛴，可能很多人都不知道，虽然说农村是昆虫的乐园，田野是昆虫的天地，但是，即使是那些土生土长的农村人，也未必知道蝤蛴是何方神圣。不过，要是提到天牛，可能很多人就知道了，而蝤蛴就是天牛的幼虫。

天牛是一种植食性昆虫，我们苏北人叫天牛不叫天牛，而是叫它"山水牛"。天牛喜欢在桑树和榆树上生活，它们啃噬树的叶子，吸食树的汁液，还会啃噬棉、玉米、高粱、甘蔗等庄稼植物，是一种害虫，庄稼人可不喜欢！

天牛的身体长长的，它的身体上有硬硬的壳，在硬壳下面是它的翅膀，可能是天牛的身体太柔软，需要硬壳来保护吧？天牛长着锋利的牙齿，头上顶着长长的两只软角，就像动画片里齐天大圣头上戴的花翎一样，很是威风。对于天牛，李时珍是这样说的："此虫有黑角如八字，似水牛角，故名。亦有一角者。"由此，我们可以得知天牛名字的由来。时珍还说："天牛处处有之。大如蝉，黑甲光如漆，甲上有黄白点，甲下有翅能飞。目前有二黑角甚长，前向如水牛角，能动。其喙黑而扁，如钳甚利，亦似蜈蚣喙。"从时珍的话里我们知道，天牛是常见的昆虫，因为处处有之呢！不过，它的名字虽然有牛，但它可不像牛那样惹人喜欢，因为它啃噬树木、庄稼，是地地道道的大坏蛋。

小时候，我们在榆树上经常可以看到天牛的身影，对于那时候的农村孩子来说，天牛也是一种玩物，每当看到天牛爬在树上，就会把它捉下来玩耍一番。但是，我们也十分忌惮它锋利的牙齿，因此，捉天牛时，我们都是从它的后背下手，或者用树枝将它从树上拨弄下来。天牛的牙齿非常锋利，就像一把钳子，要是被它咬上一口，非皮破肉绽不可，所以我们特别防备它。说天牛牙齿锋利，并非吹嘘，我们常玩的游戏是，找来一截树枝，塞进天牛的嘴里，只见它的牙齿咬住树枝，一用力，树枝就会被咬成两截，看得我们胆战心惊。

虽然天牛牙齿锋利无比，身上还有厚厚的硬壳保护，但是到了我们这些小孩子的手里，它最终往往难逃一死。对于这么厉害的角色，我们当然不会轻易放过，玩腻了，我们就会一脚将它送上西天，变成了真正的"天牛"。

天牛的幼虫蛴螬身体修长，全身呈白色，所以在《诗经》里被古人用来形容女人脖颈的白嫩。

"手如柔荑，肤如凝脂，领如蝤蛴，齿如瓠犀，螓首蛾眉，巧笑倩兮，美目盼兮。"——《卫风·硕人》）

这几句诗，栩栩如生地描写了一位美人的形象。领如蝤蛴，这里的领是指脖颈，意思是美女的脖子就像蝤蛴一样白嫩。

啊，原来，害人虫也有它的优点呢！虽然天牛作恶多端，罪大恶极，它的形象也并不美，但是它的幼虫却被古人用来比作女人的脖颈，真的出乎意料。要知道，天牛可是害虫啊，真佩服古人的想象力和审美观，昆虫也可以用来形容美女，这让现代美女情何以堪？估计，今天的文人是不会拿它来比喻美女的，否则，不挨美女白眼才怪！

苍蝇

对于苍蝇，它的大名相信人尽皆知，不过这种大名可不是什么好名声，它可是生活中最常见最让人恶心的一种昆虫。

因为传播疾病，污染环境，苍蝇臭名远扬，和它同样名声不佳的还有蚊子。蚊子因为传播疾病和咬人吸血，同样招致人们的厌恶，所以人们常将它们并称为蚊蝇，是肮脏和恶坏的代名词。

苍蝇和蚊子，它们的历史估计比人类还长，而且它们经常陪伴在人类左右，侵扰人们的生活，所以它们也出现在《诗经》中。

"鸡既鸣矣，朝既盈矣。匪鸡则鸣，苍蝇之声。"——《齐风·鸡鸣》

这里提到了苍蝇。这句诗是古人夫妻的对话，妻子说鸡已经打鸣很久了，朝里的人应该很多了。丈夫却回答说，那不是鸡鸣啊，那是苍蝇的声音。每每看到这里，让我不解，雄鸡报晓，怎么可能像苍蝇的嗡嗡之声呢？苍蝇的嗡嗡之声，怎么可能像雄鸡打鸣那样洪亮呢？丈夫这不是睁着眼睛说瞎话吗？如此插科打诨，简直是无赖一个。不过，也有人解释，这是丈夫故意逗弄妻子，表现了他们夫妇间的生活情趣。倘若如此，这位丈夫也算是不失幽默，让人会心一笑了。

对于苍蝇，可以说是没有人不厌恶的，每到春夏之交开始，它们就出来祸害人们。苍蝇不仅肮脏，而且还会传染疾病，所以，人们对其是唯恐避之不及。然而，它们却又无孔不入，人们是防不胜防。即使人们防备再森严，苍蝇也会不知道什么时候钻进来。在古典文学名著《西游记》中，孙悟空就经常变成苍蝇，飞进妖怪的洞穴去刺探敌情，并获得了有价值的"情报"，然后孙悟空搬来救兵，最终大获全胜，保证了师徒西天取经。据有人统计，吴承恩的《西游记》原著一书，孙悟空一共变过 27 次苍蝇，这并不是孙悟空特别喜欢苍蝇，而是因为苍蝇无孔不入，可谓是上可飞天，下可入地。苍蝇有翅膀，化为苍蝇，行动可以说是既快又便利，所以苍蝇也就成了孙悟空的首选。据说，现代有的间谍部门也将偷拍设备伪装成为苍蝇，然后进行偷拍以获取情报。可见，苍蝇虽然让人厌恶，但是，它也是可资利用的一种昆虫，人们利用它来完成了人们无法完成的任务。

苍蝇的幼虫是蛆虫，比苍蝇更让人恶心，苍蝇一生要经过卵、幼虫（蛆）、蛹、成虫四个时期，各个时期的形态完全不同，所以苍蝇属于"完全变态昆虫"。

可以说，只要有腐臭的地方，就会有苍蝇，所以苍蝇又成为逐臭的代名词，有句成语叫"如蝇逐臭"，民间有句歇后语叫"苍蝇的去向——哪臭往哪里钻"，都形象地点明了苍蝇的特性。另外还有一句民谚叫"苍蝇不叮无缝的蛋"，说的是鸡蛋因为壳裂开了缝隙而变质，苍蝇嗅到了腐臭的味道而赶来叮食，这也是苍蝇的本性所致。所以苍蝇紧叮鸡蛋的时候，不能怪苍蝇，而是因为鸡蛋坏掉变质了。

在《诗经》里，苍蝇又叫青蝇。

"营营青蝇，止于樊。岂弟君子，无信谗言。营营青蝇，止于棘。谗人罔极，交乱四国。营营青蝇，止于榛。谗人罔极，构我二人。"——《小雅·青蝇》）

这是《小雅·青蝇》的全诗。这里的营营是指苍蝇飞舞的样子，"营营青蝇"就是指苍蝇嗡嗡乱飞的样子。

《小雅·青蝇》这首诗写的是劝当政者不要听信小人的谗言，以免害人祸国和伤了彼此之间的感情。诗人用苍蝇来喻指进谗者，形象贴切，也体现了对进谗者的厌恶和憎恨。虽然苍蝇在我们的生活中无处不在，多如牛毛，但在《诗经》里，提到苍蝇的诗篇并不多，也许，是古人对它的嫌弃和厌恶吧。

蟋蟀

对于蟋蟀，大家都不陌生，每到夏季的夜晚，蟋蟀就发出蛐蛐的叫声。所以蟋蟀俗名也叫蛐蛐、蛐蛐儿。

蟋蟀是无脊椎动物，属于昆虫纲直翅目蟋蟀科昆虫。蟋蟀在乡间特别常见，它常栖息于地表、砖石下、土穴中及草丛间。蟋蟀喜欢在夜晚出来觅食、活动，因此，夏秋季的夜晚，人们经常可以听到蟋蟀的鸣叫。蟋蟀在 20 摄氏度时鸣叫得最欢，等到 10 月下旬天气转冷时，则停止鸣叫。蟋蟀在鸣叫时，还会转换声调，有时候我们听到它的叫声，明明在某个方位，待到想去寻找它时，它忽然转换声调，听起来它所在的地方又变成了另一个方位。蟋蟀这种"变声"，让人难以判断它的准确方位。也许，这是蟋蟀自我保护的一种方式吧？毕竟，它是一种喜欢大声喧哗的昆虫，发出那么嚣张、那么明显的声音，也会吸引天敌的注意，变换声调，让自己的方位捉摸不定，也会迷惑敌人。

夏秋季是蟋蟀活跃的季节，特别是夏末秋初，天气不冷不热，蟋蟀活动得更加频繁，到了夜晚，叫声此起彼伏。因此，蟋蟀叫得最欢的时候，也就意味着进入了秋季，天气转凉，提醒人们该准备冬天的衣服了。正是因为蟋蟀的这种特性，所以它的名字又叫"促织"，就是催促人们纺布织衣注意保暖的意思。宋代大诗人陆游在《秋兴》一诗里写道："蟋蟀独知秋令早，芭蕉下得雨声多。"再次说明了蟋蟀活动的季节性，它喜欢在秋季出来活动。

而蟋蟀的这种季节特性，在《诗经》里也得到了体现。《诗经》有一首以蟋蟀为题的诗歌，说出了蟋蟀的这种特性："蟋蟀在堂，岁聿其莫""蟋蟀在堂，岁聿其逝""蟋蟀在堂，役车其休"（《魏风·蟋蟀》）。这三句诗的意思是，蟋蟀跑进了屋里，一年临近了岁末；蟋蟀跑进了屋里，一年时光过去了；蟋蟀跑进了屋里，行役的车辆也停止了劳作。因为天冷，蟋蟀为了躲避寒冷，跑到人们居住的室内避寒，说明季节已经进入深秋，冬天即将来临。

蟋蟀喜欢鸣叫，是昆虫歌唱家，鲁迅先生在他的《从百草园到三味书屋》一文中这样赞美蟋蟀："油蛉在这里低唱，蟋蟀们在这里弹琴。"在鲁迅先生的笔下，蟋蟀的鸣叫犹如弹琴，说明蟋蟀的叫声是优雅的、动听的。正是因为蟋蟀的声音优雅动听，所以有人专门捉来蟋蟀豢养，听它们歌唱。而蟋蟀生性好斗，彼此之间不能容忍，一旦碰到一起，就会咬斗起来。所以人们又利用蟋蟀的这一特性，玩起了斗蟋蟀。据说，斗蟋蟀这种风俗已经有数百年的历史。

无论是听蟋蟀还是斗蟋蟀，都是人们的一种生活乐趣，人们的这种雅兴，间接地说明了人们物质生活的富有。人们的温饱得到满足以后，开始了精神上的追求，听蟋蟀唱歌，看蟋蟀争斗成为他们的一种乐趣。如果食不果腹，衣不蔽体，哪里还有时间去听蟋蟀唱歌，哪里还有心情去看蟋蟀争斗？

蜉蝣

蜉蝣是蜉蝣目昆虫，它的身体非常弱小，体长通常只有三毫米左右。然而，别看蜉蝣非常渺小，它的名气可不小，有一句成语叫"蜉蝣撼大树"，主角就是它。

"蜉蝣撼大树"最早载自明朝刘昌《悬笥琐探恃才傲物》，用来比喻借贬低他人来抬高自己。另外还有一个相似的成语叫"蚍蜉撼大树"，这句话出自唐代著名诗人韩愈"蚍蜉撼大树，可笑不自量"的诗句。

蜉蝣与蚍蜉是两种不同的昆虫。蜉蝣是水生动物，蚍蜉则是一种体形相对较大的蚂蚁。人们用"蚍蜉撼大树"来比喻不自量力，用"蜉蝣撼大树"来比喻借贬低他人来抬高自己。两个成语的意思截然不同，所以，我们在遇到这两个成语的时候，一定要睁大眼睛，看看到底是蜉蝣，还是蚍蜉，因为弄错了是要被人看笑话的呢！

蜉蝣成虫前要在水里活一至三年，蜉蝣的悲壮之处在于成虫后不取食，而蜉蝣成虫后的寿命很短，只有短短的一天。《毛传》说："蜉蝣，渠略也，朝生夕死。"想想都让人觉得悲伤，一个生命短暂到只有一天，这一天的时间，它能做些什么呢？所以"蜉蝣撼大树"是不可能的事。

如果是我们人类，只有一天的生命，估计这一天都会在恐惧、害怕和痛苦中度过。虽然只有短暂的一天，但是内心备受煎熬和折磨，估计会觉得非常漫长，所谓度日如年，说的就是这种情形吧？

然而，蜉蝣并不悲观，虽然自己那么渺小，虽然自己只有一天的生命，但是"世界那么大，我想去看看"，渺小的蜉蝣，依然想登上大树。我相信，蜉蝣登上大树，并不是人们所说的想撼动大树或者是抬高自己贬低他人，而是想登上最高处，看看远处的风景。登上大树的蜉蝣，尽管可能无法产生"会当凌绝顶，一览众山小"这种壮观的感觉，也无法看清眼前的整个世界，但是，它毕竟登上了人生的最高处，实现了自己的梦想。我想，蜉蝣是死而无憾的！

想想我们人类，虽然比蜉蝣高大得多，生命也比蜉蝣要长得多，对于蜉蝣来说，人类就是庞然大物，但是我们又有多少人像蜉蝣登上大树那样，实现了自己的梦想呢？与蜉蝣相比，我们也许才是真正的渺小者！

虽然蜉蝣非常渺小，生命期也非常短暂，但是《诗经》却对这种渺小的生物给予了较高的评价，《诗经》里有以《蜉蝣》为题的诗歌：

"蜉蝣之羽，衣裳楚楚。心之忧矣，于我归处。蜉蝣之翼，采采衣服。心之忧矣，于我归息。蜉蝣掘阅，麻衣如雪。心之忧矣，於我归说。"——《曹风·蜉蝣》

"蜉蝣之羽，衣裳楚楚"说的是蜉蝣的羽毛就像干净整洁的衣裳；"蜉蝣之翼，采采衣服"说的是蜉蝣的翅膀就像鲜艳漂亮的衣服；"蜉蝣掘阅，麻衣如雪"说的是柔嫩的蜉蝣破土而出时，就像雪白的衣服。总之，在古人的眼里，蜉蝣是非常漂亮、非常鲜艳的，就像人们喜爱的美丽的衣服那样。

你看，古人可是将蜉蝣当作衣服一样看待的，而衣服不仅可以为人们遮风保暖，更是可以帮助人们美化自己。俗话说"人靠衣服马靠鞍"，漂亮的衣服可以帮助人们提高颜值，让人变得更加俊俏、漂亮。古人将蜉蝣当作衣服一样看待，给予蜉蝣的可不是一般的待遇。

蜩

蜩念 tiáo，何谓蜩？东汉许慎在《说文》中说："蜩，蝉也。"由此看来，古时的蜩就是今天的蝉。

蝉是大家最熟悉不过的动物了。蝉又名知了，但它有很多别名，在不同的地方对它的叫法也不同，爬爬、爬拉猴、蝉猴、知了猴、结了猴、结了龟都是它的土名。

每到夏至过后，就是蝉出土的季节。在苏北，蝉在出土前和出土后，有两种叫法。出土前的蝉，包括在出土后没有蜕变的蝉，沭阳一带的人称之为"几狗子"，蜕变后长出翅膀的蝉，称之为"几遛子"。

在《诗经》中，蝉被称为蜩。

"四月秀葽，五月鸣蜩。"——《豳风·七月》

"五月鸣蜩"的意思是到了五月，蝉就开始鸣叫了。《诗经》里的五月是指农历五月，换算成阳历，就是六月。这个月里有芒种、夏至节气，现在，夏至过后，就是蝉出土的季节。每年夏天夏至节气还没到的时候，就有性急的蝉从地下钻出来，经过一夜的嬗变，就变成了会唱歌的"几遛子"。

乡村的蝉很多，20世纪七八十年代，在苏北农村，每到夏天，蝉就会出来。那时候，整个世界都是蝉的世界，树上到处爬满了蝉，经过一夜的蜕变，蝉慢慢爬出躯壳，翅膀也渐渐由嫩变硬，直到可以飞翔。蝉飞走后，在树上留下了自己的蝉蜕。有一句成语叫"金蝉脱壳"，说的就是蝉蜕变的过程。后来被用来比喻遇到危险时，制造或利用假象逃跑而又不让对方发现。

蝉会鸣叫，万蝉齐鸣，整个村庄都陷落在蝉的歌声里。因为到处都是蝉的鸣叫声，人们说话都要提高嗓门才能互相听得到，可见那时候蝉之多、声音之大。蝉是优秀的歌唱家，蝉的歌声一直陪伴其一生，从蜕变可以飞翔，蝉就开始了自己的歌唱，直到生命终结的那一天，蝉才会停止歌唱，真是生命不止，歌唱不休。

蝉的歌声在村庄的上空要持续整整一个夏天，到了立秋后，随着天气慢慢转凉，蝉也就开始渐渐失去生命力。苏北沭阳农村有句俗语叫"秋后的几遛霉了头"，说的是蝉在生命结束后，身体上会霉变。其实，蝉在即将死亡之前，它的身体就开始，霉变，预示着蝉即将死亡。

蝉的蛋白质含量极高，含有人体必需的钙、磷、铁和多种维生素及微量元素。小时候，蝉就是我们的美味。不过那时候，人们还不像现在这么注重营养。也不知道蝉有什么营养，只知道蝉可以食用。而那时候，虽然人们知道蝉可以食用，但是并不像现在的人这么趋之若鹜，人们对于蝉，属于一种不冷不热的态度，想吃的时候就去逮一些，不想吃的时候，就任由蝉从洞里钻出，任由蝉完成蜕变。

而现在，蝉变成了一种商品，人们为了金钱利益去捕捉它们，对蝉是赶尽杀绝，以至于现在的农村，都很少听到蝉的叫声了。蝉的急剧减少和濒临灭绝，既是蝉的悲哀，更是我们人类的悲哀。人们为了满足自己的食欲，对动物赶尽杀绝，人类的不择手段，破坏了生态平衡，最终只能让自己品尝到环境恶化的恶果。

蝉钻出洞后，会在地上慢慢爬行，去寻找适合自己蜕变的地方。都说人往高处走，其实蝉也是向往高处的。出土后的蝉会向高处爬，一般会找到附近的大树，慢慢地爬上去，在树上找一个安静隐蔽的地方，然后，静静地完成从少年到青年的蜕变。蝉蜕变后，就会留下一只空壳，这就是蝉蜕。

"明月别枝惊鹊，清风半夜鸣蝉"，辛弃疾的西江月生动地勾勒出夏季夜晚美丽的图景。其实，蝉只是在白天唱得欢，在夜晚是很少歌唱的。在夜晚，蝉有时候发出叫声，一般是受到了什么惊吓，一两声叫声过后，就会复归平静。看来，即使是对唱歌非常狂热的蝉，也不忍惊扰乡村的美梦。

在《诗经》里，蝉的出现代表着时间的推移和季节的变换。《豳风·七月》是一首农耕诗，里面提及的动物和植物，都是根据季节的变换而出现的。"四月秀葽，五月鸣蜩。八月其获，十月陨蘀"。四月里草药远志抽穗，五月里蝉鸣声声。八月里家家户户庆丰收，十月里黄叶纷纷坠枝头。

随着季节的变换，动物先后出现，植物先后发芽、生长和收获。古人根据动物的出现和植物的生长枯荣，来感知季节的变化，并据此来安排农事，这也是古人在长期的生活当中得来的经验。

螽斯

螽斯，螽读 zhōng，是节肢动物，属于直翅目螽蟖科或纺织娘科，是一种昆虫。

对于螽斯，《诗经》给予它很高的待遇，《周南》里有一篇以"螽斯"为题的诗歌：

"螽斯羽，诜诜兮。宜尔子孙，振振兮。螽斯羽，薨薨兮。宜尔子孙，绳绳兮。螽斯羽，揖揖兮。宜尔子孙，蛰蛰兮。" ——《周南·螽斯》

对于螽斯，有解释是蝗虫。不过，我觉得啃噬庄稼、作恶多端的蝗虫，怎么能配得上螽斯这么文雅这么文艺的名字呢。你看，螽斯名字里带着斯字呢，是不是很斯文很文艺的样子？

《诗经》里的这首诗歌，用螽斯来比喻子孙众多，可见，在古人的眼里，螽斯并不是让人讨厌的动物。不但不讨厌，古人还特别喜欢，因为

228

预示着人丁兴旺呢！你看，啃食庄稼的蝗虫有这么让人喜欢吗？

螽斯雄虫前翅有一对发音器，可以发出声响，因此，螽斯应该属于蝈蝈一类的昆虫。我觉得这种解释倒是比较靠谱。螽斯的身体多为草绿色，也有的是灰色或深灰色，在鸣虫中，它是体形较大的一种。由此可见，螽斯也并非无名之辈，起码，它是鸣虫中的佼佼者。

螽斯以草为食，作为昆虫，多数都是以草为食。在动物中，昆虫类动物属于弱势群体，它们是鸟类和爬行类动物的口中美味，而它们的食谱，只能是没有还击能力的植物。不懂得防卫更不懂得进攻的植物，自然逃脱不了被其他动物蚕食的命运。

螽斯啃食植物，当然也啃食庄稼，从这一点来看，螽斯也不是什么好鸟，当然它不是鸟。按照我们人类的划分，啃食庄稼的螽斯，无可争议地属于害虫。既然是害虫，自然是过街老鼠——人人喊打。不过，好在螽斯还有一个优点，就是它会唱歌，因此，受到了很多人的喜爱，有人就将它捉回家中，用笼子把它笼罩起来，干什么呢？专门听它鸣叫，这也是一种田园享受吧？而螽斯更高的待遇，自然是《诗经》里古人将它视为子孙众多，而国人自古就有多子多福的思想，子孙多，自然就福气多多。

螽斯在《诗经》里又叫斯螽，"五月斯螽动股，六月莎鸡振羽"是《豳风·七月》里的诗句，这里的斯螽，就是螽斯。《豳风·七月》是一首农耕诗篇，"五月斯螽动股"说明斯螽在五月开始出来活动了。

如果螽斯是啃食庄稼的蝗虫，肯定会让人憎恶，然而，《诗经》并没有抹黑螽斯，古人没有对它表示出憎恨和厌恶，所以我认为螽斯肯定不是我们所理解的蝗虫。当然，这只是我的个见。古人喜欢的动物，并不一定就是美好的，比如蛇，古人就把它当作是女性的象征，认为"维虺维蛇，女子之祥"，做梦梦到了虺和蛇，古人认为，这是生女孩的征兆呢！而"维熊维罴，男子之祥"，梦到熊和罴，则认为是生男孩的征兆，古人的这种简朴的认识，直到现在还被我们所承认。

而对于蝗虫，《诗经》里将它称为"众"："牧人乃梦，众维鱼矣，旐维旟矣，大人占之。众维鱼矣，实维丰年。旐维旟矣，室家溱溱"（《小雅·无羊》），这里的众，就是蝗虫。古人认为，当风调雨顺的时候，蝗虫就会变成鱼，反之，蝗虫就会啃食庄稼，导致庄稼歉收。

即便是蝗虫，古人也对它心存美好的想象，认为它们可以幻化成为鱼类，而鱼类可是人们的美味呢！

莎鸡

　　因为数量之多，所以动植物的名字也千奇百怪。一些动植物，古今叫法不同，即便是同一种动物或者植物，也会有很多种名字，而且，这些名字的叫法还大不相同。

　　很多时候，人们是根据动植物的特性或者特征来为它们起名的，比如动物梅花鹿，因为它们的身上有梅花花纹而得名；比如金钱豹，因为它身上的花纹像金钱所以被人们起名为金钱豹；比如响尾蛇，因为尾巴能长发出响声而得名；比如猫头鹰，因为头部像猫而得名。比如植物喇叭花，因为花朵长得像喇叭而得名；比如金银花，因为花初开为白色，后转为黄色，因此得名金银花；比如爬山虎，因为善于攀缘在墙壁岩石上而得名；比如含羞草，因为叶子受到外力触碰会立即闭合，所以得名含羞草。

　　这些名字，基本符合这些动植物的特征。但是一些动植物的名字却名不副实，比如莎鸡，单从名字来看，应该是属于鸟类动物。然而，虽然莎鸡的名字听起来像鸡，名头很大，但是它却不是鸡，而是昆虫。它们的体形，与鸡也是差之千里，这让不能不让人大跌眼镜。三国学者陆玑在《毛诗草木鸟兽虫鱼疏》里说："莎鸡居莎草间，蟋蟀之类，似蝗而斑。"也许，莎鸡之所以叫莎鸡，是因为它喜欢生活在莎草间吧？

然而，更让人意外的是，莎鸡的别名，还充满了女性的色彩。莎鸡俗称纺织娘、络丝娘、纺花娘。你看，以娘称呼，是不是充满了母性的慈爱与女性的温柔呢？动物如此，植物同样如此，名字也会充满着女性的色彩。有一种草本植物叫看麦娘，让人以为是看护麦子的植物。还有一种草本植物叫播娘蒿，让人以为是一种善于播种的蒿类植物。然而，你们别看它们的名字里有"娘"，听起来很女性，可是它们却都是危害庄稼的害草，对于它们，农民是必欲"锄"之而后快。

纺织娘作为植食性昆虫，它非常喜欢食用南瓜、丝瓜的花瓣，有时候也会吃桑、柿、核桃等树的叶子。与看麦娘、播娘蒿危害庄稼一样，纺织娘也危害农作物，被列为害虫之列。你看，名字带娘的动物和植物，似乎并没有接纳人类女性的温柔和仁慈，不善良也不美丽，人见人嫌。

在《诗经》里，也提到了莎鸡：

"五月斯螽动股，六月莎鸡振羽。"——《豳风·七月》

《豳风·七月》是一首农耕诗，和很多动物一样，莎鸡的出现，只是预示着季节的变化，诗人并没有对它们做出性质上的评判。而从"六月莎鸡振羽"来看，它是有翅膀的。到了六月，莎鸡就开始出来了，它张开自己的翅膀，开始了自己的活动。

莎鸡之所以被称为纺织娘，是因为它的叫声像纺织的声音。每到夏季，就到了莎鸡活跃的季节。在草丛里，莎鸡发出"织，织，织……"的声音，它们的声音高亢，时轻时重，犹如纺车转动的声音。也正是因为如此，人们才把它们称为"纺织娘"。看来，莎鸡纺织娘的名号，也并非浪得虚名，而是名副其实！

莎鸡的鸣叫声悦耳动听，因此，那些有闲情雅趣的人士，就以饲养莎鸡为乐。他们将莎鸡养在笼子里，听它们唱歌。小时候，我们小孩子会从田间草地里捉来莎鸡，放到用麦秸秆编织的笼子里，然后提着笼子满庄疯跑。到了夜晚，则将圈养着莎鸡的笼子挂在院子里的挂架下，莎鸡便"织，织，织……"地叫个不停。炎热的夜晚，就在莎鸡"织，织，织……的歌唱声中慢慢过去。在物质贫乏的年代，莎鸡陪伴我们度过了一个又一个炎热而又难熬的夜晚。也许，《诗经》里的古人，也是用这种方法来消遣时光的。

我们小时候，因为经济贫穷的缘故，一些农村没有通电，即便那些已经通上电的村庄，也因为电力匮乏而经常停电，夏季人们只能到院子里摇着蒲扇纳凉。后来随着社会经济的发展，电力供应得到了保证，人们用上了电风扇和空调，夜晚再也不像过去那样，坐在院子里摇着蒲扇纳凉了。

而《诗经》里的那个年代，当然没有电，没有电自然也就没有电风扇和空调，那么古人在夜晚纳凉的时候，想必也是和我们小时候一样，坐在院子里摇着蒲扇。偶尔，也会捉上几只莎鸡，将它们笼起来，听莎鸡的鸣唱吧。

蠋

蠋念 zhú。

蠋不是具体指某一种动物，它是蝴蝶、蛾等昆虫的幼虫。也就是说，蠋只是某种昆虫未成年时的一种称呼。

蠋是形声字，表示"虫咬破囊袋爬出来"。蠋的本义是出茧之虫，但是一般被用来特指蛾蝶类的幼虫。不过，在《诗经》里，蠋被用来代指刚出生的幼蚕：

"蜎蜎者蠋，烝在桑野。敦彼独宿，亦在车下。"——《豳风·东山》

这句诗的意思是：幼蚕身体蜷曲，宿在野桑树上。人身子蜷缩成一团，独自睡在车子下。这首诗写一个人漂泊在外，在野外风餐露宿的情景。诗歌将人和幼蚕对比，幼蚕蜷缩身体睡在桑野是昆虫的本性所致，而人蜷缩在野地露宿则是居无定所，是生活所迫。

在动物界中，较之其他的动物，昆虫是弱小的。很多昆虫的卵，产在水里，或者土层下。产在水里的卵，慢慢长成水蚤，最后爬出水面，变成成虫。产在土层下的卵则慢慢长成蛹，最后钻出地面，变成成虫。有的则将卵产在植物的叶子上，这些卵靠吸食植物的汁液慢慢长大。蝴蝶的卵就是产在植物的叶子上的，一般产在叶子的背面，可以利用植物的叶子为这些卵遮光挡雨，卵变成幼虫后还可以食用这些植物，以保证幼虫的生长。

其实，蠋更确切地说是毛毛虫，这样就好理解多了，因为毛毛虫可是我们常见的，在田野里，到处都可以见到它们的身影。即便是在城市里，绿化带里也可以经常见到这些毛毛虫。然而，你别以为这些毛毛虫就是某种昆虫，它们只是某种昆虫某一阶段的形态，是它们的幼虫，等到它们变成成虫后，会发生翻天覆地的变化，而蝴蝶就是代表。

蝴蝶是完全变态的昆虫，它的一生会经过卵、幼虫、蛹、成虫四个阶段，每一个阶段它的形体都不一样。蝴蝶一般将卵产于幼虫喜食的植物叶面上，幼虫孵化出来后，一般要经过几次蜕皮。幼虫成熟后会选择植物叶子背面隐蔽的地方，用丝将自己固定住，然后慢慢变化成蛹。蛹成熟后，蝴蝶破壳钻出蛹，这一过程叫化蛹成蝶。化蛹成蝶是蝴蝶生命的一种过程，通过这一过程，蝴蝶由幼虫变成蝴蝶，也变得美丽无比。

《诗经》里的蠋被代指刚出生的幼蚕。而蚕也是我们所熟悉的一种动物，因为蚕可以吐丝，蚕丝可以做成丝绸，为人们提供高贵的衣服。《诗经》那个年代的人们就知道将蚕丝织成丝绸，到了西周时期，丝绸生产技术比商代有了很大的进步。到了汉唐时期，中国与西方国家进行了交流，中国的丝绸渐渐成为世界闻名的产品。而那时候从中国到西方运输丝绸的道路，被称为"丝绸之路"，中国也被西方人称之为"丝国"。

丝绸是古代中国的发明，也是人们智慧和劳动的结晶，《大雅·瞻卬》里有"妇无公事，休其蚕织"的诗句，《豳风·七月》里也有"蚕月条桑，取彼斧斨，以伐远扬，猗彼女桑"的诗句，这些都说明了养蚕是古人十分重要的农事。

　　"蜎蜎者蠋，烝在桑野"，诗人用蠋来和人做对比，更形象地表现了漂泊在外的人们餐风饮露、露宿郊野的艰辛。而蠋能够进入《诗经》，凭借的并不是自己的强大，而是极强的生命力。

伊威

　　伊威这个名字非常霸气，初听起来，还以为是一种猛兽或者猛禽呢。但是，它让你想不到的是，它只是一种昆虫，而且还是很小很小的昆虫，这就不能不让人大跌眼镜了。

　　俗话说人不可貌相，而对于动物来说，是不可以名来猜测的，因为你在没有弄清楚它们是什么动物之前，就不知道它们到底是什么样，是庞大的猛兽，还是小小的昆虫；是在蓝天高飞的猛禽，还是在水中游弋的鱼类。

　　"伊威在室，蟏蛸在户。町疃鹿场，熠耀宵行。"——《豳风·东山》

　　这是《诗经》里明确提到伊威这种动物。"伊威在室，蟏蛸在户"，说明伊威与人类比较近，它可是生活在我们人类的居室内呢！

　　尽管《诗经》里有"伊威在室，蟏蛸在户"的说法，但是，今天已经没有伊威这种说法，也不知道伊威是什么昆虫。对于伊威，有解释说俗称土虱。不过土虱有专门的解释，土虱俗称胡子鲶，是辐鳍鱼纲鲶形目塘虱鱼科的其中一种，由此可见，土虱是鱼类。然而，从"伊威在室，蟏蛸在户"来看，伊威显然不是指鱼类，而是与人类非常接近的动物。

"伊威在室，蟏蛸在户"中，蟏蛸是指长脚蜘蛛，由此看来，尽管伊威这个名字十分霸气，但是它不可能是猛兽，也不可能是鱼类，而只能是和蜘蛛一样的昆虫。并且它的栖息地，应该离人类不远，更多的时候，还与我们人类同室居住，因为伊威在室嘛！

虽然土虱的解释与伊威不大符合，但是民间还有一种俗称土虱子的昆虫，与伊威比较接近。土虱子是脉翅目蚁蛉科昆虫，它的学名叫蚁狮，俗称土牛、倒刺、沙猴、沙牛、金沙牛、老笼子、沙王八、地牯牛等。因为它的外形有点像人们身上的虱子，所以人们将其称为土虱子。而叫蚁狮，则是因为它喜欢取食蚂蚁。对于蚂蚁来说，土虱子就像是一头狮子那么凶猛，所以土虱子又被称为蚁狮。土虱子行动是倒退着走，故民间又将其叫作"倒退虫"。

土虱子幼虫依靠脚来爬行，成虫则长有翅膀，可以飞翔。而土虱子的成虫叫蚁蛉，蛉是一种比蚊子还小的小飞虫，但是蚁蛉却是大个子，它的外形看起来与蜻蜓有点相似，却没有蜻蜓漂亮美丽的翅膀及身体。另外与蜻蜓不同的是，蜻蜓在白天活动，夜间休息。而蚁蛉多在夜间活动，白天休息。

《诗经》里提到"伊威在室，蟏蛸在户。町疃鹿场，熠耀宵行"，按照诗歌的意境解释，一层理解是说明居住的房屋无人打扫，导致屋内到处都是土虱子和蜘蛛。另一层理解是，说明这是夏季，土虱子和蜘蛛都出来活动了。因为土虱子和蜘蛛都是在夏季活动比较频繁，而到了秋冬季，天气转凉后它们就不再出来活动了。

伊威也就是蚁蛉，还有很高的药用价值，比如它可以用来治疗高血压、泌尿系结石、胆结石、骨髓炎等，是一种中药材。由此看来，尽管伊威非常渺小，《诗经》对它也没有太多的着墨，但是对于人类来说，它还是有用处的。

238

蟏蛸

蟏蛸读 xiāo shāo。

蟏蛸是一种蜘蛛，所不同的是，它是一种长脚蜘蛛。蟏蛸是如此与众不同，所以，在蜘蛛家族众多的成员中，我们应该很容易把它分辨出来。

蟏蛸俗称喜蛛或蟢子，因为人们把蟏蛸当作是喜庆的蜘蛛，所以人们以看见喜蛛为乐，认为是喜庆的预兆。你看，一个小小的昆虫，却被人们视为是喜庆、吉祥的征兆，蟏蛸是不是很荣幸呢？特别是在蜘蛛家族被列入毒虫的情况下，蟏蛸可以说为蜘蛛家族扳回了不少印象分呢。

蜘蛛一直被人们视为是毒虫，它与蛇、蝎子、蟾蜍、蜈蚣一起被视为"五毒"。也有说五毒是指蝎子、毒蛇、蜈蚣、蟾蜍和壁虎的。成语"五毒俱全"说的就是它们。特别是有一种毒蜘蛛叫"黑寡妇"，更是以狠毒著称。"黑寡妇"这一可怕的名字来源于雌蛛在交配之后往往会吃掉雄蛛，蜘蛛的这种求偶特性，让人不寒而栗。

黑寡妇蜘蛛是一种具有强烈神经毒素的蜘蛛，对于"黑寡妇"我们尽量少去招惹它。

> "果蠃之实，亦施于宇。伊威在室，蟏蛸在户。町疃鹿场，熠耀宵行。不可畏也，伊可怀也。"——《豳风·东山》

这是《诗经》里提到蟏蛸。"蟏蛸在户"说明蟏蛸离我们人类很近，它把自己的窝筑在我们的房屋附近，它把网结在我们的屋檐下。

伊威是一种小昆虫，蟏蛸是长脚蜘蛛。"伊威在室，蟏蛸在户"，有两个意思，一是说明伊威和蟏蛸这两种动物离人类很近，它们通常在人们的居住之地活动。二是说明此时的季节应该是夏季。伊威和蟏蛸都是在夏季活动比较频繁，到了秋冬季，它们就会进入洞穴蛰伏。

"伊威在室，蟏蛸在户"还有一层意思，就是屋内长期无人居住。因为房屋无人打扫，从而让本该是人类的居室，变成了伊威、蟏蛸等昆虫的天堂。但尽管如此，诗人也并没有感到失落和伤感，觉得家园荒凉并不可怕，因为归家的心是如此迫切，家里越是荒凉，越是想家。

事实也是如此，当诗人归来，看到"伊威在室，蟏蛸在户"的时候，并没有伤感，而是认为"不可畏也，伊可怀也"。古人的这种思家的心情，是可以理解的。我仿佛看到千年前的古人，风尘仆仆地回家了，当他看到自己的家的那一刻，他的内心无疑是激荡的，家再荒凉，毕竟是自己的家，毕竟回到了家。

要知道，回家的感觉，真好！

宵行

按照字面意思理解，宵行是指夜间出行。作为动物的名字，宵行指萤火虫，因为萤火虫总是在夜间出来活动。

萤火虫又名夜光、景天、夜照、流萤、宵烛、耀夜等，是一种小型甲虫，因其尾部能发出荧光，故名为萤火虫。萤火虫的这些别名，都体现了它在夜间出行并发光的特性，而宵行这个名字则直接点明萤火虫在夜间出行的特性。

在《诗经》中，也提到了宵行。

"町畽鹿场，熠耀宵行。"——《风·东山》

这里的宵行就是指萤火虫，熠耀则是指萤火虫闪闪发光的样子。

萤火虫能够发出亮光，是因为它的体内有一种发光细胞，这种发光细胞内有荧光素，当荧光素遇到空气就会发生化学反应，从而产生光芒。萤火虫发光，并不是为自己照明，它发光主要目的是求偶。萤火虫通过发光，向异性发出求偶信息，当求偶成功，它们便完成交配繁殖。

在炎热的夏天，每到傍晚时分，成群的萤火虫便会出来活动。它们在漆黑的夜空中一闪一闪的，就像星星一样。小时候，我们会捉来萤火虫，将它们放进瓶子里，然后，趴在一边静静地看萤火虫发光。其实，不仅是我们小时候喜欢捕捉萤火虫，古人在夏季也喜欢捕捉萤火虫。唐代诗人杜牧有一首诗："银烛秋光冷画屏，轻罗小扇扑流萤。天阶夜色凉如水，卧看牵牛织女星。"这首诗形象生动地描述了古人捕捉萤火虫的情景。在炎热的夜晚，古人手拿着罗扇，轻轻地捕捉着萤火虫，这种场景，我们并不陌生。

与一般的光不同，萤火虫虽然发光，但是却并不怎么发热，不过，也并不是一点也不发热的。我们要是将手指按在它发光的地方，还是能感受到它的身体能发出微热的。

萤火虫喜欢生活在水边，特别是芦苇地，有水有植物，是萤火虫生活和栖息的好地方。累了就停在芦苇上休息一会，渴了可以吸取芦苇上的露水。关于萤火虫，还有一个非常励志的故事。东晋时代，有一个小孩叫车胤，他自幼聪颖好学，但是家境贫寒，到了夜晚，家里没有油点灯，而车胤又想看书学习，怎么办呢？聪明的车胤就想到了萤火虫，他到野外捉来很多很多的萤火虫，装进自己的口袋里，天黑以后，他就着萤火虫发出的亮光来读书。在车胤的勤学苦读下，他的学识与日俱增，最终成为有学问的人。在车胤成才的过程中，萤火虫可是帮了大忙的，所以车胤应该是非常感谢萤火虫的。今天，在漆黑的夜晚，闪闪发亮的萤火虫，也可以起到帮助照明和指明方向的作用。

对于萤火虫的照明作用，唐代大诗人李白是这样说的："雨打灯难灭，风吹色更明。若非天上去，定作月边星。"与灯容易被风吹灭相比，萤火虫的光明不会受到风吹雨打而熄灭，确实是照明的好材料。不过，因为萤火虫的身体太小，它的光太弱，所以用萤火虫来照明，还是太暗了。

我们可以想见，车胤用萤火虫来照明读书，不过是家境贫寒万不得已作出的无奈选择，谁不想用更明亮的油灯来照明呢？后来，电灯取代了油灯，各种电灯的光亮，别说萤火虫，就是那些油灯，也是无法比拟的。

《诗经》中，诗人用"熠耀宵行"这四个字，就将萤火虫一闪一闪的特征体态描述了出来，可谓是言简意赅，而"熠耀宵行"也算是古人对萤火虫一种评价吧！

螟蛉

对于螟蛉，可能很多人并不认识，不过，这没关系，虽然我们不认识螟蛉，但螟蛉可是赫赫有名的，而它的出名，就是源自《诗经》。

"螟蛉有子，蜾蠃负之。教诲尔子，式榖似之。"——《小雅·小宛》

这句诗的意思是：螟蛉如若生幼子，蜾蠃会把它背来。蜾蠃教育螟蛉的孩子，难道是蜾蠃继承了古人热心助人的善良品德？有意思吧？

古人认为，蜾蠃是不产子的，没有孩子怎么办？怎么繁衍下去？于是古人就认为，蜾蠃背来螟蛉，把螟蛉当作自己的孩子来喂养。后人就用"螟蛉"来比喻义子，就有了"螟蛉之子"的说法。

然而，所谓的"螟蛉有子，蜾蠃负之。教诲尔子，式榖似之"只是古人一厢情愿的想法。"螟蛉有子，蜾蠃负之"只是一种表象，而"教诲尔子，式榖似之"只是古人的一种美好愿望。

由于受到科学的限制，以及古人认识的局限性，面对蜾蠃将螟蛉背入自己的蜂穴，古人认为，这是因为蜾蠃没有生育能力，所以就将螟蛉当作自己的孩子来抚养。但是事情的真相却让人哑然失笑，事实上，"蜾蠃负之"之后，是蜾蠃对螟蛉的残酷杀戮，蜾蠃用针刺将螟蛉刺死，然后将自己的卵产在螟蛉的身上，蜾蠃的卵长大后就拿螟蛉作食物。你看，这是不是太残忍？由此看来，"螟蛉有子，蜾蠃负之。教诲尔子，式榖似之"只是古人的误解而已。事实上，螟蛉并没有那么幸运被蜾蠃抚养起来，而是被当作了蜾蠃孩子的食物。

在古人的印象中，螟蛉是可怜的，它是孤苦伶仃的，而蜾蠃则是一个好人，它扮演了抚养别人孩子的好人形象。试想，帮助别人抚养孩子，这是多么善良的行为？这种善良的品德，是不是值得表扬？

不过，虽然蜾蠃没干什么好事，但螟蛉也不是什么好虫。螟蛉又称双带夜蛾、稻青虫、粽子虫、量尺虫。螟蛉生活于田间，它以水稻、高粱、玉米、甘蔗的叶子为食，螟蛉啃噬这些植物，造成这些植物的叶片缺失，无法完成光合作用，严重危害庄稼的生长。螟蛉的群体过大时，对于水稻、高粱、玉米、甘蔗这些庄稼植物来说是一种梦魇，因此，农民对螟蛉是恨之入骨。

虽然有"螟蛉之子"的美好说法，《诗经》也没有丑化螟蛉，但是却改变不了螟蛉是害虫的事实。而"螟蛉有子，蜾蠃负之"以后，虽然蜾蠃没有尽到"教诲尔子，式榖似之"的责任，但是从螟蛉是害虫这个角度来看，蜾蠃将螟蛉背入自己的巢穴，把螟蛉当成自己孩子的食物，也不算是什么坏事，蜾蠃也算是为民除害吧？！

蜾蠃

蜾蠃又名蠮螉、蒲卢、细腰蜂，是一种黑色细腰的土蜂。

由于《诗经》对它的美化，千百年来，它一直扮演着为别人抚养孩子的角色，是典型的"好虫"形象。

　　"螟蛉有子，蜾蠃负之。教诲尔子，式穀似之。"——《小雅·小宛》

可以说，这是对蜾蠃的最高的褒奖了。

蜾蠃平时并无巢穴，仅在雌蜂产卵时，才衔泥建巢，或利用空竹管做巢。蜾蠃产卵前，会外出捕捉鳞翅目幼虫，经蜇刺麻醉后贮于巢室内，以供它的幼虫孵化后食用。正是因为蜾蠃有捕捉鳞翅目幼虫的习性，古人经常看到蜾蠃将螟蛉背入自己的巢穴，所以《诗经》那个年代的人们才会认为"螟蛉有子，蜾蠃负之。教诲尔子，式穀似之"。事实上，"螟蛉有子，蜾蠃负之"并不是蜾蠃"教诲尔子"，而是蜾蠃利用螟蛉产卵，将螟蛉当作自己孩子的食物。

对于蜾蠃抚养螟蛉幼子的说法，南北朝时的医学家陶弘景为了探个究竟，他找到一窝蜾蠃，发现蜾蠃把螟蛉衔回窝中，用自己尾上的毒针把螟蛉刺死，然后在其身上产卵。原来，螟蛉并不是蜾蠃的义子，而是蜾蠃将其当作抚养后代的食物。陶弘景的这一发现，颠覆了蜾蠃抚养螟蛉幼子的说法。然而，陶弘景的这一发现，却没能扭转"螟蛉有子，蜾蠃负之。教诲尔子，式穀似之"的认识，千百年来，蜾蠃一直扮演着抚养螟蛉的角色。

在螟蛉和蜾蠃两种昆虫中，螟蛉啃噬庄稼，是害虫，而蜾蠃以螟蛉为食，是螟蛉的天敌。按照人类"敌人的敌人是朋友，敌人的朋友是敌人"的思维，由于螟蛉是害虫，是我们的敌人，蜾蠃是螟蛉的敌人。敌人的敌人是朋友，所以蜾蠃就成为我们人类的朋友。由此可知，虽然蜾蠃把螟蛉作为食物，但是蜾蠃并不是害虫，而是帮助人类消灭螟蛉这种害虫，所以蜾蠃是益虫。

螟蛉的天敌是蜘蛛，但是，蜾蠃也是螟蛉的梦魇。人们看到"螟蛉有子，蜾蠃负之"，其实是蜾蠃在消灭螟蛉。而为了消灭螟蛉，人们会在农田悬挂竹管，引诱蜾蠃前来产卵，借蜾蠃捕捉螟蛉的习性来防治螟蛉。

小时候，由于生活很穷，农村家家户户的房屋都是土墙做的，就是那种用泥土筑成的墙壁。人们筑墙时，用又长又直的木棍平行摆放，中间每隔一段距离，用细麻绳子捆住，防止棍子掉落。然后人们将新鲜的泥土放在这两根木棍中间，两头则用门板堵住，防止泥土掉落。每放进一层土，就要用石榔头一下一下夯实，就这样循环夯实，最后筑成了房屋的墙壁。因为蜾蠃是土蜂，喜欢在泥土和泥墙里生活，农村的这种土墙也就成为蜾蠃的巢穴所在地。那时候，只要你细心观察，就会发现，一些土墙上有密密麻麻的小洞，这些小洞就是蜾蠃的巢穴，有时候还可以发现蜾蠃在这些小洞里进出。

应该说，蜾蠃还是比较常见的，所以古人也就能观察到它将螟蛉背进巢穴的情景。也就有了"螟蛉有子，蜾蠃负之。教诲尔子，式穀似之"的诗句。说起来，这也是古人细心观察的结果，只是他们只看到"螟蛉有子，蜾蠃负之"，却没有看到蜾蠃将螟蛉背进洞穴后的情景，所以就理所当然地认为，这是蜾蠃将螟蛉当作自己的孩子来抚养。这不能怪古人，因为我们的祖先是善良的，他们不会"以小人之心度君子之腹"，而是以己之心来猜想蜾蠃，结果留下了"教诲尔子，式穀似之"的人间佳话。

螟

螟是螟蛾的幼虫，一种吃禾心的害虫。对此，《诗经》里也提到了它。

    "去其螟螣，及其蟊贼，无害我田稚。田祖有神，秉畀炎火。"——《小雅·大田》

螟是螟蛾的统称，亦泛指食禾的害虫，它包含了很多种类，如大螟、二化螟、三化螟、玉米螟、褐边螟等。其中，大螟、二化螟和三化螟是水稻的历史性害虫。《小雅·小宛》里提到的"螟蛉有子，蜾蠃负之"也是螟的一种。

《诗经》里提到的螟，主要生活在稻茎中，吃水稻的髓部，对稻子危害很大。可以说，一切螟都是害虫，所以它们是最不受农民欢迎的昆虫。

在《小雅·大田》这首诗中，提到了四种害虫，它们分别是螟、螣、蟊、贼。其中螟是吃禾心的害虫；螣是吃禾叶的害虫；蟊是吃禾根的害虫；贼是吃禾节的害虫。你看，作为危害庄稼的害虫，它们的分工还很细，有的专门吃禾心，有的专门吃禾叶，有的专门吃禾根，有的专门吃禾节，庄稼的各个部位，都被它们瓜分了。除了这几个部分，庄稼还剩下什么呢？有了这几种害虫，庄稼可以说是体无完肤了，农民要想有收成，就必须消灭这些害人虫！

《诗经》里提到的螟、螣、蟊、贼这几种害虫，对庄稼危害很大。在古时候，人们就对它们恨之入骨。所以诗人说："田祖有神，秉畀炎火。"什么意思呢？就是说：祈求田祖农神，用大火把这些害虫们都烧死！

螟是变态昆虫，它将卵产于植物叶子背面，约一周孵化，早期的幼虫取食叶子，以后则钻入植物的茎和穗内，后转化为飞蛾。它们看起来和蝴蝶差不多，只是比蝴蝶要小很多。

《小雅·大田》是一首农事诗，那时候没有农药，面对害虫危害庄稼，古人能用的办法就是人工捕捉，另外，就是采用火烧的办法。然而，火烧害虫只能在庄稼收获以后采用，对于正在危害庄稼的害虫，是没法用火烧的，所以古人只好祈求"田祖有神，秉畀炎火"，希望田神能够用火把这些害虫烧死。不过，因为飞蛾有趋光的特性，所以，古人也会利用大火来杀灭这些害虫。据《旧唐书·姚崇传》载："716 年（开元四年），山东发生蝗灾，姚崇奏道：'《毛诗》云：秉彼蟊贼，以付炎火。……蝗既解飞，夜必赴火。夜中设火，火边掘坑，且焚且瘗，除之可尽。'"

那时候，除灭蝗虫的办法就是夜间在田野燃起大火，旁边掘好大坑，利用飞蛾的趋光性，诱使蝗虫飞到大火旁，落入火中焚烧和落入火旁的坑里，然后进行掩埋，这种办法有效地灭杀了螟等害虫。

螟和蛾是近亲，夏季是它们最活跃的季节，在夜晚有灯光的地方，就能吸引它们的到来。那些围着灯光飞舞的昆虫中，既有飞蛾，也有螟蛾。对于飞蛾赴火，人们为它们感到惋惜，其实，那些赴火而死的飞蛾，很多都是害虫。从这个角度来说，飞蛾赴火是我们非常乐见的，因为它们的死亡，其实意味着庄稼的健康生长。你看，《诗经》那个年代的古人，也在祈求"田祖有神，秉畀炎火"，他们祈盼的就是能有一场大火，将所有的害虫都烧死呢。

今天的人们对付螟这类害虫就简单多了，他们用农药直接将这些害人虫送上西天，而不会像古人那样祈求田神降下大火来灭杀这些害虫。

螣

螣读 tè，是一种吃禾叶的青虫。螣有时候又写作蟘。

螣和螟、蟊、贼一起祸害庄稼，是古人恨之入骨的害虫。所以《诗经》里才有"去其螟螣，及其蟊贼，无害我田稚。田祖有神，秉畀炎火"（《小雅·大田》）的诗句。

《现代汉语词典》解释，螣是古书上所说的一种吃禾叶的青虫。所以，螣只是古人对吃禾叶的青虫的叫法。今天的人们，已经不再称呼其为螣，这就是中华语言和文字的演变。很多古时候的动物和植物的名字，今天已经变成了其他的名字。植物方面，比如菲是指今天的萝卜，壶是指今天的葫芦，茆是指今天的莼菜等。动物方面，比如宵行是指今天的萤火虫，蜩是指今天的蝉，众是指今天的蝗虫等。螣在今天已经没有对应的名字了，根据它是一种吃禾叶的青虫，我们姑且就把让当作是一种青虫吧。

对于吃禾叶的青虫，农村人不陌生，因为无论是在田野里的庄稼上，还是在院子里的蔬菜上，都能发现这种虫子，它们是庄稼和蔬菜的天敌。

经过它的啃噬，菜叶子上布满了小洞，严重的会将叶子吃得精光。对于这种青虫，人们会采用手工捕捉的方法，而这种青虫，也是鸡、鹅、鸭等家禽的美味。所以，农村人种植蔬菜，会将小鸡子放进菜园子里，让它们自由自在地去捕捉蔬菜上的青虫。人们很少将鸭子和鹅放进菜园子，因为，鸭子和鹅在吃青虫的同时，也会吃掉蔬菜。而鸡子好多了，它们一般只找虫子吃，很少去吃蔬菜。

　　螣不仅危害庄稼和蔬菜，还危害树木，在一些树木上，也会有青虫啃噬叶子。特别是槐树，叶子上极易生虫，密密麻麻的青虫，将槐树的叶子啃得支离破碎。有时候，这些青虫还会用丝将自己吊在枝叶上。其实，槐树受到青虫的危害，一点也不亚于庄稼。只是与庄稼相比，槐树对于人们来说不是那么重要。

　　螣啃噬树叶人们可能无所谓，但是啃噬庄稼就不能让人容忍了。俗话说民以食为天，庄稼是农民的命根子，粮食是人类赖以生存的根本，庄稼遭到螣的啃噬，人们自然对螣是恨之入骨，希望这些害人虫能被消灭得干干净净，所以《诗经》里也就有了"去其螟螣，及其蟊贼，无害我田稚"的诗句。你看，除去吃禾心的螟，吃禾叶的螣，吃禾根的蟊和吃禾节的贼，即可保证庄稼的健康生长。可惜，古人没有办法清除这些害虫，只好祈求"田祖有神，秉畀炎火"，希望田神能降临一把大火，将这些害虫全部烧死。

　　螣是多音字，又读 téng，读 téng 时解释是一种会飞的蛇。传说中龙会飞翔，会飞的蛇虽然不是龙，但是也不一般，应该会受到人们的崇拜，这可与吃禾叶的青虫有天壤之别。

蟊

蟊是吃禾根的虫。

提到蟊，不能不提到它的最佳搭档——贼，人们习惯将它们并称为蟊贼。

本义上的蟊贼就是指危害庄稼的两种害虫，蟊是吃禾根的害虫；贼是吃禾节的害虫。后来被引申为危害人民或国家的人，也被用来称呼盗窃的小偷。对于蟊贼，人们很是不屑，常常在前面加个"小"字，蔑称之为"小蟊贼"。

在《诗经》里，蟊和贼也是一起并称为蟊贼的。

"去其螟螣，及其蟊贼，无害我田稚。田祖有神，秉畀炎火。"——《小雅·大田》

这句诗里提到了四种害虫，它们是螟、螣、蟊、贼，这四种害虫，好像有明确分工似的，螟吃禾心，螣吃禾叶，蟊吃禾根，贼吃禾节。你

254

看，从危害庄稼上来说，它们是不是最佳组合？它们将一棵庄稼完美地瓜分了，有了它们，庄稼还能健康生长吗？农民还能有收成吗？

螟、螣、蟊、贼这四种害虫，对庄稼的危害非常大，常常让庄稼颗粒无收，因此，人们对这几种害虫是恨之入骨，恨不得将它们全部消灭光。然而，由于科学技术的原因，那时候还没有农药，人们还没有有效对付这几种害虫的方法。对于这几种害虫，除了人工进行捕捉，另一种最好的方法就是用火烧，所以，古人祈求"田祖有神，秉畀炎火"，希望田神能降下一把大火，将这些害虫烧死烧光。

蟊是一个象形字，上边一个矛字，下边是两个虫字，矛同"禾"，两个虫躲在禾苗下面干什么？在吃禾苗的根呢，所以，蟊是指吃禾根的害虫。而因为蟊躲在禾苗的根下面，躲在地面下，所以具有隐蔽性，这比吃禾心的螟和吃禾叶的螣更难发现和捕捉。

蟊贼危害庄稼，在《诗经》另一首诗《大雅·瞻卬》里也有提及："蟊贼蟊疾，靡有夷届。"这句诗的意思是：蟊贼为害庄稼毁，长年累月无止境。可见，蟊贼天生就是庄稼的克星。

对于蟊，其实我们并不陌生，在苏北农村，我们叫它为"土蚕"。因为它的外形有点像蚕，所以苏北农村将其称为土蚕。土蚕因为生活在地下土层里，所以不容易被人发现，只有庄稼出现了枯萎，人们才能知道它受到了蟊的危害。这时候，刨开土层，一定能够找到躲藏在地下的蟊。

蟊是指吃禾根的虫，地下害虫有很多种，比如蝼蛄、蛴螬、金针虫、地老虎、根蛆、根蟓、根蚜等，它们都生活在地下，啃噬庄稼的根，因为根是庄稼之本，一旦根被害虫啃噬，这棵庄稼就死亡了，所以，地下害虫对庄稼的危害巨大。

对于蟊这类地下害虫，现在一般采取预防的办法，就是在种植庄稼的时候，将种子拌上农药呋喃丹，或者将农药呋喃丹撒在田里翻耕，这样，可以有效防治蟊这样的地下害虫。不过，古时候没有农药，对于一些害虫，只能采取人工捕捉的方法，而对于防治蝥，古人可没有好办法，因为它们躲藏在地下。古人没有火眼金睛，要想找出躲藏在地下的蝥，只能对土层进行翻耕，这样才能让躲藏在地下的蝥原形毕露，但是这种方法费时费力，所以与螟、螣相比，人们更加痛恨蝥。

贼

偷东西的人被称为贼。不过，在《诗经》里，贼有两个意思，一个是指危害他人，另一个是指一种害虫。

"不僭不贼，鲜不为则。投我以桃，报之以李。"——《大雅·抑》

这里的贼，就是危害他人的意思。这句诗的意思是：不犯过错不害人，很少不被人仿效。人家送我一篮桃，我把李子来相报。"投我以桃，报之以李"经常被我们引用，倡导人们礼尚往来，以德报德。

"去其螟螣，及其蟊贼，无害我田稚。"——《小雅·大田》

这里的贼可不是指小偷，它是指一种动物，专门啃噬庄稼的节。这说明，贼会钻进庄稼的茎秆里，贼这种钻洞行为，也符合小偷翻墙入室的盗窃特征。

贼是贬义词，它是指盗窃人们财物的人，被引申为是坏人。所以对于那些祸害国家的人，人们将其称为是"乱臣贼子"；对于甘心卖身投靠敌人的行为，人们将其称为是"认贼作父"。一个人相貌猥琐，行为不检点，人们称其为"贼眉鼠眼"；当一个人做了坏事心虚的表现，人们称其为"做贼心虚"；对于一个人有做坏事的想法，人们将其称为是"贼心不死"。总之，与贼字扯上关系，就不是什么好人或者好事。可见，贼给人们留下的印象实在是太坏了！

对于出卖国家利益的人，我们将其称为是"卖国贼"。庄稼地里的贼危害庄稼，卖国贼危害的是国家。

贼本来是小偷小摸，危害不大，但是一旦与国家利益扯上关系，变成卖国贼，这种行为就危害巨大了。因为对于一般的偷窃行为，人们受到的损失不过是一点财物而已，对于他们的行为也是一时气愤。而对于卖国贼，损害的是国家利益，这种罪过就大了。可以说，对于卖国贼，是人人皆可得而诛之。

还有一种贼，窃取国家的政权，这种人被称为是"窃国大盗"。著名的如袁世凯，窃取了北伐战争的成果。著名杂文家聂绀弩有两句诗："大盗盗家国，小盗盗御马。"他把窦尔墩这样的江洋大盗称为小盗，自然，袁世凯这样窃国的人属于大盗。

历史上的窃国大盗还有东汉时的王莽，将汉室江山窃为己有，还有唐朝的武则天，也是窃取国家的盗贼。不过，无论是王莽还是武则天，都有治国的才能和韬略。特别是武则天，虽然是一介女流，但是国家在她的治理下，一度呈现出繁荣景象。与那些昏庸无道的君王相比，这样的窃国，其实也不算什么坏事。

青蝇

青蝇就是苍蝇，更确切地说，青蝇就是我们所说的绿头苍蝇。因为它的身体呈绿色，所以古人将其称之为青蝇，今人则将其称之为绿头苍蝇。还有，青蝇的身体比普通的苍蝇要大一些，这些都是青蝇与普通苍蝇的区别。

绿头苍蝇的学名叫红头丽蝇，幼虫以尸食为主，滋生于畜骨堆、畜毛堆、动物尸体和腐败质中，冬季幼虫在垃圾堆或杂骨堆中越冬，成虫一般春季和晚秋出现，是生活在室外的苍蝇。也就是说，青蝇与一般苍蝇的区别是，苍蝇喜欢"居家"，青蝇则是野生的。

作为苍蝇，青蝇是令人厌恶的。不过，《诗经》却给了它很高的荣誉，《诗经》里有一首诗以《青蝇》为题的诗歌，描写了青蝇嗡嗡乱飞的场景：

"营营青蝇，止于樊。岂弟君子，无信谗言。营营青蝇，止于棘。谗人罔极，交乱四国。营营青蝇，止于榛。谗人罔极，构我二

人。"——《小雅·青蝇》

　　说《诗经》给青蝇很高的荣誉，并不是《诗经》对青蝇进行讴歌赞美，也不是说它对人类有什么帮助。作为传播病菌的昆虫，苍蝇是让人厌恶的，它和蚊子、蟑螂、老鼠等一起，被人们列入"四害"之一。由此可见，苍蝇是害虫，《诗经》不可能赞美它，而仅仅是以它的名字为题，诗人写了《青蝇》这首诗歌。要知道，动物有千万种，能够进入《诗经》，就是它们的荣耀。而在《诗经》里能够以名字为题，对于动物来说是一种无上的荣誉了。

　　苍蝇是让人讨厌的，不管它生活在室内还是野外。诗人写《青蝇》，高明之处就是用青蝇与人作类比，将那些喜欢进谗言无德无行的小人比作青蝇一样让人讨厌，刻画了喜欢进谗言的小人嘴脸。所以青蝇一般被古人用来喻指谗佞，刘向《九叹·怨思》有诗曰："若青蝇之伪质兮，晋骊姬之反情。"意思是：小人就像青蝇变白为黑啊，晋国骊姬挑拨亲情进谗言。

　　有解释说，青蝇就是苍蝇，因为苍蝇的身体呈黑色，故称青蝇。这种解释是有待商榷的。青蝇是苍蝇不假，苍蝇是黑色的也不假，但不是因为黑色而称青蝇，而是因为身体呈绿色而称青蝇。《诗经》里曾明确提到了苍蝇，如《齐风·鸡鸣》："匪鸡则鸣，苍蝇之声。"在这里，苍蝇被称为苍蝇而非青蝇。而以《青蝇》为题，说明青蝇与一般的苍蝇，还是有不同之处的。

　　在民间，黑色有时候确实被称为是青色，如苏北沭阳一带，老百姓将黑色的线称为是青线。但是对于青蝇，我们更熟悉的称呼是绿头苍蝇，这个称呼可谓是形象而贴切，与青蝇这个名字也比较接近。

　　苍蝇是令人厌恶的害虫，青蝇在《诗经》里更加令人厌恶，而比青蝇更令人厌恶的，则是那些喜欢挑拨喜欢进谗言的人。青蝇致病，那些进谗言的小人，可是要人命的，典型如宋朝的大奸臣秦桧，在宋高宗面前屡屡进谗言，说名将岳飞的坏话，并最终杀害了岳飞父子。

秦桧是历史上进谗言的代表人物，他的名声，比青蝇还臭，所以千百年来，尽管他一直跪在岳飞墓前，但是仍然洗刷不了身上的肮脏和罪恶。

虿

虿读 chài，是蛇、蝎类毒虫的古称。也就是说，虿并不具体指哪种动物。不过，有解释称，虿是蝎类的一种，长尾曰虿，短尾曰蝎。如此看来，虿是指蝎子，只不过它们的尾巴有长有短。

不过，在《诗经》里，虿是被用来形容女子卷曲的长发的：

> "彼君子女，卷发如虿。我不见兮，言从之迈。"——《小雅·都人士》

古代没有烫发的技术，但是这不影响古人的爱美之心。头发是人最美丽的风景，今天的人们，喜欢把直发熨烫成卷发，再把卷反拉成直发；喜欢把短发留成长发，再把长发剪成短发。总之，在头发上，人们花了大把的时间，花了大量的精力，目的只有一个，让自己变得更加美丽漂亮。古人没有烫发技术，不知道她们的头发是如何"卷发如虿"的，也许，是天生的卷发？又或者古人早就掌握了烫发技术？我不得而知。

蚕是蝎子的一种，蝎子让人不寒而栗，因为它的毒。人们常说一个人的坏是蛇蝎心肠。蛇是毒蛇，可见，蝎子与蛇一样毒。

与蚕有关的是古代的一种酷刑，叫蚕盆，这种酷刑是将人跣剥干净，送下坑中喂蛇蝎。想想就不寒而栗。而提到蚕盆这种酷刑，就不能不让人想到商朝祸国殃民的苏妲己，相传蚕盆这种酷刑就是妲己与纣王发明的。

有一天，纣王与妲己在鹿台上欢宴，纣王命令宫女脱去裙衫，赤身裸体地唱歌跳舞，只有被妲己害死的姜皇后的宫女不肯裸体歌舞。于是妲己撺掇纣王在地上挖一个大坑，将蛇蝎蜂蚕之类丢进坑中，然后将这些宫女投入坑穴，让百虫噬咬。这种酷刑，估计也只有妲己这种蛇蝎心肠的女人才能想得出来。

妲己的蛇蝎心肠和纣王的惨无人道，最终断送了商汤的江山。为了反对纣王的暴虐，周武王领兵伐纣，攻入商汤首都朝哥，杀了妲己，并迫使纣王自杀，商朝自此灭亡。

历朝历代，统治者的残暴最终会激起人民的反抗，并推翻他们的统治。历史的规律是，创建新朝的统治者一般都能体恤民情，因此，能尽量保障老百姓的利益，使人民得以休养生息。而继任者因为缺少对底层民众的疾苦了解，只知道骄奢淫逸，贪图享乐，最终无视人民的利益与疾苦，从而视老百姓如草芥，枉顾老百姓的生命，最终导致了政权的解体，历史再次改朝换代。

蚕虽然是毒蝎，但是在《诗经》里，并没有狠毒的表现，而是被诗人赞誉说"卷发如蚕"。在诗人的眼里，蚕可一点也不毒，而是变成了女子的卷发，是那么美丽，那么让人心动呢。

蝘

蝘又叫蝘，是蝉的一种，古书上指一种较小的蝉。

蝘和蝉一样，在农村非常常见，与蝉不同的是，蝘的身体较小，只有蝉的二分之一或三分之一，是缩小版的蝉。

在《诗经》中，蝘也是和蝉一起被提及的。

> "如蜩如螗，如沸如羹。小大近丧，人尚乎由行。内奰于中国，覃及鬼方。"——《大雅·荡》

"如蜩如螗，如沸如羹"的意思是老百姓就像蝉和蝘一样，如同落进沸水和汤里。这是一首时政诗，叙述君王昏庸无道，导致政局出现混乱，社会出现动荡。而老百姓就像蝉和蝘一样渺小，在社会的洪流中随波漂流。因为无力改变现实，老百姓就像蝉和蝘落进热水里一样，只能苦苦挣扎，直至在挣扎中死亡。

苏北沭阳一带民间将蝘称为"嗷底"，不知道这里的人们为什么将蝘称为"嗷底",也许是根据蟪的叫声来称呼它们的吧？因为蟪的叫声和蝉不一样。蝉的叫声是"叽叽叽……"一个字节，连续性，呈平声。而蟪的叫声则是"叽嗷叽嗷……"两个字节，一平一仄。相比蝉的叫声，蟪的叫声更具节奏感。苏北沭阳将蟪称为"嗷底"，也许正是基于蟪"叽嗷叽嗷"的叫声吧？

其实，民间在称呼某一种不为人们常见或者认识的动物或植物的时候，名字是很随意的，基本是根据这种动物或者植物的形象特征来起名，往往是一个地方一种叫法，所以一些动物或者植物，就会有很多俗名。比如蝉，就有爬爬、爬拉猴、蝉猴、知了猴、结了猴、肉牛、结了龟、神仙、蝉龟等众多的俗名，这就是因为不同的地方叫法不同，所以导致蝉就有了很多的名字。这种现象在植物上更为普遍。比如车前草，就有车轮草、猪耳草、牛耳朵草等别名，苏北沭阳一带的人们则称车前草为"大车耳"，一个动物或者植物有很多不同的叫法，有趣吧？

蟪与蝉的生命周期基本相似，蝉活跃的季节，也是蟪活跃的季节。当秋季来临，天气转凉以后，蟪和蝉一样，它们的生命也就即将结束，走完它们高亢而短暂的一生。

蟪和蝉一样，都是唱歌能手，在苏北一带，每到夏季，基本是它们统治了这个世界。在村庄、在田野，到处都能听到蟪和蝉的歌唱。它们也会侵入城市，城市有限的几棵树，成为蟪与蝉的乐园。尽管城市缺少参天大树，缺少蔽日的浓荫，但是蟪与蝉依然没有嫌弃这个看起来甚至有点光秃秃的城市，它们的到来，为城市增添了不少生机，让城市除了汽车的鸣笛声、摊贩的叫卖声，以及建筑工地上机器发出的尖锐的轰鸣声外，还有蟪和蝉的歌唱声。

可以说，在城市所有的声音中，蟪和蝉的叫声是最美最动听的，人们会讨厌汽车的鸣笛声、摊贩的叫卖声、机器的轰鸣声，但是不会讨厌蟪和蝉的歌唱声，因为它们才是最自然的声音，才是最绿色的声音。除了它们的歌唱，城市里所有的声音都被称为噪声，而它们当然不算噪声，还有偶尔的几声鸟叫声，这些小生灵发出的声音，总是那么让人喜爱，让人欢喜，让人心里有一种湿润。

蜩和蝉都是渺小的，但是它们却数量众多，因此，《诗经》里将蜩和蝉比喻成为老百姓。当政局不稳社会动荡的时候，老百姓"如蜩如螗，如沸如羹"，陷入水深火热之中。而能够救老百姓出水火的，古人将希望寄托在明君身上，《大雅·荡》这首诗就是警告周厉王接受殷王朝灭亡的历史教训，做到仁德爱民。

《诗经》那个年代，前期的执政者统治时间一般都比较长。比如夏朝统治了约471年；惨无人道的商朝，也统治了273年；周朝则统治了800年。而到了春秋战国时期，诸侯混战，国家政权更替较快，政权更迭，导致战祸连连，民不聊生。

应该说，无论是哪个朝代的统治，老百姓都如蜩如螗，非常弱小，所以诗人说"如蜩如螗，如沸如羹"。那些统治者掌握的不仅是江山社稷的命运，还有老百姓的命运，这就是人类的历史！

蚕

在昆虫中，蚕无疑是人们最喜欢的一种，它对于人类的贡献也最大。因为它为人们送去了最昂贵最有品位的丝绸产品，在帮助人们解决温暖的同时，也提升了人的形象和品位。因此，从古时候，人们就喜欢养蚕。而因为蚕是吃桑叶的，因此，人们就大量栽植桑树，目的就是为蚕提供食物。

古时候，人们在家前屋后都栽植了桑树，因为桑树的叶可以用来养蚕，果实可以食用和用来酿酒，树干及枝条可以用来制造器具，皮可以用来造纸，另外叶、果、枝、根还可以用来入药，可以说，桑树全身都是宝。除了桑树，人们还喜欢在家前屋后栽植梓树，因为梓树的嫩叶可以食用，皮是一种中药，木材轻软耐朽，是制作家具的好材料。而因为大量栽植桑树还有梓树，所以，后来桑梓被用来代指家乡。所以《诗经》里有"维桑与梓，必恭敬止。靡瞻匪父，靡依匪母"的诗句（《小雅·小弁》）。

我们的祖先早就知道养蚕和利用蚕丝纺织丝绸，至少在 3000 年前中国就已经开始人工养蚕。每年的三月，是养蚕的月份，所以三月也叫"蚕月"。

"蚕月条桑，取彼斧斨，以伐远扬，猗彼女桑。"——《豳风·七月》

这句诗讲的是三月开始修剪桑树枝，砍掉疯长的长枝条，留下细枝生长嫩桑叶。

古时候，养蚕是人们的大事，而采桑养蚕，基本上都是女人的事情，所以《诗经》里有"妇无公事，休其蚕织"的诗句（《大雅·瞻卬》）。这句诗的意思是妇人不该为了朝政的事情而抛弃了养蚕纺织。在《豳风·七月》里，也描述了女人采桑的情景："春日载阳，有鸣仓庚。女执懿筐，遵彼微行，爰求柔桑。"你看，在春天的阳光下，仓庚鸟在鸣叫着，女人们提着竹筐，一路沿着小道走，伸手采摘嫩桑叶。这是一副多么温馨多么悠闲的乡村画面。

小时候，我也有过养蚕的经历。那时候我还在读小学，我们三个小伙伴决定合伙养蚕，花了两元钱买来了蚕种，回家买来了养蚕用的席子，然后采摘来桑叶，将蚕种放在桑叶上，它们就可以采食了。经过四五十天的养殖，蚕进入了休眠期，不吃不喝。此时的蚕通体透明，即将进入结茧期。蚕即将结茧，需要爬到高处，我们将麦秸秆靠在墙上，然后把通体透明的蚕放在麦秸秆的下面，它们就慢慢地沿着麦秸秆向上爬，一直爬到顶端，然后慢慢地吐丝结茧，这一过程我们叫"蚕上山"。蚕吐丝将自己包裹在蚕茧里，蚕茧的外面包裹了一层雪白的丝。

由于我们没有养过蚕，所以，最后在出售蚕茧的时候，自作聪明，将蚕茧外面的丝全部剥掉，然后拿到县城土特产公司去卖。因为蚕茧没有丝，所以价格很低，不过，我们的蚕茧也卖了30元钱，每个小伙伴分得10元。那时候，30元钱可不是小数目。

蚕吃桑叶，那时候我们将与桑叶差不多的构树叶放进蚕床，蚕对它一点兴趣也没有。蚕虽然以食用桑叶为主，但是一些蚕也会吃其他的树叶，比如柞蚕以柞树叶为食物，蓖麻蚕以蓖麻叶为食物，樟蚕以樟树叶为食料，不过更多的蚕还是主要以桑树叶为食物。所以《诗经》里才有"蚕月条桑，取彼斧斨，以伐远扬，猗彼女桑""女执懿筐，遵彼微行，爰求柔桑"的诗句。

有桑必有蚕，有蚕必有桑，古人采桑，就是用来喂蚕的，而古时候家家户户栽植桑树，可见采桑养蚕是古时候重要的生产活动。

蛾

蛾就是蛾子，也叫飞蛾，是最常见的一种昆虫，大家耳熟能详的成语"飞蛾赴火"说的就是它。

蛾与蝴蝶相似，所不同的是，蝴蝶在白天活动，夜间休息，而蛾类多在夜间活动。蛾喜欢在光亮处聚集，到了夜晚，有亮光的地方往往会吸引很多飞蛾，它们围着亮光飞舞。如果是人们点燃的火光，飞蛾也毫不畏惧，甚至奋不顾身地飞入火中，结束了它短暂的一生。飞蛾为什么喜欢围绕亮光飞舞？人们经过研究发现，飞蛾是以月亮作为向导的，它在飞行的时候，总是让月光从一个方向投射到它的眼里，这样，飞蛾就能确定前进的方向，不至于迷路。当旷野中出现灯火，飞蛾就会把它误认为是月亮，就会不断调整身体，让灯火以月光的角度投射到眼里，于是飞蛾就会不停地对着灯火转来转去，甚至飞进火光里被火烧死。

通过研究表明，飞蛾赴火并不是飞蛾的本意，也不是飞蛾不怕死。当然，飞蛾没有思想，它不会有怕死的想法，这是飞蛾的生理特性使然，飞蛾赴火只是为了自己正确的前行。只是它不知道前面的火光是陷阱，自己正确的选择，却让自己走向了死亡。

蛾与蝴蝶一样，五颜六色，叠彩斑斓，是一种美丽的昆虫。不过，蛾一般要比蝴蝶小，不少蛾的身上也并没有斑斓的色彩，而是黑白或者灰色的，看起来不怎么好看。蛾的身上，会有一层粉，这让人很讨厌。而天津方言"幺蛾子"，也说明了蛾的可恶。幺蛾子一般被指是要花招，出鬼点子，出馊主意，歪门邪道。总之，不是一个好词。

在《诗经》中，蛾却是美丽的存在：

"螓首蛾眉，巧笑倩兮，美目盼兮。"——《卫风·硕人》

在这里，蛾被用来比喻成是美人的眉毛。由此可见，在人们的眼里，蛾是美丽的。

《诗经》开了用蛾来形容眉毛的先河，在后来的诗人中，很多作品都赞咏了蛾眉。比如唐代诗人白居易有诗："黄金不惜买蛾眉，拣得如花三四枝。"李白也有诗："汉使却回凭寄语，黄金何日赎蛾眉。"宋代诗人苏轼有诗："景疏楼上唤蛾眉，君到应先诵此诗。"在这些作品中，蛾眉都被用来代指美女。而在写蛾眉中，唐后主李煜的词是最为悲伤的，请看他的词："空有当年旧烟月，芙蓉城上哭蛾眉。"别人是买蛾眉赎蛾眉唤蛾眉，唯独他是哭蛾眉，可见作为帝王的李煜，也有常人一样的喜怒哀乐，是一个非常重感情的人。

其实，也正是李煜的儿女情长，让他亡了国，直至丢了性命。李煜是南唐最后一位国君，他精书法、工绘画、通音律，诗文均有一定造诣。可惜，他满腹文采，却没有治理国家的才能，李煜的南唐最终被北宋所灭，李煜也沦为一名亡国君主。而李煜沦为亡国奴后，写了一首著名的《虞美人》词："春花秋月何时了，往事知多少。小楼昨夜又东风，故国不堪回首月明中。雕栏玉砌应犹在，只是朱颜改。问君能有几多愁，恰似一江春水向东流。"这首《虞美人》一时间在民间广为传唱，也正是因为这首《虞美人》，给李煜惹下了杀身之祸。

因为词的内容涉及更朝换代，体现了李煜对故国的怀念与对改朝换代的无奈，宋太宗听说后非常震怒，于是命人赐药酒给李煜，将李煜毒死。这首《虞美人》是李煜的代表作品，也成了李煜的绝命词。

由《诗经》及后来的诗歌作品来看，蛾眉一般都是被用来形容美女的，蛾眉代表细而弯，体现了女性的柔美。对于男性，蛾眉就不适用了，一般用浓眉大眼来形容身材魁梧的男人。对于相貌英俊的男人，会用剑眉或者眉清目秀来形容；对于恶人，则用恶眉或凶眉恶煞来形容。我们对从眉毛的描写的不同，可以看出男女的不同。由此可见，在文学作品中，蛾眉已经成了女性的代名词。

蟓

蟓是昆虫名，体形像蝉而小，额头宽而方正，身体绿色。由此看来，蟓与蟑应该是差不多的。不过，有一点不同的是蟓的身体是绿色的。而蟑与蝉的身体，一般都是黑色的。

古时候，蟓与蛾一样，是被古人用来描述美女的容貌的，《诗经》里有"蟓首蛾眉，巧笑倩兮，美目盼兮"的诗句（《卫风·硕人》）。蟓首蛾眉是被用来描述美女的头和眉毛的，美人的头像蟓，眉毛像蛾，美人满脸笑容，美目流盼，让人赏心悦目。

这首《卫风·硕人》描写的是齐侯之子、卫侯之妻的美丽容貌，更全面的描述是："手如柔荑，肤如凝脂，领如蝤蛴，齿如瓠犀，蟓首蛾眉，巧笑倩兮，美目盼兮。"

这首诗用荑、凝脂、蝤蛴、瓠犀、蟓、蛾等动物和植物来描述卫侯之妻的美貌，其中，荑、瓠犀是植物，蝤蛴、蟓、蛾是动物，凝脂是植物或者动物的油脂。诗歌描写了卫侯之妻的手、肌肤、脖颈、牙齿、脸、眉毛和眼睛，一个身材苗条、手指纤弱、皮肤白皙、脖颈白嫩、牙齿洁白、眉毛细弯、双眼含情的女子形象跃然纸上。

古人喜欢用动物和植物来形容人的容貌，比如"有女同车，颜如舜华""有女同行，颜如舜英"（《郑风·有女同车》），古人用木槿花来形容女子的容貌。还有"出其闉阇，有女如荼。（《郑风·出其东门》），故人用茅草花来比喻女子的美丽。

用植物或者动物来形容人的容貌，这首《卫风·硕人》算是杰出代表了。诗人用两种植物和三种动物来形容女子的手、脖颈、牙齿、脸和眉毛，用植物或者动物的油脂来形容女子的肌肤，可以说描写得很全面，可以看作是对人的相貌的全面描写。

螓首蛾眉是用螓和蛾来形容美女的脸庞和眉毛的，蛾我们都知道，是飞蛾，而螓呢，知道的人就不多了。那么螓到底是什么样的动物？目前的解释是古书上指像蝉的一种昆虫，是蝉的一种。螓的特点是身体比蝉要小，头部呈方形，额头宽阔有花纹。《诗经》中，与蝉有关的动物提到了三种，一是蜩，现代解释就是蝉；二是蟪，蝉的一种；三就是螓，也是蝉的一种，它们的外形相似，只是有大小之分。蝉的身体比较大，蜩和螓的身体比较小。不过，螓既然被古人拿来形容女子的容貌，自然有它的独特之处，这从螓的外形特征有关。螓的头部呈方形，额头宽阔有花纹，身体呈绿色，这可比黑色的蝉和蟪要漂亮多了。在古人看来，女子的面部如螓，这可是漂亮的象征。

螓又叫蟭蟟，读 jiāo liáo，宋代科学家沈括在《梦溪笔谈·杂志一》里说："蟭蟟之小而绿色者，北人谓之螓，即《诗》所谓'螓首蛾眉'者也，取其顶深且方也。"就是说北方人称其为螓，南方人则称其为蟭蟟。

蜩、蟪和螓是三种相似的动物，很多人分不清，不过这没关系，虽然它们外形非常相似，但是它们也是有明显不同的地方的。蝉的身体相对比较大，身体呈黑色。蟪的身体比较小，身体和蝉一样呈黑色。螓的身体虽然和蟪差不多大小，但是它的头部有花纹，身体呈绿色。有了这几点不同，我们就能准确地区分蜩、蟪和蝶这三种昆虫了。

还有一点，就是蝶比蜩和蟪漂亮，因为《诗经》那个年代的人用它来形容美女的容貌呢！

众

　　现代对于众的解释是很多人的意思，比如众人、大众、众口难调、众口铄金、众志成城等，这里的众都表示众多的意思。然而，在《诗经》里，众却是蝗虫的别称，这未免让我们感到出乎意料。你看，众由三个人字组成，明明是人，到了《诗经》里，怎么就变成了虫呢？心理上是不是有点难以接受？

　　《诗经》是中国古代诗歌的开端，也是最早的一部诗歌总集，而诗歌一直被人们认为是高雅的艺术形式，在高雅的艺术里面，自然有一股清雅之气。通读《诗经》，我们不难发现，无论是动物，还是植物，在《诗经》里，它们的名字都是那么雅致而又富有诗意，即使普通得不能再普通，俗气得不能再俗气的动、植物，在《诗经》里，它们都会有一个好听的名字。比如我们熟悉的萝卜，在《诗经》里叫菲，我们经常吃的荪蓝在《诗经》里称葑；至于动物，《诗经》也会为它们起个好听的名字，比如鹯鸟，《诗经》叫它为晨风，而《诗经》里的众，是指蝗虫，古时的蝗虫，是不是也沾了我们人类的光呢？

"牧人乃梦，众维鱼矣，旐维旟矣，大人占之：众维鱼矣，实维丰年。旐维旟矣，室家溱溱。"——《小雅·无羊》

这里的众就是蝗虫。古人为什么说"众维鱼矣"呢？这是古人的认知造成的。古人认为，在干旱时，蝗虫就是蝗虫，而在风调雨顺时，蝗虫则可以化为鱼。

在科学并不发达的古代，古人的这一认知或者说想象，是可以理解的，对于一些难以辩证的事物，古人只能靠猜测和想象，从而做出自己对某些事物的认知。其实，科学也是从人们的想像中得到发展的，人们依靠自己的想象，发明了电、汽车、飞机、宇宙飞船等现代化设备。想像是科学的翅膀，没有想象，也就没有科技的发展，当然也就没有人类社会的进步。从这个角度来看，我们不要嘲笑古人为动、植物瞎起名，要知道，这也算是古人的智慧的表现呢！如果没有古人为这些动、植物起名字，我们也就难以辨别这些动、植物，这个世界，岂不是要乱了套？

好吧，我们就把众看作是蝗虫吧。蝗虫在有的地方又称为蚂蚱，有一句歇后语叫"秋后的蚂蚱——蹦跶不了几天"，说的就是它。为什么说秋后的蚂蚱——蹦跶不了几天呢？就是因为蚂蚱主要生活在夏季，因为夏季有大量的绿色植物可供蚂蚱食用，到了秋季，可以食用的食物很少，它的生命也就即将终结。

一个地方，如果蝗虫聚集太多，就会形成蝗灾，民间有句俗语叫"蝗虫过境，寸草不生"，就是说蝗虫所到之处，将绿色植物啃得精光。蝗灾让老百姓吃尽了苦头，因为蝗虫所到之处，寸草不剩，人类赖以生存的庄稼自然也难逃厄运，颗粒无收。所以对于蝗虫，人们是痛恨的。

其实，古人对蝗虫也是痛恨不已的，但是他们又没有好的办法来治理蝗灾，所以，只能寄希望于丰收之年。古人认为"众维鱼矣，实维丰年"，就是说当蝗虫变成了鱼，是一种吉兆，说明风调雨顺，预示着一个大丰年。而蝗虫盛行，则意味着是一个歉收之年。所以直到现在，民间还有"旱易生蝗"的说法，意思是大旱年间，就容易发生蝗灾。

《诗经》里的"众维鱼矣，旐维旟矣""众维鱼矣，实维丰年"，实际上寄托了古人对丰年的期望。

第四辑　猗与漆沮，潜有多鱼——鱼类

鱼

汉代初期的辞书《尔雅》把动物分为虫、鱼、鸟、兽四类。实际上，《尔雅》有关动物的解释有《释鸟》《释兽》《释虫》《释鱼》《释畜》五类，其中的《释畜》主要是家畜，它其实被包括在兽类里面，我们常说的家禽则被包括在鸟类里面。虫、鱼、鸟、兽基本涵盖了所有的动物。

鱼类属于脊索动物门中的脊椎动物亚门，一般人把脊椎动物分为：鱼类，占 53%、鸟类，占 18%、爬行类，占 12%、哺乳类，占 9%、两栖类，占 8%，共五大类。也就是说，在脊椎动物中，鱼类是最多的动物，可见鱼的种类及数量的庞大。

鱼是生活在水里的脊椎动物，现代分类学家给"鱼"下的定义是：终生生活在水里、用鳃呼吸、用鳍游泳的脊椎动物。随着人类活动范围的扩大以及科学研究的不断深入，新种鱼类不断被发现，目前全球已命名的鱼种约在 32100 种，可见鱼的种类之多。

鱼生活在水里，水深则鱼多，所以《诗经》里说"潜有多鱼"（《周颂·潜》）。作为常见的水生动物，鱼在《诗经》里被提及比较多，提到的鱼的种类有近 20 种。

《诗经》很多篇章都提到了鱼，如"四牡翼翼，象弭鱼服"（《小雅·采薇》）；"王在灵沼，于牣鱼跃"（《大雅·灵台》）；"猗与漆沮，潜有多鱼"（《周颂·潜》）。其中以鱼为题的诗篇有三首，它们是《小雅·鱼丽》《小雅·南有嘉鱼》和《小雅·鱼藻》。

> "鱼在在藻，有颁其首。王在在镐，岂乐饮酒。鱼在在藻，有莘其尾。王在在镐，饮酒乐岂。鱼在在藻，依于其蒲。王在在镐，有那其居。"——《小雅·鱼藻》

"鱼在在藻"的意思是：鱼在哪里？鱼在水藻里。是啊，鱼在水藻里是鱼的生活特性使然，鱼主要生活在水里。它终生与水为伴，以水草或者微生物为食。

古人很早就知道狩猎，狩猎包括猎兽、捕鸟和捕鱼。因此，古人很早就学会了捕鱼技术，他们用竹子和绳子编制成一种特制的竹篓，放在水里，等待鱼儿自投罗网，鱼进入捕鱼的竹篓后，就无法再逃出去。古时候常见的捕鱼工具有渔网、鱼罾、鱼笼。《诗经》里就记录了古人用竹篓捕鱼的场景："鱼丽于罶，鲿鲨""鱼丽于罶，鲂鳢""鱼丽于罶，鰋鲤"（《小雅·鱼丽》）。

罶是古人捕鱼的工具，又称笱，用竹编成，编绳为底，鱼只要进里面，就没有办法逃出来。相对于用渔网、鱼罾、鱼笼捕鱼，鱼钩和鱼叉捕鱼就要暴力多了。鱼钩是用诱饵引诱鱼吃食，最终将鱼捕获。现代很多人都喜欢用鱼钩钓鱼，既是为了捕鱼，也是一种休闲娱乐。鱼叉则是赤裸裸地使用暴力，人们用尖锐的叉子刺中水中的鱼儿，将鱼捕获。到了现代，又出现了更加暴力的捕鱼方式，一种是电击，另一种是用炸药。不过，因为它们的危险性比较大，这种暴力捕鱼方式是被禁止的。

鱼处于食物链的底端，在人类面前，它最终逃脱不了被捕获被食用的命运。弱肉强食，所谓"人为刀俎，我为鱼肉"直接点明了鱼类的命运，谁叫自己处在被宰割的地位呢？

　　而鱼因为与余同音，所以鱼就变成了吉祥物的象征，并逐渐形成了过年吃鱼的习俗，寓意"年年有余"。并且，各种鱼的寓意不同，鲤鱼寓意"得利有余"；鲢鱼寓意"连年有余"；鳜鱼寓意"富贵有余"。看，鱼在人们的心里是多么得美好！

鲂

鲂鱼属鲤形目鲤科鲂属，俗称三角鳊、乌鳊、平胸鳊。鲂鱼还有一个比较常见的名字叫鳊鱼。

对于鳊鱼，相信大家并不陌生，在市场上，我们可以买到它。鳊鱼的身体扁扁的，所以鳊鱼这个名字也是名副其实了。

在《诗经》中，有很多诗篇都提到了鲂鱼，如《周南·汝坟》《齐风·敝笱》《陈风·衡门》《豳风·九罭》《小雅·鱼丽》《大雅·韩奕》等诗篇都提到了鲂鱼。在鱼类中，鲂鱼是被《诗经》提到最多的鱼种。由此可以推断，在那个时候，鲂鱼很多，人们对它特别熟悉。

捕鱼狩猎是古人的一种生存方式，因此在《诗经》中，有很多捕鱼的记述。

"九罭之鱼，鳟鲂。我觏之子，衮衣绣裳。"——《豳风·九罭》

这句诗的意思是说：用细眼渔网去捕鱼，鳟鱼鲂鱼都能捕到。路上遇见官老爷，锦绣礼服真美妙。其实，别说是鳟鱼和鲂鱼，细眼渔网无论大鱼还是小鱼都可以捕到。所以细眼渔网对于鱼类来说，无疑是一种梦魇。而网眼稍大的渔网，捕捞的一般都是大鱼，小鱼则会从网眼中逃掉。现代网眼较小的渔网有丝网、旋网，网眼较大的渔网有罾网、拉网等。

不过，虽然捕鱼是古人的一种生存方式，但是不知道是哪位古人搭错了哪根筋，却用破鱼篓捕鱼，结果可想而知，《诗经》里就有这样的描写：

"敝笱在梁，其鱼鲂鳏。齐子归止，其从如云。"——《齐风·敝笱》

"敝笱在梁，其鱼鲂鳏"是说将破鱼笼子架设在拦鱼坝上，任由鲂鱼和鳏鱼游进又游出。古人还有这波操作？本来，在河里设置鱼篓是为了捕鱼的，但将破鱼篓设置在河里，让鱼儿自由进出，这是什么操作，是捕鱼还是为了取乐？人们常说漏网之鱼，意思是不小心让鱼逃了出去。用破鱼篓捕鱼，那可都是漏网之鱼啊！古人的心思今人不懂，我们也不必费尽心思去猜。

古时候没有工业污染，河流清澈，水美鱼肥，环境优美，草长莺飞，动物种群众多，所以很多古人就以狩猎捕鱼为生。而因为鱼多，所以古人可以捕到很多鱼类，他们也就不在乎捕到什么鱼了。

"岂其食鱼，必河之鲂？"——《陈风·衡门》

古人说，难道我们吃鱼，必须就要吃河里的鲂鱼？言外之意，还有很多鱼类可吃，为什么非要吃鲂鱼呢？说得难听一点，何必在一棵树上吊死呢？

"岂其食鱼，必河之鲂"给我们传递的信息是，古时候鱼类很多，古人可以捕到很多种鱼。相比古人，我们是不是没有口福呢？而古时候动物众多，从《诗经》另一首诗里也可以得到验证：

　　　　"鲂鲟甫甫，麀鹿噳噳，有熊有罴，有猫有虎。庆既令居，韩姞燕誉。"——《大雅·韩奕》

　　你看，"鲂鲟甫甫，麀鹿噳噳，有熊有罴，有猫有虎"，这么多的鱼儿，这么多的陆地动物，这些天然的美味，可都是为人类准备的。所以古人感叹"庆既令居，韩姞燕誉"，什么意思呢？就是庆贺这已经得到的好住处，安居心里乐陶陶呢！居住的地方有这么多的鱼儿和野兽可作美味，别说古人安居乐陶陶，就是今天的人，估计睡着也笑醒了！

　　鳊鱼也是团头鲂的称呼，说团头鲂大家可能不懂，但是提到它的另一个名字武昌鱼，可就是如雷贯耳了。武昌鱼肉质嫩白，含丰富的蛋白质和脂肪，是一种名贵的淡水鱼。而让武昌鱼名闻遐迩的则是一代伟人毛泽东的词"才饮长沙水，又食武昌鱼"。这是毛泽东主席在1956年巡视南方，三次畅游长江后写下的词，词牌是《水调歌头》。虽然这首词的开头写的是饮水、吃鱼，但是词意依然是大气磅礴："才饮长沙水，又食武昌鱼。万里长江横渡，极目楚天舒。不管风吹浪打，胜似闲庭信步，今日得宽余。"万丈豪情中充满了自信，所以"不管风吹浪打"毛主席是"胜似闲庭信步"。《诗经》里的古人与毛主席相比起来，可以说是"稍逊风骚"，不过，这也是社会发展使然，古人有鱼有肉吃，过的也算是天堂的日子了！

鳏

鳏读 guān，是一种大鱼，有解释是鳡鱼，也有解释是鲲鱼。

鳡又名黄钻、竿鱼，属鱼纲鲤科，大者三四十斤。鳡鱼腹平，头似鲩而口大，颊似鲇而色黄，鳞似鳟而稍细，其性情凶猛，捕食其他鱼类。由此可见，鳡鱼体形巨大，且性情凶猛。

同样，鲲也是大鱼，《庄子·逍遥游》中记载："北冥有鱼，其名为鲲。鲲之大，不知其几千里也；化而为鸟，其名为鹏。鹏之背，不知其几千里也。怒而飞，其翼若垂天之云。"意思是鲲鹏在做鱼时是大鱼，做鸟时则是大鸟，所以后来人们就用鲲鹏之志来形容人的志向远大，这也是鲲鹏一词的来历。

鲲之大，不知其几千里也，有这么大的鱼吗？鹏之背，不知其几千里也，有这么大的鸟吗？显然，这是一种夸张的说法。而按照《庄子·逍遥游》所言，鲲可以化为鹏，也就是从在水里游，到在天上飞，这种形态的变化，也让鲲鹏有了更大的生存空间，可谓是"天高任鸟飞，海阔任鱼跃"。

由此看来，鳏无论是指鳡鱼，还是指鲲鱼，都是大鱼。既然是大鱼，古人自然会予以关注。所以《诗经》里也提到了鳏鱼，它是和鲂鱼一起出现的。

"敝笱在梁，其鱼鲂鳏。齐子归止，其从如云。"——《齐风·敝笱》

这句诗的意思是说：用破鱼篓捕鱼，鲂鱼和鳏鱼从篓里自由穿过。鲂鱼是鳊鱼，体形相对较小，而鳏鱼是大鱼，体形可达二三十斤，这里诗人用鲂和鳏来代表大鱼和小鱼。

《齐风·敝笱》这首诗写的是齐文姜嫁给鲁桓公多年后，齐文姜随着丈夫鲁桓公回到齐国的情景。因为齐文姜所嫁之人是一国之君，所以他们的随从众多，诗人用如云、如雨、如水来形容随从人员之多。而齐文姜在尚未嫁给鲁桓公的时候，就与其同父异母的哥哥产生恋情并发生关系，所以诗人用破鱼篓来指代没有约束，借以讽刺齐文姜与其哥哥齐襄公乱伦淫乱，没有伦理道德的约束。

鳏除了是鳡鱼或鲲鱼的意思，还有一种意思是指无妻或丧妻的男人。无妻或丧妻的男人叫鳏夫。对于丧夫丧妻，《孟子·梁惠王下》里是这样说的："老而无妻曰鳏，老而无夫曰寡，老而无子曰独，幼而无父曰孤，此四者，天下之穷民而无告者。"所以有成语叫"鳏寡孤独"，用来泛指没有劳动力而又没有亲属供养、无依无靠的人。看来，鳏用在人的身上，是一种不幸。

不过，作为鱼类，鳏可就不一般了，鳏是大鱼，其性情凶猛。鳏鱼有多大？"鲲之大，不知其几千里也"只是古人的一种传说，当然不可信。另一部古籍记载倒是有几分可信，《孔丛子·抗志篇》里说："卫人钓于河，得鳏鱼焉，其大盈车。子思问曰：'如何得之。'对曰：'吾垂一鲂之饵，鳏过而不视，更以豚之半，则吞矣。'"卫人捕捉到一条鳏鱼，这条鳏鱼很大，差不多有车子大。这么大的鱼是怎么逮到的呢？卫人先用鲂鱼作为诱饵，但是鳏鱼视而不见，后来卫人又换了诱饵，用半边小猪作为诱饵，"则吞矣"。能够吞下半头小猪，足可见鳏鱼之大了。

而《齐风·敝笱》里将其与鲂鱼放在一起，也是指大鱼和小鱼的意思。但不论是大鱼还是小鱼，用坏的鱼篓去捕鱼，是捕不到的。这种做法，也违背了常理，所以"敝笱在梁，其鱼鲂鳏"被用来暗喻齐文姜和其哥哥齐襄公乱伦违背了常理。

鱮

鱮读 xù，指鲢鱼。鲢鱼属于鲤形目鲤科，它又叫白鲢、水鲢、跳鲢、鲢子，与青鱼、草鱼、鳙鱼一起被称为四大家鱼。

鲢鱼是我们最常见的一种鱼，估计古人也会经常见到它，不过，那时候鲢鱼不叫鲢鱼，而是叫鱮。《诗经》里说：

"其钓维何？维鲂及鱮。维鲂及鱮，薄言观者"——《小雅·采绿》

这句诗的意思是说：他所钓的是什么？鳊鱼与鲢鱼。鳊鱼与鲢鱼真不错，竟然钓到这么多。你看，古人钓鱼，钓到了好多鲂及鱮，也就是鳊鱼和鲢鱼，说明那时候这两种鱼就比较多。即使在今天，鳊鱼与鲢鱼也是比较常见的鱼类。

不过，《诗经》里所说的鱮在苏北沭阳一带不叫鲢鱼，而是叫家鱼。当然，这是沭阳民间的叫法，不以为准。书面用语所说的家鱼，是鲢鱼、青鱼、草鱼、鳙鱼的统称，而不是指具体的哪一种鱼种。

对于鲌，《本草纲目》里是这样说的："鲌鱼处处有之，状如鳊而头小形扁，细鳞肥腹，其色最白。"头小形扁，细鳞肥腹，其色最白是鲢鱼的特征。鲌也就是鲢鱼，沭阳一带的人们将其称之为家鱼，是最常见的一种鱼。俗话说物以稀为贵，但是，鲢鱼因为常见，所以，在市场上，它的价格也最低，鲢鱼的刺最多，所以，在享受美味的时候，我们得小心提防，防止不小心出现如鲠在喉的尴尬。

在古代，鲌鱼非常多，所以它经常成为捕鱼人的战利品。在《诗经》的另一首诗里，也提到了鲌：

"敝笱在梁，其鱼鲂鲌。齐子归止，其从如雨。"——《齐风·敝笱》

你看，古人用破鱼篓架设在拦鱼坝上，鲂鱼和鲌鱼在篓中来来往往，不过，不知道这位古人是不是吃错了什么药，竟然用破鱼篓捕鱼，结果可想而知。不过，我们也不能用现代的思维去衡量古人。莫非，人家是姜太公钓鱼，愿者上钩？

奇怪的古人不止《诗经》里的这位古人一个，大名鼎鼎的姜子牙在钓鱼时，不也是"不饵而钓"吗？

姜子牙钓鱼，不仅"不饵而钓"，而且钓竿还不垂到水里，而是离水面有三尺高，并且一边钓鱼一边还自言自语："姜尚钓鱼，愿者上钩。"既然姜子牙能用没有诱饵的钓具、远离水面去钓鱼，怎么就不能允许人家用破鱼篓去捕鱼呢？姜子牙"不饵而钓"，不是钓鱼，而是钓诸侯，他不是成功地将周文王姬昌引诱上钩了吗？然后，姜子牙辅佐周文王姬昌，并帮助周文王姬昌之子周武王姬发灭掉了商朝，从而让周武王统一了天下，大周王朝延续了八百多年，说明周王朝的统治，还是得到了百姓的拥护的。

在《诗经》里，鲌和鲂似乎非常有缘，它们经常一起出现，除了上面提到的《小雅·采绿》和《齐风·敝笱》里鲂和鲷同时出现以外，还有《大雅·韩奕》里，鲂和鲷也是联袂出现："孔乐韩土，川泽訏訏，鲂鲷甫甫，麀鹿噳噳，有熊有罴，有猫有虎。"

"鲂鲷甫甫"指的是鳊鱼和鲢鱼又肥又大，甫甫是指大的样子。这句诗里，提到的动物不止鲂和鲷，还有鹿、熊、罴、猫、虎，能够与这些猛兽一起得到古人的青睐，能够与这些猛兽一起同台，也算是鲂和鲷的荣幸吧？

鱣

鱣是鳇鱼的古称，在江苏一带叫黄鱼。

《陆玑·草木虫鱼疏》中说："鱣出江海，三月中从河下头来上，形似龙，锐头，口在颌下，背上腹下皆有甲。今于盟津东石碛上钩取之，大者千余斤，可蒸为。"鱣的特点是似鳣而短鼻，口在颌下，无鳞，肉黄。所以，叫它黄鱼，也是实至名归了！而由"鱣出江海""形似龙"来看，鱣应该是大型鱼类。

鱣虽然叫黄鱼，但与大黄鱼、小黄鱼并不是一个鱼种。鱣是淡水鱼，江苏一带称其为黄鱼是因为它的肉呈黄色。而大黄鱼、小黄鱼是海水鱼，它们的身体呈金黄色，因为大黄鱼体形比小黄鱼要大，所以称为大黄鱼，而小黄鱼体形相对较小，所以称为小黄鱼。

"河水洋洋，北流活活。施罛濊濊，鱣鲔发发，葭菼揭揭。"——《卫风·硕人》

292

这是《诗经》里提到鳣鱼，它与鲔鱼一起出现。而在另一首诗里，鳣也是与鲔一起出现的：

"猗与漆沮，潜有多鱼。有鳣有鲔，鲦鲿鰋鲤。以享以祀，以介景福。"——《周颂·潜》

这是《周颂·潜》的全诗，诗歌的意思很简单明了：猗与漆沮这两条河流，因为河水很深所以河里的鱼很多，如何多呢？河里有鳣鱼有鲔鱼，有鲦鱼有鲿鱼，有鰋鱼有鲤鱼，可谓是品种繁多。不仅鱼类品种繁多，鱼的体形也是丰富多彩，有体形巨大的鳣鱼和鲔鱼，也有体形一般的鰋鱼和鲤鱼，还有体形较小的鲦鱼和鲿鱼。

对于鳣的理解，西晋学者崔豹则有另一种见解，他认为："鲤大者为鳣。"在崔豹看来，鳣其实就是鲤鱼，只是因为它体形巨大，所以称为鳣。也就是说鳣是从鲤鱼长大的。我们姑且不管崔豹的见解正确与否，但是有一点不可否认的就是，鳣属于大鱼。

鳣鱼又有鲟鱼和鳇鱼之说，不管是鲟鱼和鳇鱼，都是体形较大的鱼。鲟鱼有裸腹鲟、小体鲟、史氏鲟、白鲟、中华鲟等，特别是中华鲟和白鲟，都是鱼中之王。中华鲟生活在大江和近海中，以摇蚊和水生昆虫幼虫、软体动物、小鱼等为主要食物，体重可以达到 50—300 千克，最大体重可达到 600 千克，可谓是大家伙。而白鲟当年出生的体长可达 53—61 厘米，体重 0.8 千克，白鲟生长速度较快，据记载，白鲟最大体长达 7 米、体重达 908 千克。

鳇鱼也不甘示弱，鳇鱼同样身躯庞大，一般体重可 50—100 千克，大者可达 1000 千克。鳇鱼因为寿命长被而誉为"活化石"，因为体形巨大而被称为是"水中大熊猫"，有淡水鱼王的美称，这种美称可不是浪得虚名。

在《诗经》中，鳣也是大鱼的形象代言人，它往往与鲔鱼一起出现，代表着大鱼。而像鲂、鲦、鲿、鲤，至多只能算是体形一般的鱼类的代表。

鲔

鲔念 wěi。古时候指鲟鱼。

鱼类的肌肉，有红色、白色和黄色之分。红色肌肉的鱼是因为肌肉里含有大量的血液，白色肌肉的鱼则含有的血液比较少。而红色肌肉的鱼类能够长时间游泳，白色肌肉的鱼类则不能长时间游泳。

鲔鱼的肌肉是红色的，说明它是鱼类中的游泳健将。因为鲔鱼和鳣鱼都是大型鱼类，体形都比较大。所以在《诗经》里，鲔鱼一般往往和鳣鱼一起出现，它们代表着大鱼。

"河水洋洋，北流活活。施罛濊濊，鳣鲔发发，葭菼揭揭。"——《卫风·硕人》

这首《卫风·硕人》里只提到鲔鱼和鳣鱼。而另一首《周颂·潜》里，提到的鱼类则比较多，但是鲔鱼仍然是被和鳣鱼相提并论的。

"猗与漆沮，潜有多鱼。有鳣有鲔，鲦鲿鰋鲤。以享以祀，以介景福。"——《周颂·潜》

鳣鱼是大型鱼类，它的体重可达 50—300 千克，更大者可达到 600—1000 千克，如此庞然大物，估计只能生活在大江大河或者深海里，一般的小型河流可是"庙小容不下你这尊大佛"的。与鳣鱼相比，鲔鱼也不甘示弱，它的体长可达 3 米，体重也可达几十千克到数百多千克。鲔鱼和鳣鱼都是大鱼，因此，它们往往都是一起出现在《诗经》里，可谓是"最佳搭档"，重量级组合。

我们知道，大型鱼类一般都是肉食性鱼类，它们一般以小型鱼类为为食，因此可以说是水中杀手，小型鱼类的克星。

鲔也有说是鲟鱼和鳇鱼的古称，这样一来，它其实和鳣鱼基本没有什么区别。估计有时候很难分清楚是鳣鱼还是鲔鱼。但是有一点是可以肯定的，它们都是大型鱼类，都生活在深水中，浅水可不是它们的根据地。所以，《诗经》另一首诗《小雅·四月》里有这样的诗句："匪鹑匪鸢，翰飞戾天。匪鳣匪鲔，潜逃于渊。"这句诗歌的意思是，不是鹑鸟也不是鸢鸟，不能像它们那样直飞高天。不是鳣鱼也不是鲔鱼，不能像它们那样潜入深渊。

这里的鹑是雕，鸢是老鹰，它们都是体形较大的猛禽。而鳣和鲔，则是体形巨大的鱼类。无疑，它们代表了大型鸟类和大型鱼类。而渊一般指非常深的水，《小雅·鹤鸣》里有"鱼潜在渊"的说法，对于深水，人们也会产生恐惧感，所以有句成语叫"如临深渊"。渊被用来作为鲔鱼和鳣鱼的栖息地，说明它们生活在深水里，而生活在深水里的鱼，一般都体形较大，这也验证了鲔鱼和鳣鱼都是大鱼的说法。

总之，在《诗经》里，鲔鱼往往是和鳣鱼一起出现的，而它们的出现，往往代表着大鱼的意思。

鲤

鲤就是鲤鱼，在苏北一带，人们喜欢叫它"红鱼"，原因是它的身体微微呈红色，所以被人们称为红鱼。红鱼代表着喜庆、吉利。

鲤鱼作为最常见的鱼类之一，也是人们最喜欢的鱼类。苏北的人们在结婚时，使用的"跑鱼"，就是一对鲤鱼。"跑鱼"是苏北的一种结婚风俗，在新婚当日的新人酒宴上，人们端着一对"跑鱼"（鲤鱼），到酒宴上象征性地绕一圈，并且还要说喜话，大意是祝福新人幸福，白头偕老之类的。可见，鲤鱼是一种喜庆的鱼，因为它出现在婚礼上呢！

既然鲤鱼被人们视为是喜庆的鱼，《诗经》对它也非常关注，《陈风·衡门》《小雅·鱼丽》《小雅·六月》《周颂·潜》等多篇诗篇都提到了它。

"岂其食鱼，必河之鲤？岂其取妻，必宋之子？"——《陈风·衡门》

这句诗的意思是说，吃鱼何必非要吃黄河里的鲤鱼呢？娶妻何必非要娶宋国的姑娘呢？你看，鲤鱼虽然肉质鲜美，但是，我们也不一定非要吃黄河里的鲤鱼啊，还有其他肉质更美味道更好的鱼，我们不是一样可以品尝吗？娶妻为什么非要娶宋国的姑娘呢？虽然宋国的姑娘人长得美丽漂亮，但是，其他国家的姑娘一样美啊，一样可以娶她们为妻啊！一句话，不论是吃鱼，还是娶妻，人们都有很多选择，没有必要非在一棵树上吊死。

与其他的鱼类不同，鲤鱼自古以来就是喜庆美好的象征，在民间，有鲤鱼跃龙门的传说。古代传说黄河鲤鱼跳过龙门，就会变化成龙。龙门在今山西省河津市禹门口。《埤雅·释鱼》里也说："俗说鱼跃龙门，过而为龙，唯鲤或然。"

传说跳过龙门的黄河鲤鱼，就会变成龙，而那些跳不过去的鲤鱼，则从空中摔下来，额头上就落一个黑疤，所以直到今天，这个黑疤还长在黄河鲤鱼的额头上。唐朝诗人李白为此写了一首诗："黄河三尺鲤，本在孟津居，点额不成龙，归来伴凡鱼。"

当然，鲤鱼只是鲤鱼，即使它跳过龙门，也不会变成龙，鲤鱼跃龙门只是美好的传说，它寄托了古人对飞黄腾达的一种愿望。

鲤鱼的寓意如此美好，也得到了历朝历代诗人的赞美，唐朝诗人岑参说"海上众鸟不敢飞，中有鲤鱼长且肥"，赞美了鲤鱼的大与肥壮。同是唐朝诗人戴叔伦说"兰溪三日桃花雨，半夜鲤鱼来上滩"，也对鲤鱼进行了赞美。李商隐更是说"水仙欲上鲤鱼去，一夜芙蓉红泪多"，在李商隐看来，鲤鱼就像舟一样可以供人乘坐。

鲤鱼是常见的一种鱼类，所以，《诗经》里多次提到鲤鱼，如《周颂·潜》："猗与漆沮，潜有多鱼。有鳣有鲔，鲦鲿鰋鲤。"对于我们人类来说，鱼类是最好的美味，古人早就认识了鲤鱼的营养价值，所以，古人用它来招待贵宾。《小雅·鱼丽》里说："鱼丽于罶，鲿鲤。君子有酒，旨且有。"古人用来招待贵客的不仅有鲿鱼、鲤鱼，还有美酒，你看，招待客人的宴席是不是很丰盛呢？

　　鲤鱼还有很高的药用价值，它的肉、鳞、脑、血、皮、目都可以用来治病，肉可治咳逆上气、黄疸、口渴等症；鳞可散血、止血；脑可治诸痫、青目；血可治小儿丹肿及疮、口眼歪斜；皮可安胎、止血；目可治中风水肿，鲤鱼全身都是宝，难怪人们那么喜欢它！

鳟

鳟鱼，看名字就比较高贵，不知道鳟鱼为什么会有这么霸气这么高大上的名字，难道是要鱼类以它为尊吗？

鳟鱼属鲑目鲑科杂食性鱼类，它生活在江河流速较缓的水域或湖泊，目前全世界也只有十种左右。俗话说物以稀为贵，鳟鱼如此稀少，由此可见鳟鱼的珍贵，这也与它的名字鳟比较符合。

鳟鱼的眼睛是红色的，因此它也被人们称为是赤眼鳟、红眼鱼，身体呈黄色的鳟鱼则被称为是金鳟。

在《诗经》里，鳟鱼是与鲂鱼一起出现的：

> "九罭之鱼，鳟鲂。我觏之子，衮衣绣裳。鸿飞遵渚，公归无所，于女信处。"——《豳风·九罭》

"九罭之鱼，鳟鲂"的意思是用细眼渔网去捕鱼，结果捕到了鲂鱼和鳟鱼。鲂鱼就是鳊鱼，是一种比较常见的鱼类。而鳟鱼则非常珍贵，比较少见。捕鱼不仅捕到鲂鱼这样常见的鱼，也捕到鳟鱼这样比较少见珍贵的鱼，说明捕到的鱼很多。《诗经》里鲂鱼与鳟鱼一起出现，也有代表所有的鱼类的意思。

鳟鱼为什么比较少？原因是因为鳟鱼对水温环境要求比较高，对水的酸碱度也有要求。鳟鱼一般喜欢生活在水温 8—20 摄氏度的环境里，16—18 摄氏度是最适宜鳟鱼生存的，温度太高或者太低，都不是它喜欢的。到了 23 摄氏度以上就对鳟鱼生命构成了威胁，温度再高，鳟鱼就会死亡。

相比温度，水的酸碱度和氨氮浓度对鳟鱼的影响更大，强酸和强碱性环境会抑制鳟鱼的生长，甚至危及它们的生命。另外混浊的水质也会妨碍鳟鱼的摄食和生长。正是因为对温度、对水质等都有严格的要求，所以，适合鳟鱼生活的水域不多，这也直接导致了鳟鱼的稀有和珍贵。

尽管鳟鱼比较珍贵，但是，《诗经》里说"九罭之鱼，鳟鲂"，说明那时候鳟鱼还是很多的，比较容易捕到。因为那时候没有工业污染，江河也没有生活废水的污染，所以古时候真的是山清水秀，各种动物也很多。因为环境好，河水清澈，所以也适宜鱼类的生长。也许在今天比较少见的鳟鱼，在古代还是比较常见的，你看，"九罭之鱼，鳟鲂"，对于捕到鳟鱼，对于古人来说也许是习以为常吧？

这首《豳风·九罭》，有说是表达人们对周朝君主姬旦也就是周公的爱戴之情的，诗人运用象征指代的手法，以"鳟鲂"来指代主人地位卑微，客人身份尊贵。这里，鳟被代指客人的尊贵，而鲂因为比较常见，则被代指主人的普通。诗歌这样理解，也说得通。不过，我更倾向于这样理解："九罭之鱼，鳟鲂"是指捕到的鱼种类繁多，鳟鲂只是代表。其实还有很多其他品种的鱼，只是用鳟鲂足以代表了。因为鳟代表高贵、稀少，鲂代表低贱、普通。连鳟鱼这样珍贵稀少的鱼都捕到了，说明捕到的鱼也很多。由此看来，诗人用鳟鲂来作为鱼的代表，还是别具匠心的。

鳢

鳢读 lǐ。

古人所说的鳢鱼，其实我们非常熟悉，它就是我们所说的黑鱼、乌鱼。

鳢又名乌鳢、铜鱼、生鱼、财鱼、蛇鱼、火头鱼等，是一种淡水鱼，它的身体呈黑色圆长形且有斑点，嘴巴比较大，牙齿锋利，性情凶猛。鳢是肉食性鱼，会捕食其他鱼类，甚至会捕食自己的幼仔。

在苏北沭阳有这样的说法，据说黑鱼产卵后，它的眼睛就看不见了，因此无法捕食，只能守株待兔，依靠嘴边的食物维持生命。而因为眼睛看不见，黑鱼连它的幼仔也会被误当成自己的食物，所以，尽管黑鱼产卵很多，幼仔也很多，但最后成活的却不多，因为大多数都被母鱼吃掉了。黑鱼不仅以其他鱼类为食，甚至还会自相残杀，它们能吞食体长为自身三分之二以下的同类，可见黑鱼胃口之大！

在《诗经》里，鳢是和鲂一起出现的。

"鱼丽于罶，鲂鳢。君子有酒，多且旨。"——《小雅·鱼丽》

鲂是鳊鱼，一种常见的草食性鱼类，而鳢也是比较常见的鱼类，但是它是肉食性鱼类。鲂和鳢一起出现，代表了草食性鱼类和肉食性鱼类。

黑鱼营养丰富，具有去瘀生新，滋补调养等功效。外科手术后，人们常用黑鱼作为滋补品，因为它具有生肌补血，促进伤口愈合的作用。我国食用黑鱼的历史十分悠久，鳢早在两千年前就被《神农本草经》列为虫鱼上品，可见古人早已就知道了它的食用价值和药用价值。

作为淡水鱼，黑鱼也是比较常见的一种鱼类。在苏北一带河流中，最常见的鱼类一般有鲌（鲢鱼、家鱼）、鳙（花鲢鱼）、鲂（鳊鱼）、鲦（白条鱼）、鳑（昂针鱼）、鳠（鲶鱼）、鲤、鲫等。相比这几种鱼类，黑鱼的价格比较高，其原因是黑鱼具有很高的食用价值和药用价值，再加上黑鱼具有自相残杀的习性，使它的群体数量减少，黑鱼的价值自然就比其他鱼要高。

著名的古典小说《西游记》里也提到了黑鱼，不过它已经幻化成精，成为黑鱼精。在《西游记》第六十二回"涤垢洗心惟扫塔，缚魔归正乃修身"章节里，一共出现了两个由鱼幻化成精的妖怪，它们分别是黑鱼成精的灞波儿奔，还有一个是由鲇鱼幻化成精的奔波儿灞，它们一个是黑色的，一个是白色的。它俩受碧波潭万圣龙王之女万圣公主的差遣，负责金光寺宝塔巡视工作，但却被孙悟空双双捉拿，灞波儿奔被割掉耳朵后抛入碧波潭去龙宫报信。

你看，黑鱼不仅在《诗经》里露脸，人家可也是上了文学名著的。尽管黑鱼精在《西游记》里武艺平平，不过是龙王公主手下的一个小喽啰，但是相比其他鱼类，说明黑鱼也算是一个狠角色了，它能上《诗经》和文学名著《西游记》，也算是为它扬名立万了。

鲿

　　鲿是古人对黄颡鱼的称呼，鲿鱼之所以叫黄颡鱼，是因为它的身体呈黄色。

　　在《诗经》里，提到的鱼类有十几种，其中鲿就是其中的一种，鲿鱼的表面有黏液，没有鱼鳞。

　　　　"猗与漆沮，潜有多鱼。有鳣有鲔，鲦鲿鰋鲤。以享以祀，以介景福。"——《周颂·潜》

　　在《周颂·潜》这首诗里，提到的鱼类比较多，有鳣、鲔、鲦、鲿、鰋、鲤等，其中鳣、鲔的体形较大，是大鱼的代表，而鲦、鲿、鰋、鲤等鱼体形一般，也比较常见，它们是普通鱼也是小型鱼类的代表。这首诗里提到这么多品种的鱼，就是为了证实"猗与漆沮，潜有多鱼"的说法。

　　鲿鱼属鲶形目鲿科黄颡鱼属，在今天也比较多见。但是说鲿鱼很多人都不知道它是什么鱼，但是提到它的俗名，大家可能就非常熟悉了，鳠鱼的俗名叫昂刺鱼、刚针。而不同的地方对它的叫法也不同，它还有黄骨聪、昂公鱼、黄骨鱼、黄丫头、黄鸭叫、黄沙古、翁公鱼、黄刺公、戈雅鱼、疙阿丁、黄腊丁、嘎牙子、黄鳍鱼、三枪鱼、黄刺骨、黄牙鲠、黄嘎牙、刺疙疤鱼等几十种俗名。在苏北沭阳一带，人们习惯叫它为昂针。

鳠鱼被称为昂刺鱼、钢针、昂针，是因为它的背鳍和胸鳍均为硬棘，棘后缘有锯齿，非常锋利。而且鳠鱼的背鳍刺和胸鳍刺均有毒腺，是淡水刺毒鱼类中毒性较强的鱼类之一。所以逮鳠鱼的时候，要非常小心，没有防护措施，就可能着了它的"道儿"。

鳠鱼鱼肉鲜美，营养丰富，是深受人们喜爱的一种鱼。在苏北有一种特色小吃叫杂鱼，就是用多种小鱼烧的，鳠鱼也就是昂针鱼往往是主角。杂鱼因为鱼的品种杂，一盘鱼可以品尝到好几种鱼的味道，所以深受人们的欢迎。

在《诗经》中，还有一首诗也提到了鳠：

"鱼丽于罶，鳠鲨。君子有酒，旨且多。鱼丽于罶，鲂鳢。君子有酒，多且旨。鱼丽于罶，鰋鲤。君子有酒，旨且有。"——《小雅·鱼丽》

《小雅·鱼丽》这首诗也提到了好几种鱼，它们有鳠、鲨、鲂、鳢、鰋、鲤，其中鳠、鲨是小鱼的代表，鲂、鳢、鰋、鲤是常见鱼的代表。

虽然与《小雅·鱼丽》与《周颂·潜》一样，都提到了很多种鱼，但是它们有所不同的是，《周颂·潜》提到的鱼是生活在河里的鱼，所以会有鳣、鲔这样的大型鱼类，这样的大型鱼类，应该用渔网才能捕到。而《小雅·鱼丽》里提到的鱼则是已经捕到的鱼，这些鱼又是用鱼篓捕到的，鱼篓是不会捕到鳣、鲔这样的大鱼的，所以鱼应该不大。《小雅·鱼丽》里的主人正用它们招待客人呢。主人用来招待客人的不仅有鲿、鲨、鲂、鳢、鰋、鲤等鲜鱼，还有醇厚浓香的美酒。

有鲜鱼有美酒，宴席丰盛，可见客人的身份应该比较尊贵，而能奉献上如此丰盛的宴席的主人，也应该是一个殷实之家。

在《诗经》里，鲿鱼虽然是以小鱼的形象出现的，但是不影响到它的美味，它肉质肥美，所以古人才会拿它来招待尊贵的客人。即使在今天，鲿鱼也是人们十分喜欢的鱼类之一。

鲦

鲦是我们常见的一种鱼，它又叫白条鱼。

鲦鱼的体形呈扁形，头部较尖，略呈三角形，背部呈直线形，腹部略凸，是一种小型鱼类。在《诗经》里，鲦鱼就是以小型鱼类的形象出现的。

"猗与漆沮，潜有多鱼。有鳣有鲔，鲦鲿鰋鲤。以享以祀，以介景福。"——《周颂·潜》

"猗与漆沮，潜有多鱼"是说猗与漆沮这两条河里的鱼特别多，如何多呢——"有鳣有鲔，鲦鲿鰋鲤"。鳣是鳇鱼，体形巨大，鲔是鲟鱼，也是大型鱼类，它们都重达几十千克，甚至几百千克，它们是大型鱼类的代表。鲦是白条鱼、鲿是昂针鱼，它们是小型鱼类的代表。鰋是鲶鱼、鲤是红鱼，它们属于中型鱼的代表。无论是鲦鱼、鲿鱼这么小的鱼，还是鳣鱼、鲔鱼体形巨大的鱼，这两条河里都有，可见鱼之多。而能让几百公斤甚至几百公斤鱼类生存的河流，可见水域之广和河水之深！

说鲦鱼大家不认识，但是说起它的另一个俗名，可能就比较熟悉了。在苏北一带，人们习惯叫鲦鱼为参鱼。原来，鲦鱼就是我们常见的参鱼，真是"不识庐山真面目，只缘鱼儿名不同。"

鲦鱼是一种群居性鱼类，它们成群结队地在水中游来游去，一起嬉戏，一起觅食，鲦鱼的群居性，也保护了鲦鱼。因为鲦鱼是小鱼，是食肉性鱼类的食物，群居性让鲦鱼得到了集体保护。

鲦鱼以群体中的强者为首领，就和狮群、狼群、猴群一样，它们的首领由身体强壮者来担任，负责群体行动。鲦鱼的首领游向哪里，其他的鲦鱼就跟到哪里。与狮群、狼群、猴群首领不同的是，鲦鱼的首领不具备保护其他鲦鱼的能力，鲦鱼首领也无需通过格斗的形式来夺取，而是由体形来决定。遇到危险，鲦鱼首领只能带领自己的团队逃走。鲦鱼遇到攻击没有反击的能力，但选择绝佳逃跑路线就变成了最好的保护。所以，鲦鱼首领也不是那么好当的。

物竞天择适者生存，作为处于食物链底端的鲦鱼来说，它们无力保护自己，只有依靠集体的力量来维持种群的延续。虽然遇到危险时也会损失一些个体，但是还是起到了保护群体的作用，可谓是"舍小家保大家"。

鲦鱼的首领现象，引起了德国动物学家霍斯特的兴趣，他通过实验发现，如果将作为首领的鲦鱼的脑控制行为的部分割除后，这条鱼就会失去自制力，行动也会发生紊乱。但是，其他鲦鱼却仍像从前一样追随着自己的首领，这种现象被称为"鲦鱼效应"，也称为"头鱼理论"。

"鲦鱼效应"让人得出以下几点启示：一是首领很重要。一个好的领头人，可以带领整个团队健康、持续发展。二是首领并不总是对的。首领的决策失误会带领这个团队走向毁灭。这与俗话说的"兵熊熊一个，将熊熊一窝"是一个道理。三是下属要具有辨别的能力和反抗的精神。

如果盲从首领，只能自取灭亡。

你看，小小的鲦鱼，竟然可以给人类带来这么多的启示，这也算是鲦鱼对我们做出的又一个贡献了！

鳏

鳏读 yǎn。

鳏在今天叫鲶鱼，它的显著特征是周身无鳞，身体表面有很多黏液，头扁口阔，上下颌有四根胡须。鲇鱼为肉食性底栖鱼类，经常等候小鱼接近时张口吞食，也食虾类和水生昆虫。

鲶鱼又叫鲇鱼、胡子鲢、鲇鱼。在苏北沭阳一带，人们喜欢叫它黏鱼，其原因就是它的身上有黏液，非常黏滑，人们用手不能轻易抓住它。

在《诗经》里，鳏鱼不过是众多鱼类的一种。

"猗与漆沮，潜有多鱼。有鳣有鲔，鲦鲿鳏鲤。以享以祀，以介景福。"——《周颂·潜》

这句诗是说猗与漆沮这两条河里的鱼类很多，有鳣、鲔这样的大型鱼类，也有鲦、鲿、鳏、鲤这样的中小型鱼类。

鳏是和鲤并列出现的，在《诗经》的另一首诗里，鳏和鲤也是一起出现的。

"鱼丽于罶，鳢鲤。君子有酒，旨且有。"——《小雅·鱼丽》

鳢是鲶鱼，鲤是苏北一带所说的红鱼，它们都是常见的鱼类。鲶鱼对于环境的适应能力超强，即使是恶劣的水质，也能生存，鲶鱼和鳗鱼一样，扮演着清道夫的角色。

鲶鱼营养丰富，肉质细嫩肥美，含有丰富的蛋白质和脂肪，具有滋阴养血、补中气等作用，对体弱虚损、营养不良的人有较好的食疗作用。鲶鱼还具有催乳的功能，一些孕妇生产后乳汁迟迟未下，可使用鲶鱼熬制鱼汤催乳。不过鲶鱼的鱼卵有毒，不能食用。

虽然鲶鱼肉质肥美，是人们喜爱的鱼类，但是它也是"发物"。所谓发物，是一种容易诱发某些疾病或加重已发疾病的食物。所以一些身体患有某种疾患的人，不适宜食用鲶鱼。

在《诗经》里，鳢是和鳣、鲔、鲦、鳢、鲤一起出现的，但是它并无特色。不过，有一个典型的生活案例则让鲶鱼名声大振，这就是著名的"鲶鱼效应"。因为鲶鱼是肉食鱼类，它以小鱼为食，因此，当有鲶鱼出现的时候，小鱼为了保护自己，不得不拼命逃走，这也激活了小鱼的求生能力。

"鲶鱼效应"的由来是挪威人喜欢吃沙丁鱼，但是，渔民在长途贩运中，沙丁鱼总是死亡，这让它的价格大打折扣。后来，人们发现，如果在沙丁鱼里放入一条以鱼为主要食物的鲶鱼，就能保证沙丁鱼的存活。原来，沙丁鱼生性喜欢安静，正是沙丁鱼的安静，让水无法流动，在长途运输中，导致缺氧死亡。而放入鲶鱼后，鲶鱼四处游动，吞食沙丁鱼，这让沙丁鱼十分紧张，于是左冲右突，四处躲避，搅动了水的流动，从而解决了沙丁鱼缺氧的问题。这样，虽然鲶鱼吞食了一些沙丁鱼，但是，更多的沙丁鱼却因为逃命游动搅活了水的流动，让水质产生氧气而存活下来，这就是著名的"鲶鱼效应"。

"鲶鱼效应"后来被企业用来教育员工要具有忧患意识，只有不停地努力工作，才能让企业发展得更好，也才能保证自己的工作岗位高枕无忧。

鲶鱼就是《诗经》里所说的鰋，你看，是不是大名鼎鼎呢？

蜮

蜮读 yù，蜮又名短狐、水狐、水弩、射工，是古代神话传说中的一种动物，它的形状像鳖，有三只脚，可以害人。《说文解字》里是这样解释蜮的："短狐也。似鳖，三足，以气射害人。"这样的解释，得出蜮是短尾狐狸或者是身体短小的狐狸，只是它只有三只脚。狐狸在人们的印象中，有时候是妖怪的代名词，比如传说中狐狸成精后会幻化为美女，然后专门来祸害男人。

不过，也有解释蜮是生活在水中的动物，据说它能在水中含沙喷射人影，因此又名射影。《经典释文》是这样解释的："蜮，俗称水弩，口中生有一条横肉形状呈弓弩形，其本生活在南方水中，听到有人在岸上或水上经过，就口含沙粒射人或射人的影子，被射中的就要生疮，被射中影子的也要生病，所以又叫它'射工'或'射影'。"由此看来，蜮生活在水中，但是它不是鱼类，而是属于妖魔鬼怪。在《诗经》里，蜮也是以妖魔鬼怪的面目出现的。

"为鬼为蜮，则不可得。有腼面目，视人罔极。作此好歌，以极反侧。"——《小雅·何人斯》

"为鬼为蜮，则不可得"的意思是：如果你是鬼或者是蜮，那么咱们此生不再相见。可见，主人公对鬼和蜮是多么厌恶多么憎恨。蜮被与鬼相提并论，可见它不是一般的动物，更不是吉祥物。

蜮藏在水中，当有人经过的时候，它就会用嘴巴含取沙子射向人在水中的影子。尽管只是人的影子，但是却具有不凡的魔力，凡是影子被蜮射中的人，都会发病，严重者甚至死亡。蜮这种"杀人于无形"的本领，无疑是让人胆寒害怕的，所以蜮就被人们视为是魔鬼妖怪，可以说是谈"蜮"色变。

有一个成语叫"含沙射影"，说的就是蜮，含沙射影的意思是躲在暗处伤人，后多被用来指诽谤中伤，也有指桑骂槐的意思。

如果排除蜮是妖魔鬼怪的传说，根据蜮似鳖的解释，那么蜮不就是三只脚的鳖呢？因为它天生残疾，少了一条腿，或者因为遭遇到危险而失去一条腿，所以这种鳖就被称为蜮？如果是这样，蜮就属于鱼类了，因为鳖又叫甲鱼、水鱼、团鱼，而叫蜮，只是因为它缺少一条腿而已。因为三条腿的鳖，是不正常的，在古人看来，它就是妖怪。

不管蜮是含沙射影、致人死命的妖怪也好，还是三条腿的鳖也罢，它们都是让人害怕恐惧的，所以古人就将它们看作是妖怪，这也是情理之中的事，可以理解。

对于蜮，还有一种解释是魅，《汉书·东方朔传》载："'人主之大蜮。'师古注曰：'蜮，魅也'。"魅是指貌美的鬼，它常常与鬼连用称为鬼魅。因为魅是指貌美，讨人喜欢，所以后来常用"魅力"一词来形容一个人的个性与容貌之美对别人有着很强的诱惑力与吸引力。

"为鬼为蜮，则不可得"也有解释为：如果你是鬼或是魅，那么咱们此生不再相见。这样解释也说得通，如果是这样的话，蜮其实就不作为动物来解释了。

　　蜮含沙射影只是一种传说，但是有一种射水鱼能够以射水来捕食却是真的。这种射水鱼生活在海里，它能从嘴里射出水柱，击中岸边或者空中的昆虫，以此来捕食。射水鱼的本领很高，它竟然能射击三米以外的猎物，看来，蜮这种含沙射影的动物，并非古人的空穴来风。

鼍

鼍读 tuó，一种爬行动物，即扬子鳄。

在《诗经》里，提到了鼍，不过，它是以被猎获宰杀后，以鼓皮的形象出现的。

"于论鼓钟，于乐辟廱。鼍鼓逢逢。蒙瞍奏公。"——《大雅·灵台》

这里出现的鼍，已经不是鼍这个动物了，而是人们将它捕获后，用它的皮制成了鼓这种乐器，人们敲打着用鼍皮制成的大鼓，鼓声高亢激扬，节奏动听优美，让人振奋，让人激动。

鼍又名中华鳄、扬子鳄，俗名则叫土龙、猪婆龙。它是鳄形目鳄科鼍亚科鼍属的一种，主要分布于长江中下游，是中国特有的一种鳄鱼，也是世界上最小的鳄鱼品种之一。

众所周知，鳄鱼是水中霸主，它也是两亿多年前与恐龙同时代的最古老的爬行动物。鼍同样如此，1.5亿年前，它和恐龙一起生活在地球上。但是曾经称霸一时的恐龙却灭绝了，而鼍和其他一些爬行动物却幸免于难，它们存活了下来，这就让人对鼍产生了兴趣。

有人研究认为，鼍的故乡在中国的长江流域，它的祖先曾经是陆生动物，只是后来随着生存环境的变化，迫使鼍学会了在水中生活，直到现在，鼍还具有水陆两栖动物的特点。

鼍是鳄鱼的一种，提到鳄鱼，不得不让我们想起西方的那句著名的民谚——鳄鱼的眼泪。当鳄鱼捕食时，往往会先流眼泪。众所周知，鳄鱼是冷血动物，对其他动物和人类，它不可能有感情。鳄鱼吃东西的时候要流眼泪，其实并不是伤心，而是在润滑自己的眼睛，这让人们误以为鳄鱼怀有慈悲之心。但事实上，让鳄鱼伤心这是不可能的。后来，鳄鱼的眼泪被用来代指奸诈虚伪的表现。

鳄鱼是凶猛残忍的，扬子鳄作为鳄鱼的一种，却相对温和，它一般不主动攻击人类，但并不是说扬子鳄对人类就没有威胁。扬子鳄与鳄鱼一样狡猾，它常紧闭双眼，趴伏不动处于半睡眠状态，给人们以行动迟钝的假象。可是当它一旦遇到敌害或发现食物时，就会立即将粗大的尾巴用力左右甩动，迅速沉入水底躲避敌害或追捕食物，所以，遇到鳄，我们要时刻防备着，以免给自己带来无妄之灾。

鼍作为一种凶猛的动物，自古就受到了人们的关注，宋代诗人陆游写出了鼍的凶猛，他说："天近星宿大，江恶蛟鼍怒。"写出了江水的水流湍急和蛟、鼍这两种动物的凶猛。不过，蛟、鼍的凶猛对于唐代诗人韩愈来说，不过是小菜一碟，他写诗说："年深岂免有缺画，快剑斫断生蛟鼍。"凶猛的蛟、鼍到了韩愈的面前，也只有被斩杀的命运，韩愈颇有弯弓射大雕的英雄气势。而相对陆游和韩愈描写鼍的凶猛，大诗人杜甫则显得气定神闲，他写诗说："峡坼云霾龙虎卧，江清日抱鼋鼍游。"在杜甫的眼里，即使是凶猛的鼍，也不过是自己的渡江工具而已。

在《诗经》里，凶猛的鼍也没有好下场，像韩愈一样，古人早已将它斩杀并用它的皮制作了大鼓。看来，再凶猛的动物，到了人类面前，也不堪一击，这个世界上，人类才是真正的主宰者。

龟

龟并不属于鱼类，而是现存最古老的爬行动物，但是因为它生活在水里，所以，只能委屈一下龟了，把它列入鱼类一栏。

龟的主要特征是身上长有非常坚固的甲壳，当遇到危险或者受袭击时，它可以把头、尾及四肢缩回龟壳内，利用坚硬的甲壳来保护自己。事实上，龟厚重的甲壳，确实起到了保护龟的作用。因为龟行动缓慢，遇到危险时常常来不及逃跑，所以只能被动预防，厚重的甲壳就起到了极其重要的保护作用。

在古代，先人对龟是非常崇拜的，龟与龙、凤、麒麟被并称为"四灵"，是吉祥和长寿的象征。古人视龟为灵物，还用龟甲来占卜吉凶。这一点，在《诗经》中也得到了体现。

"考卜维王，宅是镐京。维龟正之，武王成之。武王烝哉！"
——《大雅·文王有声》

这句诗的意思是说：占卜我王求吉祥，定都镐京好地方。依靠神龟定工程，武王完成堪颂扬。武王真个是明王！这里的龟，就被古人用来作为震慑邪气的宝物，古人希望龟能够保佑工程顺利坚固。

在《诗经》的另一首《小雅·小旻》里，龟也是以占卜形象出现的。"我龟既厌，不我告犹。"意思是：卜卦的次数太多，乌龟已经不能预告吉凶了。还有"爰始爰谋，爰契我龟，曰止曰时，筑室于兹"（《大雅·绵》），龟也是用来占卜的。

龟的寿命较长，据说有的可活千年以上，因此，龟也是长寿的象征，民间有龟寿延年的说法，也就是长寿的意思。

在《大雅·文王有声》里，龟可以震慑邪气，保佑平安，而在另一首《鲁颂·泮水》里，龟则是宝物的象征。

　　　"憬彼淮夷，来献其琛，元龟象齿，大赂南金。"——《鲁颂·泮水》

这句诗的意思是：野蛮的淮夷已臣服我国，他们前来进贡献宝，这些宝物有美玉巨龟象牙，还有南方出产的黄金！在这里，巨龟是和象牙、黄金一起作为宝物进贡的，可见古人对龟的珍视。

不过，龟虽然被古人视为镇邪之物，视为宝物，但是，也是毁誉参半。在现代，人们对龟就没有古人那样崇拜，最起码没有像古人那样珍视。人们习惯将龟称为乌龟，其原因是有一种草龟，它们的身体呈黑色，所以叫乌龟。人们常常把乌龟当成贬义词，骂人会骂"乌龟王八蛋""龟儿子""龟孙子"。对于不践守诺言的人，常常会以"谁要是怎样怎样，谁就是乌龟"来发誓。

因为龟的爬行速度很慢，所以我们比喻速度慢叫"龟速"。关于龟，还有一个有趣的故事，这就是龟兔赛跑。故事说有一天兔子和乌龟比赛跑步，兔子嘲笑乌龟爬得慢，但是乌龟不服气，于是它们开始赛跑。开始兔子飞快地跑着，不一会儿，就将乌龟远远地甩在了后面。兔子认为乌龟追不上它，于是就想休息一会。而乌龟呢，它一刻不停地爬行，并超过了兔子。等到兔子醒来的时候，乌龟已经到达了终点。乌龟胜利了！

这个故事很有意思，告诉了人们很多道理：一是千万不可轻视他人，也就是俗话常说的"人不可貌相"；二是虚心使人进步，骄傲使人落后；三是做事要脚踏实地，一步一个脚印；四是做什么事情都要持之以恒，而不能半途而废。总之，龟兔赛跑的故事带给人们太多的启示，我们要做默默无闻、踏实做事的乌龟，而不要学骄傲自满、尾巴翘得老高的兔子。

虽然龟兔赛跑是一个寓言故事，爬行缓慢的乌龟在和兔子的赛跑中取得胜利只是作者的一种创作安排。但是，科学家的研究却表明，在龟兔赛跑中，乌龟取得胜利是有科学依据的。根据美国生物学家的研究成果，若用它们一生的运动量来衡量，乌龟是毫无悬念的胜利者。因为乌龟一生走的公里数，要比兔子多得多。爬行缓慢的乌龟竟然比行动敏捷的兔子走的路程要远得多，这是让人没有想到的。看来，有时候比拼的不仅是速度，还有耐力。

我们有句话叫谁才能笑到最后，龟兔赛跑中笑到最后的还是乌龟呢！

台

　　在《诗经》里，台有两种解释，一种是植物台，一种是动物台。作植物时台通薹，读 tái。"南山有台，北山有莱"（《小雅·南山有台》），这里的台就是植物，它就是现代的莎草，又名蓑衣草，可用来制作蓑衣。有一个著名的词牌叫踏莎行，就是由莎草而得名。踏草是唐宋时期广为流行的活动，又叫踏青，而莎草又是一种常见的野草，人们踏草往往踏的是莎草，词人以此为内容写词，所以就有了"踏莎行"这个词牌。

　　也许多数人不知道莎草为何种植物，但是说它的另一个俗名，大家就明白了，它就是我们平时所说的香附子，莎草就是香附子，记住了吗？

　　作动物时台通"鲐"，是一种鱼。

　　"黄发台背，寿胥与试。"——《鲁颂·閟宫》

　　这里的台就是就是我们所说的鲐鱼。黄发和台背都是指长寿的象征，

321

因为人老了白发会变黄，故曰黄发。台背则是指鲐鱼的背上有黑纹，而老人的背上有老人斑，就像鲐鱼背上的花纹一样，所以用台背来代指老人。

鲐也称鲭、油筒鱼、青花鱼、鲐巴鱼等，是一种生活在海中的鱼，也是集群洄游性鱼类。

我国的黄海和渤海盛产鲐鱼，即使对于内地的人们来说，鲐鱼大家也并不陌生，因为我们在市场上可以买到冷冻的鲐鱼，它们一板板被冷冻在一起，最后上了人们的餐桌。

说实话，相比其他鱼类肉质鲜美，鲐鱼的肉其实并不好吃。鲐鱼的肉比较结实，刺较少，一般只有一根脊椎主刺，所以，吃鲐鱼的时候，不用担心被鱼刺刺到。不过，虽然少了被鱼刺刺中的安全之虞，但是因为鲐鱼的肉质晦涩，并不好吃，所以它并不是很受消费者欢迎。

台在《诗经》里的出现是长寿的象征，不过，让我注意的并不是鲐鱼，而是提到鲐鱼的这首《鲁颂·闷宫》。这首诗歌的特别之处是，它是《诗经》中最长的一首诗，既然是《诗经》之最，自然会对它格外关注，这首诗以鲁僖公建造闷宫为素材，歌颂僖公的文韬武略。全诗从祭祀和武事两方面反映出鲁国光复旧业的成就，全诗前后呼应，结构完整。

《诗经》的作品分风、雅、颂，风反映的是民间生活，雅是宫廷音乐，颂是宗庙祭祀的乐歌或者史诗。也就是说，风最贴近民间生活，雅是高雅人士的最爱，颂则比较严肃、正统。作为《诗经》里最长的一首诗，《鲁颂·闷宫》所写的基本都是歌颂周的始祖及历代君王功绩及祝颂之辞，所以，后世那些歌功颂德的诗文碑铭基本都受到它的影响。

以长寿作为象征的动物还有兽类龟和鸟类鹤，台作为鱼类，在《诗经》里能以长寿的象征出现，对于台来说，也算是一种至高无上的荣誉了！

贝

贝是有壳的软体动物的统称，如蛤蜊、蚌、鲍、田螺等，都是贝类。

贝其实并不属于鱼类，而是自成一家，只是因为贝类和鱼类一样，都生活在水中，所以我就把它归入鱼类之中。而在《诗经》中，提到的贝类非常少，也实在难以自成一类。其实，鱼类也是个大家族，我将贝类归入鱼类，也算没有埋没和侮辱了它吧？

"萋兮斐兮，成是贝锦。彼谮人者，亦已大甚！"——《小雅·巷伯》

这句诗说的是：用各种花纹鲜明的丝绸，织成多彩的贝纹锦缎。显然，贝在这里出现，代表的是美丽。可见，在《诗经》里，贝是美丽漂亮的代名词。

确实，贝的种类繁多，它们大小、形状、花纹、颜色各不相同，小的如婴儿指甲大小，大的则大如碗口。它们的形状也各异，有椭圆形、半圆形、长条形、螺纹形等。花纹有长条、波纹、斑点等，颜色更是丰富多彩,有白色的、黑色的、蓝色的、黄色的,黑白相间、蓝白相间的。总之,贝类的壳是非常美丽的。正是因为它五颜六色,所以备受小孩子喜欢,贝壳也成为农村孩子喜欢的玩具。

　　小时候,为了能够获得漂亮的贝壳,我们就经常到小河里去捞贝类。在苏北,人们叫贝类为"歪子"或者"米歪子",大的贝类为"大歪子"或者"大米歪子",小的贝类为"小歪子"或者"小米歪子"。还有田螺,我们叫它"螺螺"。田螺也有"大螺螺"和"小螺螺"之分。

　　在我们捞取到的贝类中,有一种贝类非常大,我们叫它"牛屎歪",意思就是它像牛屎粪那么大。这种方言好像有点俗,不过,这也是一个地方的语言习俗,出了这个地方,估计没人理解"小米歪""螺螺"和"牛屎歪"是什么意思,这也是汉语言的特色吧?中国地广人稠,民族众多,各种风俗习惯和语言习俗也各不相同,这也是中华民族的文化特色。

　　贝壳不仅我们这些小孩子喜欢,古人更是喜欢得紧呢!古人对贝壳有一种特殊的感情,他们非常珍视贝壳,所以先秦时期,人们用海贝充当原始货币。而早在夏代末年,贝就已经成为人们交换物品的货币。到了商代,贝币已经成为人们日常交易的一种货币。常见的是一种齿贝,背面磨平,而为了便于携带,在贝壳中间钻一穿小孔,这种货币叫货贝。

　　贝因为被古代作为货币,所以,在我们的汉字里,也留下了明显的痕迹,很多与财物有关的字都带贝字旁,如财、贸、贪、贫、贿、赂、贺、赢、赃、贡、赏、赌、赠、贤、贵、费、贱、购、贩、货、账、贾、资、贯、赚、赊、贼、赔、赐、赎等汉字,这些字都有贝字,也就是都与钱有关。

　　正因为古人将贝作为货币,所以贝也就变得珍贵起来。那些极其少见的贝壳,则更被人们视为宝贝,所以也就有了"宝贝"一词。宝是宝贵、珍贵的意思,贝代表钱币,也就是值钱的意思,宝贝就是宝贵值钱的意思。在历史上,虽然贝币早已就退出了舞台,但是宝贝这个词却一直被高频率地使用着，比如父母疼爱自己的儿女，称儿子或女儿为宝贝；情人为了表达情感，称呼对方为宝贝；那些稀有值钱的东西，更是名副其实的宝贝。现在在淘宝网上，人们甚至将自己上网销售的商品称为"宝贝"，可见在今天，宝贝是如此受到人们的喜爱，如此地深入人们的生活。

　　既然贝曾经被古人作为货币使用，它自然是值钱的、珍贵的。而贝壳因为自身的色彩和花纹五颜六色，非常漂亮，所以备受人们喜爱。贝在《诗经》是以贝锦出现的，锦是指精致的丝织品，贝代表着美丽，人们常用繁花似锦来形容景色的美丽，所以贝锦其实就是美丽漂亮的代名词。

嘉鱼

嘉鱼是《诗经》里提到的一种鱼类。《诗经》里有一首以嘉鱼为题的。

"南有嘉鱼，烝然罩罩。君子有酒，嘉宾式燕以乐。

南有嘉鱼，烝然汕汕。君子有酒，嘉宾式燕以衎。"——《小
雅·南有嘉鱼》

在《诗经》里，提到了一百多种动物，所以，也有很多以动物名
字为题的诗歌，如鸟类中的《关雎》《鹊巢》《雄雉》《黄鸟》；兽类中
的《兔爰》《硕鼠》《羔羊》《有狐》；昆虫类中的《螽斯》《草虫》《蟋蟀》
《蜉蝣》等，而以鱼类为题的诗篇却很少，只有《鱼丽》《鱼藻》还有
《南有嘉鱼》三首。

有解释嘉鱼是指美丽的鱼，"南有嘉鱼，烝然罩罩"的意思是：南方
的鱼儿真美好，一群群游来游去多活跃。"南有嘉鱼，烝然汕汕"的意思

是：南方的鱼儿真美好，一群群游来游去多逍遥。

对于诗经里的嘉鱼，东汉儒家学者郑玄是这样说的"言南方水中有善鱼"。善鱼就是好鱼的意思。

嘉就是美好的意思，比如嘉宾、美味佳肴，都是美好的意思。嘉鱼作为美鱼、善鱼来解释，行得通。不过，还有一种解释嘉鱼就是一种鱼类，名字就叫嘉鱼，这种解释也是行得通的。

查百度嘉鱼百科词条称：嘉鱼是水中珍品，多产于西江德庆河段。而据方志所载，嘉鱼"孟冬大雾始出，出必于湍溪高峡间。其性洁，不入浊流，常居石岩，食苔饮乳以自养"。

嘉鱼"其性洁，不入浊流"也算是配得上嘉鱼这个美好的名字了。而在日本，也有嘉鱼，在淡水鱼中，它们生活在最高处，因为那里的水温一般在十五六摄氏度，是嘉鱼喜欢的温度。而下游水温在二十摄氏度左右，是鳟鱼喜欢的环境。所以就形成了嘉鱼生活在上游，鳟鱼生活在下游的特有景象。

在我国湖北省，还有一个嘉鱼县，它的名字也是从《小雅·南有嘉鱼》而来。嘉鱼县是湖北省咸宁市下辖的一个县，西晋太康元年（280年）置沙阳县，属武昌郡，南唐保大十一年（953年）改为嘉鱼县。由此看来，嘉鱼县也是历史悠久的一个县治了。

《诗经》里的嘉鱼，不管是解释为美鱼，还是解释为鱼名就叫嘉鱼，它都是美好的，因为它的名字里有嘉字呢。而取名嘉鱼县，相信古人也正是利用它的美好寓意。

鳖

鳖又称甲鱼、团鱼、水鱼、王八等，喜欢栖息在江河、湖泊、池塘、水库等淡水水域，为水陆两栖卵生爬行动物。

鳖与龟一样，身上也有硬硬的甲壳用来保护自己，所不同的是，龟的背部和腹部都有硬硬的甲壳，而鳖只有背部有甲壳，而腹部却没有。还有就是鳖的甲壳硬度远远不及龟，因此在抵御外力袭击方面，鳖的防护能力也远远不及龟。

在《诗经》里，鳖是在人们的餐桌上出现的。

> "韩侯出祖，出宿于屠。显父饯之，清酒百壶。其肴维何？炰鳖鲜鱼。"——《大雅·韩奕》

你看，古人为客人饯行，除了美酒还有老鳖和鲜鱼。

因为与龟的外形相差不多，所以没见过它们的人往往分不清哪个是龟，哪个是鳖。有句成语叫"识龟成鳖"，意思是将乌龟当成了鳖。识龟成鳖被用来比喻蓄意歪曲，颠倒是非。其实，龟和鳖的区别还是很明显的，龟除了背部和腹部都有甲壳，它的背部甲壳上还有格子花纹，这种格子花纹是乌龟的保护色，可以起到迷惑天敌的作用。而鳖只有背部有甲壳，甲壳上也没有格子花纹，鳖背上的甲壳是乌青色的，同样起到保护鳖的作用。

鳖与龟的外形差不多，而在人们的眼里，鳖和龟一样，都形象不佳。有句骂人的话叫"乌龟王八蛋"，就囊括了乌龟与鳖。王八是鳖的俗称。"乌龟王八蛋"是现在广为流传的骂人的话。不过，相比乌龟，鳖似乎要好一些，因为乌龟还有"龟孙子""龟儿子"等骂人的话，而鳖除了"王八蛋""王八羔子"以外，似乎就没有别的骂人的话了。上海有一句骂人的话叫"瘪三"，不过此瘪非彼鳖，与鳖没有关系。

在民间，人们在吃乌龟的时候，要先清除掉乌龟的内脏，然后在它的肚子里放入一个秤砣，用来压住乌龟，这样在加热的过程中，不用担心肉会浮出水，所以，后来衍生了一个歇后语叫"王八吃秤砣——铁了心了"。这个歇后语当然属于贬义。

鳖咬住物体之后，一般不会轻易松嘴，所以民间有"甲鱼咬人不松口"的说法。这是因为鳖受到惊吓后，精神绷紧导致上下颚不易张合。民间有调侃说被鳖咬住手指后，学驴叫它就会松口。当然，这只是一种调侃。意思是人被鳖咬住手指后，会疼得大喊大叫，人们就调侃这是驴叫，这是变相的骂人呢！

被鳖咬住后，最好的办法是将鳖放进深水里，让鳖放松，它自然就会松开嘴巴。有一句成语叫"瓮中捉鳖"，意思是在很小的瓮中，很容易捉住鳖。比喻人或动物无路可逃。其实，在《诗经》里，鳖也没有逃脱，它成为古人的美味佳肴呢。

而由《诗经》里的"炰鳖鲜鱼"，也衍生出一个成语叫"炰鳖脍鲤"，意思是珍美的馔食。炰鳖脍鲤这句成语可是与《诗经》里的"炰鳖鲜鱼"如出一辙！

鲨

　　看到鲨，人们首先想到的是"海洋杀手"鲨鱼，这种对人类也具有强大杀伤力的大型鱼类，让人们感到十分恐惧。鲨鱼是具有食肉习性的软骨鱼，它的牙齿非常锋利，在海洋中，鲨鱼是顶级掠食者，也会攻击人类。因为有很多鲨鱼攻击人类的案例，所以人们可以说是谈"鲨"色变。因为在海洋中，鲨鱼才是真正的主宰者，相比人类，它拥有绝对的主动权。

　　然而，正可谓宇宙万物是相生相克的，虽然鲨鱼在海洋中是霸主，但是它也有克星，而它的克星竟然是又萌又可爱的海豚。海豚的身体虽然比较小，但是它们比鲨鱼灵活，鲨鱼要咬到海豚十分困难，不过海豚要是进攻鲨鱼则就容易得多。而成群的海豚联合起来，就可以有组织地围攻鲨鱼，将海上霸主鲨鱼置于死地。物竞天择适者生存，正是因为一物降一物，才保持了万物生存环境的平衡。

　　除了海豚，还有一种鱼也不怕鲨鱼，它们就是鲫鱼，鲫鱼又称印头鱼、吸盘鱼、粘船鱼，它的游泳能力很差，但是它的头部有吸盘，所以，它可以吸附于游泳能力强的鲨鱼或海兽腹面，有时甚至会吸附于船底，鮣鱼依靠其他大型鱼类在海洋里畅游，鲨鱼对它也无可奈何。

尽管鲨鱼让人们感到心悸，但是《诗经》里提到的鲨，却并不是鲨鱼，而是一种小型鱼类。

"鱼丽于罶，鲿鲨。君子有酒，旨且多。"——《小雅·鱼丽》

这句诗提到了鲿和鲨这两种鱼，鲿鱼就是苏北人俗称的昂针鱼，是一种体形较小的鱼。而鲨是吹鲨鱼，也是一种体形较小的鱼。"鱼丽于罶，鲿鲨"代表捕到的都是小鱼。这里的鲨与海洋里的鲨鱼可谓是相差甚远，一种是小鱼，一种是大鱼，虽然它们的名字相同，但是却无法相提并论，它们不是一个重量级的。

《诗经》里提到的鲨又名鲨鮀，是一种生活在溪涧的小鱼，并不是海洋中的鲨鱼，可谓是"此鲨非彼鲨"。鲨鮀又叫吹沙鱼，吹沙鱼的身体呈长条形，头小眼睛大，身体呈白色，是一种小型鱼类。吹沙鱼的特殊本领就是可以在水里吹沙玩，所以被称为吹鲨鱼。你瞧，鲨鱼会吹沙，是不是很调皮很萌很可爱？

《诗经》里的鲨鱼外形与参鱼非常相似，参鱼也是一种小型鱼类，它们都是小鱼的代表。古人用鲿鱼和鲨鱼招待客人，是因为这两种鱼肉质鲜美。虽然体形小，但是它们的味道好啊，所以它们的食用价值不亚于那些大型鱼类，是古人招待贵客的美味佳肴。

《诗经》里的鲨虽然小，但是它并不自卑，它自由自在地生活在溪水里，自由自在地游泳，自由自在地吹着沙子嬉戏，就像一个顽皮的孩童，寻找着自己的乐趣。虽然《诗经》里的古人捕捉它们做成佳肴，但是对于如此可爱如此调皮如此卖萌的吹鲨鱼，我们最好还是别惊动它，就让它们自由自在地游泳自由自在地玩耍吧！